모래밭 아이들

옮긴이 햇살과나무꾼

햇살과나무꾼은 동화를 사랑하는 사람들이 모여 만든 곳으로, 세계 곳곳에 묻혀 있는 좋은 작품들을 찾아 우리말로 소개하고 어린이의 정신에 지식의 씨앗을 뿌리는 책을 집필하는 어린이책 전문 기획실이다. 지금까지 《나는 선생님이 좋아요》《산 너머는 푸른 바다였다》《내 안의 또 다른 나, 조지》《워터십 다운의 열한 마리 토끼》《피라미호의 모험》 등을 우리말로 옮겼으며, 《위대한 발명품이 나를 울려요》《우리 문화유산에는 어떤 비밀이 담겨 있을까》《민들레 씨앗에 낙하산이 달렸다고?》 등을 썼다.

砂場の 少年
Copyright © 1990 by Haitani Kenjiro(灰谷健次郎) All rights reserved
Korean Translation copyright © 2003 © 2008 by Tin Drum publishing company.

이 책의 한국어판 저작권은 하이타니 겐지로 사무소, 토니 에이전시를 통해 저작권자와의 독점 계약으로 (주)양철북출판사에 있습니다.
저작권법에 의해 한국 내에서 보호를 받는 저작물이므로 무단 전재와 복제를 금합니다.

모래밭 아이들

1판 1쇄 발행 2003년 4월 15일 | **1판 10쇄 발행** 2007년 6월 14일
2판 1쇄 발행 2008년 7월 29일 | **2판 8쇄 발행** 2014년 6월 3일

지은이 하이타니 겐지로 | **옮긴이** 햇살과나무꾼
펴낸이 조재은 | **펴낸곳** (주)양철북출판사 | **등록** 제25100-2002-380호(2001년 11월 21일)
편집 임중혁 김성은 김인정 | **디자인** 나지은 | **마케팅** 조희정 | **관리** 정영주
주소 서울시 마포구 서교동 양화로8길 17-9 | **전화** 02)335-6407 | **팩스** 02)335-6408
ISBN 978-89-90220-81-3 03830 | **값** 9,500원

카페 http://cafe.daum.net/tindrum 블로그 http://blog.naver.com/tin_drum

※ 잘못된 책은 바꾸어 드립니다.

모래밭 아이들

하이타니 겐지로 장편소설 — 햇살과나무꾼 옮김 — 이상권 그림

 양철북

한국어판을 내며

아이들의 생각이 교사에게 가 닿지 않는다.
아이들의 마음이 교육 현장에 반영되지 않는다.
그리하여 교육은 점점 더 황폐해진다. 현대 사회가 안고 있는 커다란 문제이다.
아이들은 인간이 인간답게 살 수 있기를 바란다. 어른들이 일방적으로 강요하는 그 사회의 가치관에 따르기를 거부한다.
아이들은 새로운 생각이나 창조적인 생각으로 진보적인 사회 만들기에 참여하고 싶어 한다.
어른들은 이 점을 이해해야 한다.
그렇게 한다면, 아이들은 신이 부여한 인간의 가능성을 최대한 발전시키기 위해 어떤 어려움에도 꺾이지 않고 한결같이 희망의 길로 나아갈 것이다.
나는 이런 생각을 담아 이 이야기를 썼다.

하이타니 겐지로

차례

한국어판을 내며

3학년 C반 아이들   9
첫 수업   42
꽃을 든 선생님   68
학교 가기 싫어요   98
세상에 이상한 아이는 없어   138
참 쓸쓸한 규칙   174
아이의 불행은 아이 탓이 아니다   213
진정한 자유   236
소박하게 사람을 사랑할 수 없게 만드는 것들   277
뭐든지 하자 모임   311
모래밭에서 뒹구는 아이들처럼   323
언제까지나 착한 아이   367

옮긴이의 말   381

3학년 C반 아이들

처음부터 니시 분페이 같은 소년을 만난 것도 뭔가 인연이 아닐까, 하고 구즈하라 준은 생각했다.

그 사소한 사건이 벌어진 것은, 구즈하라 준이 학교에 도착해서 교감 선생에게 교무실 자리를 안내받고 있을 때였다.

"참는 데도 한계가 있어. 내가 벌써 여기 몇 번째 온 줄 알아?"

별안간 격앙된 목소리가 들렸다.

교무실에서 그런 큰 소리가 나서, 구즈하라 준은 깜짝 놀랐다.

큰 소리를 내는 사내 앞에 중년의 여선생이 있었다.

"네 번이야, 네 번. 게다가 수업이 끝날 때까지 줄곧 기다려야 했다고, 어? 당신이 대체 뭐냐고! 학교 선생이 그렇게 잘났어?"

남자의 서슬에 눌려 그 여선생은 하얗게 질려 있었다. 거친 말투에 화도 나는 듯, 여선생의 입가가 가늘게 떨렸다.

"모양이 마음에 안 든다느니 색깔이 별로라느니 하는 건 물건 사는 사람 마음이겠지만, 그때마다 왔다갔다하는 사람 입장도 좀 생각하라고. 다리미 하나 팔아서 얼마 남을 것 같아? 장사꾼한테 시간은 돈이나 매한가지야."

"저, 잠깐." 하고 교감 선생이 끼어들었다.

"선생 중에는 세상 물정 모르고 몰상식한 사람이 많다더니, 내가 정작 이런 꼴을 당하니 오만 정이 다 떨어지는군……. 그러고도 남의 애들을 잘도 가르치겠소."

사내는 핏발 선 눈으로 여선생을 노려보며 말했다.

"여기서는 뭣하니까……." 하고 교감 선생이 구슬리듯 사내의 어깨를 붙잡았다.

남자가 고함치듯 말했다.

"여기에 있는 선생들 전부 다 들으라고 이렇게 큰 소리로 말하는 거요."

교무실 한쪽에서 남학생 하나가 벌을 서고 있었다.

묘하게 흘러가는 교무실 공기가 마음에 걸렸는지, 학생을 벌세웠던 선생이 학생한테 다가가 말했다.

"그만 됐다. 교실로 돌아가."

소년은 짐짓 시치미를 떼고 말했다.

"좀 더 있겠습니다."

"됐다면 됐어. 그만 돌아가."

초조한 기색을 숨기지 못한 채 선생이 나직이 말했다.

"하는 수 없지, 뭐."

소년은 조그만 목소리로 마치 들으라는 듯이 중얼거렸다. 하지만 소년은 꼼짝하지 않았다.

남자는 교감 선생의 손을 거칠게 뿌리치며 교무실에 있는 선생들을 노려보며 말했다.

"내가 복도에 서서 오랫동안 기다리고 있는 모습을 당신들도 다 봤잖아. 안 그래? 당신들도 한통속이야?"

화살이 자기네로 돌려지자, 어떤 선생은 쓴웃음을 지었고 어떤 선생은 당황한 듯 옆자리의 선생과 얼굴을 마주 보았다.

교감 선생이 다시 사내의 어깨를 붙잡았다.

"자, 자, 교장실에서 조용히 얘기하시죠. 네?"

"내가 교장실에는 왜 가?"

"……."

소년이 쿡 웃었다.

교감 선생이 소년을 발견하고 물었다.

"뭔가, 자네? 몇 학년 몇 반이야?"

"3학년 C반입니다."

교감 선생이 구즈하라 준을 흘긋 보면서 "아, 저, 잠깐만 기다려 주세요." 하고 황급히 사내에게 말했다.

"구즈하라 선생. 마침 잘 됐습니다. 선생님 반 학생이 여기 있군요. 저 학생한테 교실을 안내해 달라고 하죠."

이쪽저쪽 신경을 쓰며 교감 선생이 부산스레 말했다.

신임 교사와 학생이 한시라도 빨리 자리를 떴으면 좋겠다는 기색이 역력했다.

교감 선생은 한 번 더 사내에게 말했다.

"잠깐만 기다려 주세요."

"뭐 하자는 거야, 이거!"

사내는 불쾌하다는 감정을 숨기지 않았다.

말투에 기세가 꺾여 불쾌하다는 감정이 잔뜩 배어 있었다.

"아, 이거 정말 죄송하게 됐습니다."

남자를 진정시킨 교감 선생은 소년에게 뭔가 말하고는 구즈하라 준을 손짓으로 불렀다.

"이 학생은 3학년 C반입니다. 이 학생과 교실로 가세요. 내가 같이 가는 게 좋겠지만, 보시다시피 일이 이렇게……."

"그렇…… 습니까……."

구즈하라 준은 교감 선생이 아닌 고함치던 남자를 바라보면서 어정쩡한 태도로 말했다.

사건의 결말이 궁금한 눈치였다.

"학생, 이 선생님을 너희 반으로 안내해 드려. 아까 말한 너희의 새 담임 선생님이시다."

소년은 줄곧 구즈하라 준을 보고 있었던 듯했다. 소년은 가볍게 고개를 끄덕였다.

구즈하라 준이 기운차게 말했다.

"그럼 부탁할까?"

교무실을 나설 때, 소년이 꽤 커다란 소리로 거침없이 말했다.

"아저씨, 하고 싶은 말은 하는 게 좋아요."

남자가 깜짝 놀란 얼굴로 소년을 보았다.

복도를 걸어가면서 구즈하라 준이 소년에게 물었다.

"왜 교무실에서 벌을 서고 있었지?"

"수업 시간에 공책에다 만화를 그렸거든요."

"벌, 자주 서나?"

"밥 먹듯이 서죠."

나란히 걷고 있어서 소년의 표정은 잘 알 수 없었다. 그러나 소년은 그렇게 대답하면서 웃고 있는 것 같다고 구즈하라 준은 생각했다.

"이유는?"

"이유요?"

소년이 되물었다.

구즈하라 준은 잠시 말문이 막혔다.

"이유도 없이 학생한테 벌을 주는 선생님은 없을 테니까."

소년은 고개를 갸웃했다.

"글쎄요."

"글쎄요?"

이번에는 구즈하라 준이 되물었다.

"그때그때 기분에 따라 학생들을 야단치는 선생님들이 많은데."

소년은 혼잣말처럼 말했다.
"그때마다 어떻게 일일이 기분을 맞춰 줘?"
이번에는 중얼거리듯이 덧붙였다. 싸늘한 말투였다.
"내가 오늘부터 너희 반 담임이다."
소년은 걸음을 옮기며 무덤덤하게 말했다.
"교감 선생님한테 들었어요."
"네가 벌을 서는 문제에 대해서 좀 더 얘기해도 될까?"
소년은 담백하게 대답했다.
"물론이죠."
"그래서, 반성하니?"
"벌서면서요?"
"그래."
"뭐, 별로요."
구즈하라 준은 나직이 으음 하고 소리를 냈다.
"수업 시간에 만화를 그리는 건 옳지 못한 행동 아닌가? 그렇게 생각하지 않니?"
소년은 보일 듯 말듯 고개를 들었다.
"그거야 생각하기 나름이죠."
그러면서 고개를 돌려 처음으로 구즈하라 준의 얼굴을 보았다.
구즈하라 준은 소년의 말을 잘 이해할 수 없었다.
"무슨 뜻이지?"
"수업 시간에 만화를 그리지 말라는 건 선생님 입장이죠. 그러면,

수업이 시시할 때는 만화를 그릴 권리가 있다는 학생들 입장도 성립될 수 있는 것 아닌가요?"

"딴은 그렇군."

무심코 그렇게 말해 버리고 구즈하라 준은 쓴웃음을 지었다.

소년이 말했다.

"선생님, 좀 독특하시네요."

"흠, 왜?"

"이럴 때 '딴은 그렇군.' 하고 말하는 선생님은 없다고 보는데요."

구즈하라 준은 싱긋 웃었다.

"나 역시 너를 조금 독특한 학생이라고 생각하고 있다."

"흐음, 그래요?"

"이름을 물어도 될까?"

"니시 분페이예요."

"나는 구즈하라 준이다."

네, 하고 소년은 고개를 끄덕였다.

구즈하라 준은 이 소년에게서 왠지 상쾌한 느낌을 받았다.

"자, 하던 이야기로 돌아갈까? 시시한 수업이란 예를 들면 어떤 수업이지?"

"교과서나 참고서에 써 있는 내용을 앵무새처럼 되뇌는 수업이 재미있을까요?"

"……."

"가끔은 나름대로 뭔가 새로운 걸 가르쳐 준다는 듯 으스대지만,

착실히 시험공부를 하는 녀석이라면 이미 알고 있는 내용이니까, '쳇, 겨우 이거야?' 하는 생각만 들죠. 꼭 어릿광대 같아요, 그런 선생님은."

구즈하라 준이 말했다.

"신랄하군."

소년은 가차 없이 비판했다.

"선생님이 전혀 공부를 안 하니까요."

구즈하라 준은 조금 마음에 걸리는 것을 물어보았다.

"이 학교 학생들은 다들 너처럼 솔직하니?"

"솔직하냐고요?"

"선생님에게 솔직하게 말을 하느냐고……."

소년은 고개를 끄덕이며 제법 어른스러운 투로 말했다.

"아, 그거요? 선생님한테 대놓고 말하는 아이들은 문제아로 취급받죠."

"그렇겠지. 그럼 너는 어때?"

"저요?"

소년이 장난꾸러기 같은 얼굴을 짓더니 "한 방 먹었군요." 하고 말했다.

두 사람은 다른 건물로 통하는 연결 통로를 건넜다.

곧 3학년 C반 교실인 모양이었다.

구즈하라 준은 이 소년과 좀 더 이야기를 나누고 싶었다.

"학교를 한 번 둘러보고 싶은데, 안내해 주겠니?"

소년은 선뜻 대답했다.
"그러죠."
두 사람은 복도를 지나 안마당으로 방향을 틀었다. 쉬는 시간의 떠들썩한 소음이 둘을 감쌌다.
문득 소년이 물었다.
"왜 아침에 안 오셨어요?"
"응?"
구즈하라 준은 소년의 얼굴을 보았다.
"새로 선생님이 오시면 아침 조례 시간에 전교생한테 소개하잖아요."
"그렇구나."
구즈하라 준은 무심코 고개를 끄덕였지만, 순간 친구의 말이 머리를 스쳤다.
'오늘날의 교육 현장에서 임시 교사는 근본적으로 인간 대접을 못 받는 존재니까.'
그 친구는 임시 교사가 받는 갖가지 차별을 구즈하라 준 앞에서 들추어냈다.
'교원 노동조합도 임시 교사의 권리를 위한 투쟁에는 나 몰라라 하고 있어.'
교사인 친구는 이런 말도 했다.
구즈하라 준이 소년에게 대답했다.
"순서가 뒤바뀐 건지도 모르지."

"순서요?"

"교무실에서 큰 소리가 났으니까. 교감 선생님이 꽤 당황하신 것 같더군."

소년은 살짝 고개를 끄덕였지만 이내 다시 갸웃거렸다.

구즈하라 준은 화제를 바꾸었다.

"교무실에서 큰소리를 내던 사람은 전자 제품을 팔러 온 사람이니?"

"팔러 온 게 아니라 그 선생님이 불렀어요."

"그래?"

"물건 파는 사람이 원래 좀 약한 입장이잖아요?"

"그렇겠지. 일반적으로 파는 사람과 사는 사람의 관계에서 본다면."

"물건을 팔아야 돈을 버니까, 아무래도 굽실거리게 되죠. 딱히 그 사람이 비굴한 것도 아닌데."

"뭐, 그렇지."

"당장은 돈벌이가 안 되더라도 다음을 위해 손해를 보며 장사를 해야 하는 경우도 있고요."

"으음."

"그런 약한 입장을 학교 선생이 이용하니까 인간으로서 저질인 거예요."

"호오."

구즈하라 준은 소년에게서 눈을 뗄 수가 없었다.

"너는 그 사람한테 하고 싶은 말은 하는 게 좋다고 했지?"

"네."

"교무실에서 그런 말을 하려면 꽤 용기가 필요할 텐데?"

소년은 이 말에는 대답하지 않았다.

"저는 별로 정의로운 편은 아니지만, 그 아저씨의 분노는 이해할 수 있어요. 기껏 다리미 하나 사면서 네 번씩이나 다른 제품을 가져오라고 돌려보내는 사람과 묵묵히 그 말에 따르는 사람이 둘 다 같은 인간이라는 게 화가 나요."

소년이 고개를 갸웃하며 말했다.

"3학년 건물은 한 바퀴 다 돌았는데……."

"아, 고마워. 자, 그럼, 드디어 첫 만남이구나."

구즈하라 준은 자못 명랑한 듯 말했다.

소년이 중얼거렸다.

"괜히 화나네."

"응?"

'뭐가?' 하는 얼굴로 구즈하라 준이 소년을 보았다.

"새로 오신 선생님은 맨 먼저 전교생한테 소개하는 게 순서잖아요? 뭔가 이상해."

소년은 불만스러운 듯 중얼거렸다.

"구즈하라 준이라고 한다."

구즈하라 준은 그렇게 말하고 자기 이름을 칠판에 적었다.

"선생님, 혹시 임시 교사세요?"

맨 먼저 학생들 입에서 튀어나온 말은 이것이었다.

구즈하라 준은 기죽지 않고 대답했다.
"맞다, 임시 교사다. 어떻게 알았지?"
한 학생이 말했다.
"나이, 꽤 많겠는걸."
다른 학생이 물었다.
"몇 살이세요?"
"서른다섯이다."
'히익' 하는 소리와 '젊어 보이는데.' 하는, 감탄인지 야유인지 알 수 없는 소리가 터져 나와 교실 안이 조금 어수선해졌다.
한 여학생이 조금 격식을 차린 말투로 물었다.
"우리 학교는 몇 번째 근무지인가요?"
"처음이다."
'엣?' 하는 소리가 여기저기서 들렸다.
"처음이란 건, 선생님으로서 학생들 앞에 처음 선다는 뜻인가요?"
"음, 그렇다."
"첫 경험? 야, 까불지 마!" 따위의 말이 들렸다.
뒤쪽에서 큰 소리가 났다.
"이야, 이거 너무한 거 아냐?"
구즈하라 준이 그 목소리의 주인공에게 물었다.
"뭐가 너무하다는 거지?"
"지금 나더러 그걸 설명하란 건가?"
"네가 꺼낸 말이니까 네가 제대로 설명해." 하고 누군가가 말했다.

눈매가 시원스런 소년이 일어섰다. 적당히 불량스러운 말투와 가냘픈 몸매가 구즈하라 준에게는 이질적으로 느껴졌다. 그렇다고 불쾌한 느낌은 아니고, 뭐랄까 그 오만함이 귀엽게 느껴지는 소년이었다.

"나 참, 그걸 어떻게 설명하냐, 이거……."

그 소년은 난처한 듯 주위를 둘러보고는 느릿느릿 말을 이었다.

"선생님은 우리 반이 어떤 반인지 알고나 오신 겁니까?"

"야, 그런 말이 어딨냐?" 하는 소리가 들렸다.

"자식아, 그럼 나더러 어쩌라고? 다른 뾰족한 수 있어?"

소년이 거친 말씨로 되받았다.

어쩐지 절로 웃음이 나와서 구즈하라 준은 부드러운 얼굴로 물었다.

"이 반이 어떤 반이지?"

"쉽게 말해서, 눈 밖에 난 자식들이죠."

구즈하라 준이 말했다.

"흐음. 스스로를 그렇게 생각하나?"

반 전체에게 물은 셈이었지만, 소년은 으음 하고 신음했다.

구즈하라 준은 자신의 첫 친구에게 물었다.

"어떤가, 분페이는?"

니시 분페이는 여전히 어른스러운 말투로 대답했다.

"그건 좀 어려운 질문이군요."

"어렵다고?"

"맨 처음 문제아 딱지를 붙인 건 선생님들이니까요."

"음, 그래서?"

"우리를 반항적이라고 단정 지어 놓고 왜 반항하는지는 전혀 생각해 보지 않을뿐더러 우리 말은 들으려고도 하지 않으니까, 우리야 '나 참, 이게 뭐야?' 하고 생각할 수밖에요."

"'이게 뭐야?' 라……."

구즈하라 준은 쓴웃음을 지었다.

"우린 만족해요, 문제아라는 딱지에."

"흐음, 그래?"

"그러니까 선생님의 질문엔 대답하기 좀 곤란해요."

"그렇구나."

누군가가 장난스럽게 소리쳤다.

"철학자의 철학적 해답!"

구즈하라 준이 '응?' 하는 얼굴을 했기 때문에 소년이 설명했다.

"분페이의 별명이 '철학자'거든요."

구즈하라 준은 웃으며 "역시." 하고 말했다.

구즈하라 준이 문득 소년에게 물었다.

"너는 별명이 있니?"

소년이 대답했다.

"해달이요."

와하하 하는 웃음소리가 일고, 그 소년은 머쓱한 듯 머리를 긁적였다.

"당차면서도 귀여운 점이 꼭 닮았구나."

우우우, 아이들이 소년을 놀려 댔다.

"이름은 뭐지?"

소년이 대답했다.

"시모자와 도루예요."

"자, 하던 얘기로 돌아가서, 너도 분페이와 같은 의견인가?"

"뭐, 그런 셈이죠."

시모자와 도루가 뻐기듯이 말했다.

"너희가 왜, 무엇 때문에 반항하는지는 차차 알아 나가기로 하고, 시모자와, 얘기 계속해 봐."

그때 한 여학생이 손을 들었다.

"선생님. 아까 선생님은 니시 분페이는 분페이라고 이름만 부르시고, 시모자와 도루는 시모자와라고 성만 부르셨습니다. 이유가 뭐죠?"

"……."

구즈하라 준은 잠깐 머뭇거렸다가 그 여학생에게 물었다.

"그게 마음에 걸리나?"

"네."

"그래?"

구즈하라 준은 잠깐 생각했다.

누군가가 말했다.

"뭐 그깟 일로 따지고 난리야?"

그 여학생이 차갑게 대꾸했다.

"선생님이 학생을 편애하잖아."
"아아."
구즈하라 준은 그럭저럭 수긍이 갔다.
"야, 남 말하는 데 끼어들지 마."
시모자와 도루가 투덜거렸다.
"그러니까 결론을 말하면, 우리는 3학년인데 지난번 선생님도 임시 교사였어요. 이 학교, 대체 무슨 생각을 하는 거죠?"
여학생은 제자리에 앉았다.
"맞아, 맞아." 하는 소리와 "옳소, 옳소." 하는 소리가 여기저기서 드높았다.
금방이라도 미끄러질 듯, 허리를 의자 끝에 걸친 불량스러운 자세로 앉아 있던 덩치 큰 남학생이 말했다.
"우린 버림받은 지 오래야. 이제 와서 새삼스럽게 왜 그래, 너희들?"
"이름을 물어봐도 될까?"
그 남학생이 자리에서 일어나 도전적으로 말했다.
"이름을 알아서 어쩔 건데요?"
"지금 들어 두면 잊어버리지 않을 것 같아서."
"그러니까, 지금 나를 요주의 인물로 찍겠다는 겁니까?"
꽤 험악한 기세였다.
"그렇지 않아. 나는 기억력이 좀 나빠서 말이야."
남학생은 하는 수 없다는 듯 대답했다.

"가지라고 합니다."

"이름은?"

"싫어하는 이름이라 말하기 싫습니다."

"그래도 있긴 있겠지?"

"있습니다."

"부모님이 지어 주신 이름이잖아. 마음에 안 들더라도 사내답게 깨끗이 받아들여."

"어우, 씨."

소년은 떼쟁이 아이처럼 몸을 흔들며 말했다.

뒤에서 누군가가 큰 소리로 말했다.

"요시오예요. 한자를 풀이하면, 착한 남자란 뜻이죠."

가지 요시오가 뒤돌아보며 으르렁댔다.

"이 자식, 너, 죽을 줄 알아."

구즈하라 준이 말했다.

"좋은 이름이구나. 너무 싫어하지 마라."

가지 요시오는 "쳇."하고 혀를 차고는 책상을 발로 뻥 찼다.

니시 분페이가 손을 들었다.

"시모자와가 너무하다고 말한 또 다른 이유는, 우리 반을 맡으신 담임 선생님에 대한 예의에 어긋나기 때문입니다."

시모자와 도루가 맞장구를 쳤다.

"맞아."

"무슨 뜻이지?"

"임시 교사는 입시 경험이 별로 없잖아요. 그런 선생님한테 3학년 담임을 맡기는 것도 그렇고, 우리 입으로 말하기는 뭣하지만 문제아 반을 맡기는 것 역시 너무 심하다는 뜻이에요."

"옳소, 옳소. 우리도, 임시 교사도 차별받고 있는 거라고."

누군가가 큰 소리로 말했다. 맞장구를 치는 학생이 몇 있었다.

구즈하라 준은 큰 소리로 으음 하는 소리를 냈다.

"너희를 만난 지 아직 20분도 안 되었지만, 꽤 많은 생각을 하게 만드는구나. 그건 그렇고 한 가지 마음에 걸리는 게 있다."

몇몇 학생이 흥미로운 듯 몸을 앞으로 쭉 내밀었다.

구즈하라 준은 시모자와 도루를 자리에 앉혔다.

"너희가 선생님에게 반항적이고 또 설사 선생님들이 너희를 문제아로 낙인찍었다 해도, 어떤 형태로든 너희 스스로 그것을 인정하는 것은 바람직하지 않다고 보는데?"

한 학생이 불쑥 말했다.

"바람직하진 않아도 사실인 걸 어떡해요?"

구즈하라 준을 뚫어지게 쳐다보고 있던 여학생이 자리에 앉은 채 말했다.

"선생님은 어쩐지 선생님 같지 않아요."

그러더니 이번에는 손을 들고 말했다.

"선생님은 선생님이잖아요?"

"무슨 뜻이지?"

"학교 문제를 남의 일같이 얘기하는 것처럼 들려서요."

"호오?"

구즈하라 준은 소녀를 보았다.

"참, 이름을 말해 주겠니?"

소녀가 자기 소개를 했다.

"미즈타니 레이코라고 합니다."

"미즈타니, 나는 교사로서 학생들을 만나기로 마음먹은 뒤, 딱 하나 반드시 지키겠다고 맹세한 것이 있다."

미즈타니 레이코의 눈이 언뜻 반짝였다.

"선입견을 갖고 아이들을 보지 말 것, 아이들한테 이렇게 해 주자, 저렇게 해 주자 하고 미리부터 생각하지 말 것."

교실이 조금 조용해졌다.

"그러니까 혹시 내 말이 선생답지 않더라도 이해해 주기 바란다."

한 학생이 손을 들었다.

"선생님은 이상주의자입니까?"

어수룩한 말투였기 때문에 왠지 우스웠다.

아니나 다를까, "이 바보, 지금 무슨 말을 하는 거야?" 하는 비난이 소년에게 쏟아졌다.

곧바로 구즈하라 준이 물었다.

"네 이름을 가르쳐 주겠니?"

"저어······. 저는 스즈키 다이스케입니다."

"다이스케?"

구즈하라 준은 빙긋 웃었다.

"될 수만 있다면 이상주의자가 되고 싶어. 네 말을 들으니까 어쩐지 마음이 따뜻해지는 것 같구나."

스즈키 다이스케는 머리를 긁적이며 자리에 앉았다.

"오늘 보니까 내 맹세도 영 헛되지는 않았다는 생각이 드는구나."

누군가가 물었다.

"왜요?"

"이 반을 문제아 반이라고들 한다지만, 나는 그렇게 생각하지 않으니까."

"그건 아직 모르잖아요?"

그런 소리가 들렸다.

누가 한 말인지 잘 알 수 없었다.

"음. 아직은 모르지만, 내 느낌은 그래. 오히려 마음이 놓여."

미즈타니 레이코가 물었다.

"어떤 면에서 그런데요?"

"다들 솔직하니까. 마음에서 우러나오는 말을 하고 있어. 그 점이 아주 중요해."

"좋은 점만 봤다가 나중에 좌절할걸요?"

그렇게 말하는 학생이 있었다.

"냉정하구나."

"이름을 말할까요?"

그 학생이 앞질러 말했다.

"그래 주겠니?"

"에비스 미키오예요."

구즈하라 준은 쓴웃음을 지으며 말했다.

"이 반이 문제아 반이라고는 생각하지 않지만, 아무튼 배짱 하나는 두둑하구나. 심약한 선생님은 감당 못 하겠어."

구즈하라 준은 솔직한 감상을 말했다.

창가 자리 맨 뒤쪽에 앉아 있던 학생이 손을 들었다.

"선생님, 질문 하나 해도 될까요?"

"되고말고. 말해 봐."

"선생님은 샐러리맨이셨나요?"

"샐러리맨에서 탈출한 지는 벌써 오래되었지. 방송국 일을 했지만 8년 만에 때려치우고, 친구와 함께 유기 농법 공동체를 꾸렸으니까."

"선생님, 되게 특이하시네요."

이렇게 말하는 학생이 있었다.

호기심이 당기는 듯 몸을 쑥 내밀고 있는 학생도 있었다.

한 여학생이 물었다.

"그런데 갑자기 선생님이 되신 이유는 뭐예요?"

"이유는 차차 말해 주겠다는 대답으로 부족할까?"

"좋아요. 저는 미소노 에쓰코라고 해요."

그 여학생은 담백하게 대답하고는 자기 이름을 밝힌 뒤에 앉았다.

구즈하라 준이 말했다.

"고맙군."

미소노 에쓰코는 생긋 웃었다. 건강해 보이는 소녀였다.

다른 여학생이 물었다.

"선생님은 아이들을 좋아하세요?"

"굳이 말하라면, 아이들은 좋아하지 않아."

누군가가 '우헤에' 하는 괴상한 소리를 냈다.

"그럼, 중학생은요?"

"솔직히 중학생이 가장 싫어. 어른도 아니고 어린애도 아니고, 옆에 다가오면 어쩐지 젖비린내가 나는 느낌이야."

"말 되네." 하고 누군가가 말했다.

한 학생이 큰 소리로 말했다.

"이 선생님, 진짜 독특해."

"아무튼 오늘부터 난 너희 담임이다. 잘 부탁한다."

구즈하라 준은 고개를 숙였다.

"너희는 담임을 선택할 수 없고, 나는 학생을 선택할 수 없다. 그런 불행한 관계에서 출발하는 셈이지. 사실은 참 불합리한 거야."

"그건 어쩔 수 없잖아요, 선생님."

시모자와 도루가 말했다. 어딘지 친근감이 담긴 말씨였다.

"고맙군. 그렇게 말하는 네 마음은 아주 소중해. 다만, 나는 이렇게 생각한다. 교육계만의 얘기는 아니지만, 어떤 약속이나 규범 속에 처음부터 몸담고 있으면, 설사 약속이나 규범 자체가 억지스럽고 불합리한 것이더라도 그걸 따져 보기 이전에 무의식적으로 인정해 버리기 쉬워. 뭐가 옳고 그른지, 무엇이 인간을 행복하게 하는지 불행하게 하는지 따져 보는 비판 정신을 잃어버린다는 점이 무서운 거야. 학교에도 가정에도 사회에도, 그런 예는 숱하게 많지 않니?"

얼핏 고개를 끄덕이는 학생이 몇 있었다.

"말씀이 아주 난해한데, '철학자' 하고 겨루면 꽤 재미있겠는데요."

끝까지 빈정대며 익살스레 대꾸하는 학생도 있었다.

시모자와 도루가 손을 들었다.

"선생님. 우리 학교 교칙을 알고 계세요?"

"아니."

"해마다 학년 초가 되면 교칙을 잘 지키도록 각 가정에 협조를 구하는 인쇄물을 돌리는데, 그 내용을 선생님께 알려 드리고 싶어요."

"어쭈, 도루, 제법인데?" 하는 소리가 들리고, 맞장구치는 소리와 함께 박수가 일었다.

"지금 그걸 갖고 있나?"

"네. 읽을까요?"

"음. 그럼 들어 볼까?"

박수 소리가 한결 커졌다.

시모자와 도루가 읽기 시작했다.

"'중학생 시절은 인생에서 매우 중요한 시기입니다.'"

당장에 야유가 터져 나왔다.

"인생에서 안 소중한 시기도 있냐?"

아이들 사이에 웃음이 일었다.

시모자와 도루는 야유를 보낸 학생을 흘끗 쳐다본 뒤 구즈하라 준에게 말했다.

"선생님, 방금 저 녀석은 이다카 마사토입니다."

구즈하라 준은 싱긋 웃으며 "음." 하고 고개를 끄덕였다.

"'심신이 건강한 학생들로 기르기 위해서는 학교와 가정이 힘을 합해 노력해야 합니다.'"

"힘을 합해서 대체 뭘 어떻게 노력한다는 거지? 제발 노력하지 마, 무서워."

역시 이다카 마사토였다.

"이다카, 너!"

한 여학생이 엄한 목소리로 나무라듯 말했다.

"아, 예, 예."

이다카 마사토는 여전히 능청을 떨었다. 익살꾼인 듯했다.

시모자와 도루가 계속 읽었다.

"'여기에는 올해 학교에서 권장하는 사항이 정리되어 있으므로, 가정에서도 부디 협조해 주시기 바랍니다.'"

시모자와 도루가 잠깐 말을 끊고 투덜거렸다.

"선생님. 이 글엔 제목이 붙어 있는데요, 제목이 '올바르게 판단하고 행동하는 학생 자립의 길'이에요. 올바르게 판단하고 행동하는 학생 자립의 길이라니, 정말 정나미가 뚝 떨어져요. 지금부터는 제가 선생님한테 강조하고 싶은 부분만 읽을 테니까, 다른 부분은 나중에 선생님이 직접 읽어 보세요."

구즈하라 준은 고개를 끄덕였다.

"학내 생활에 관한 복장·두발 부분이에요. '두발은 길게 자라기 전에 잘라 주십시오. 남학생은 장발이나 목덜미 아래로 내려오는 머리는 인정되지 않습니다. 여학생의 경우에는 긴 머리나 파마머리, 염색 등을 금지하고 있습니다. 또 남녀 학생 모두 교복이 정해져 있으므로, 단정한 복장으로 학교생활을 할 수 있도록 해 주십시오. 와이셔츠(남)와 블라우스(여)는 흰색만 입도록 해 주십시오.'"

시모자와 도루는 고개를 들어 구즈하라 준을 보았다. 구즈하라 준은 팔짱을 끼고 있었다. 뜻밖이라는 표정이었다.

"소지품에 관한 항목인데요, 읽을게요. '소지품에는 빠짐없이 이름을 적어 주십시오. 또 시계 같은 귀중품이나 학교생활에 불필요한 물건을 학교에 가져오는 것을 금지합니다. 필요 이상으로 많은 돈도 학교에 가지고 오지 못하도록 해 주십시오. 돈을 빌리는 것도 금지되어 있습니다.' 어떠세요, 선생님?"

"으음."

구즈하라 준은 가볍게 신음했다.

시모자와 도루가 말했다.

"계속 읽을게요. 교외 생활의 외출 부분은 이래요. '외출은 정해진 시각(4~10월은 오후 9시, 11~3월은 오후 7시)까지로 하고…….'"

우리가 뭐 시계 바늘인 줄 아느냐는 야유가 터져 나왔다.

"'목적지, 귀가 시간, 친구 등을 확인해 주십시오.'"

누군가가 내뱉듯이 중얼거렸다.

"바보 아냐?"

"우린 죄수가 아니라고!"

누군가가 큰 소리로 외쳤다.

시모자와 도루는 소란에도 개의치 않고 계속 낭독했다.

"'야간 외출 시에는 보호자가 동반해 주십시오.'"

"허, 유치원생이냐?"

누군가가 실소를 터뜨렸다.

"'외박은 보호자 동반이거나 보호자의 허락을 얻은 친척집으로 제한합니다.'"

"에고, 숨차라." 하고 시모자와 도루는 인쇄물 페이지를 넘겼다.

"교우 관계 부분은 전부 읽을게요. '어떤 친구와 어떤 교제를 하고 있는지 자세히 알아서 건전한 교제가 가능하도록 해 주십시오. 학생들끼리 크리스마스 파티를 하거나 생일 파티를 하거나 학내에서 무단으로 모임을 만들지 않도록 해 주십시오. 남녀 학생끼리는 밝고 순결하고 절도 있게 교제하도록 하고, 특정 상대와 단독으로 교제하는 일이 없도록 지도해 주십시오.'"

몇몇 학생이 마룻바닥을 쿵쿵 굴렀다.

한 학생이 고함치듯 말했다.

"세이코, 우리 순결하게 교제하자. 손 같은 건 잡지 말고."

세이코라 불린 여학생은 화가 나서 지우개를 그 남학생한테 던졌다. 놀림을 받은 것이다.

학생들은 저마다 떠들어 대기 시작했다.

"한물 간 아줌마, 아저씨라서 우릴 질투하는 거야, 학교 선생님들

말이야."

시모자와 도루가 으름장을 놓았다.

"야, 시끄러워. 조용히 안 하면, 나 이거 안 읽는다."

겨우 잠잠해졌다.

"'학교에서는 같은 학년 이외의 학생과 어울리지 않도록 지도하고 있습니다. 원칙적으로는 교외에서도 마찬가지입니다. 또 졸업생이나 유·무직 소년, 타교 학생과는 교제하지 않도록 철저히 지도해 주십시오.'"

"야, 잠깐."

한 학생이 손을 들었다.

"선생님은 우리 이름을 빨리 외우고 싶어 하시는 것 같으니까, 먼저 제 이름을 말할게요. 저는 야마다 미키오라고 해요. 좀 전에 시모자와가 읽은 거, 그거 차별 아닌가요? 대체 유·무직 소년이 뭐예요? 그런 말투, 차별 아닌가요? 선생님이 무슨 권리로 누구하고 어울리지 말고 누구하고 사귀지 말라는 거냐고요."

야마다 미키오의 얼굴이 발갛게 달아올라 있었다.

아이들의 응원 소리가 들렸다.

"옳소, 옳소."

구즈하라 준은 할 말이 없었다.

"으으음."

시모자와 도루가 야마다 미키오를 달랬다.

"야, 구즈하라 선생님한테 따진다고 뭐가 달라져, 응?"

"그야 그렇지."

야마다 미키오가 조금 머쓱한 듯 대답했다. 심성은 고운 아이 같았다.

"계속 읽을게요."

시모자와 도루가 말했다.

"'친구 집에 우르르 몰려가지 않게 해 주십시오. 대중목욕탕은 집 근처에 있는 것을 이용하게 하고, 남에게 폐를 끼치지 않도록 여러 명이 몰려가거나 너무 오래 있지 않도록 해 주십시오.'"

키가 큰 학생이 구즈하라 준을 똑바로 쳐다보면서 말했다.

"대체 무슨 생각을 하는 거지, 선생님들은? 이런 생각이나 하고 있는 선생님을 상상하면 한심해, 정말."

눈이 마주치자 이름을 말했다.

"오노 쇼키치예요."

구즈하라 준은 고개를 끄덕여 주었다.

시모자와 도루가 인쇄물을 마저 읽었다.

"'다른 사람에게 폐가 되지 않도록 친구들끼리 오랫동안 전화 통화를 하지 않도록 해 주십시오.'"

"별 걸 다 참견해."

야유가 쏟아졌다.

시모자와 도루가 인쇄물을 책상 위에 내려놓고 말했다.

"텔레비전이나 라디오 시청법, 아르바이트 금지 등, 아직 잔뜩 남아 있지만 이 정도면 충분하겠죠, 선생님? 대강 어떤 건지 아셨을 거예요."

"그렇구나."

구즈하라 준은 쓴웃음을 지었다.

"선생님은 좀 전에 약속이나 규범이 애당초 억지스럽고 불합리하더라도 그것을 무의식중에 인정해 버리는 것은 위험하다고 하셨죠?"

"위험한 게 아니라 무섭다고 했어." 하고 누군가가 바로잡아 주었다.

"아 참, 그랬지."

시모자와 도루는 솔직히 인정한 뒤 말을 이었다.

"저는 요즘의 중학생이 무서워요."

구즈하라 준은 시모자와 도루의 눈을 지그시 들여다보았다.

"학교에서 일방적으로 결정한 규칙을 두고, 규칙은 규칙이라며 고분고분 지키는 애들이 너무 많거든요."

구즈하라 준은 두세 번 느릿느릿 고개를 끄덕였다.

"하지만 우리는 그게 이상하다고 말해요. 그러니까 우리더러 문제 아래요."

미즈타니 레이코가 손을 들었다.

"이런 규칙을 지켜야 하는 것도 부자유스러워서 싫지만, 이렇게 사소한 것까지 지도해야 할 만큼 선생님들이 우리를 믿지 못한다고 생각하면 무지무지 암담한 기분이 들어요. 그런데 선생님들은 이런 우리 기분을 전혀 헤아려 주시지 않아요."

"대체로 학교 선생님들은 무신경해. 마음에 안 들어, 진짜."

그렇게 말한 아이는 에비스 미키오인 듯했다.

니시 분페이가 손을 들고 일어섰다.

"아까 시모자와의 말에 덧붙여 하고 싶은 말이 있습니다. 이건 실제 있었던 일이죠. 사립 여학교의 한 여학생이 역 앞에서 남학생과 잠깐 이야기를 나눈 것 때문에 학교에서 주의를 들었다고 해요. '남학생과 얘기하는 게 딱히 나쁜 일은 아니니까.' 하고 그 여학생은 대수롭지 않게 생각했죠. 그러다가 또 한 번 그런 일이 있었고, 운 나쁘게도 선생님이 그 모습을 본 거예요. 부모님이 불려 갔는데, 학교 교칙이니까 퇴학이라더래요."

"뭐야, 그게?"

"미쳤군, 미쳤어."

여기저기서 야유가 터져 나왔다.

"봉건 시대도 아니고, 그런 터무니없는 말이 어디 있느냐고 항의한 건 부모님이었고, 그 여학생은 교칙을 어겼으니까 자퇴하겠다고 했대요."

누군가 말했다.

"학교도, 학생도 정상이 아냐."

"맞아. 학교도 학생도 이상해. 우리나라의 모든 학교가 규칙에 꽁꽁 묶여 있으니까, 다들 머리가 이상해진 거라고. 우리 엄마가 그러는데, 그 여학생은 성적도 좋은 편이었고 성격도 좋았고, 한마디로 모범생이었대."

한 학생이 한숨을 내쉬었다.

오노 쇼키치가 말했다.

"그야말로 우리의 희망의 별이구나."

옆에 앉은 미소노 에쓰코가 물었다.

"무슨 말이야?"

오노 쇼키치가 핀잔을 주었다.

"못 알아들었냐? 너, 좀 둔하구나?"

"아무튼 첫 만남치고는 아주 굉장했어."

구즈하라 준이 말했다.

"너희가 반항하는 이유는 차차 알아 나가도록 하겠지만, 그 이유 중 하나는 방금 너희가 구체적으로 말해 준 것 같구나. 교칙과 관련하여 너희가 해 준 말에 비하면 약속이나 규칙 운운한 내 말은 일반적인 추상론에 지나지 않아. 그 추상론을 너희는 구체적인 말로 표현해 주었어. 도움이 되었다."

구즈하라 준은 길게 숨을 내쉬었다.

시모자와 도루가 손을 들었다.

"제가 읽어 드린 학교 교칙을 선생님은 어떻게 생각하세요?"

순간 교실 안이 잠잠해지고, 학생들의 시선이 일제히 구즈하라 준에게 쏠렸다.

"나중에 처음부터 읽어 볼 생각이다만, 대부분 불필요한 것 같구나, 아마도."

교실이 쥐 죽은 듯 조용해졌다.

"그런 말, 해도 괜찮을까 몰라."

느긋한 투로 그렇게 말하는 학생이 있었다.

구즈하라 준이 눈길을 주자, 그 학생이 손을 들고 이름을 말했다.

"시노즈카 마사루입니다. 선생님한테는 선생님의 입장이 있잖아요? 그런 말씀을 하셨다가 나중에 곤란해질지도 몰라요, 선생님."

시노즈카 마사루가 자리에서 일어나 거침없이 말을 이었다.

"선생님은 교실에 들어오자마자 출석부를 펼치고 우리 이름을 부르는 일을 하지 않았어요. 나, 그게 마음에 들었어요. 시미즈 게이코가 불만을 좀 터뜨리긴 했지만, 학생들 이름을 성으로 불렀다가 이름으로 불렀다가 하는 것도 마음에 들었고요."

구즈하라 준은 무슨 말을 해야 좋을지 몰랐다.

"그래서 선생님이 좀 걱정돼요."

그렇게 말하고, 시노즈카 마사루는 자리에 앉았다.

첫 수업

 이튿날, 그러니까 구즈하라 준이 부임한 지 이틀째 되는 날 아침에 또 사건이 터졌다.
 낯선 남자가 고래고래 소리치며 교무실로 들이닥친 것은 어제와 똑같았지만, 처음부터 살기등등했고 오른손으로 한 여학생의 손목을 거머쥐고 질질 데리고 들어왔다.
 "이 학생 담임이 누구요?"
 남자한테 손목을 잡혀 있는 여학생은 잔뜩 부루퉁해 있었다. 여학생은 그 남자뿐만 아니라 선생들까지도 사나운 눈길로 쏘아보고 있는 것 같았다.
 "미치코를 어쩔 셈이야?"

"경찰도 아니면서 아저씨한테 이럴 권리가 어딨어?"

손목을 붙잡혀 있던 여학생 옆에 다른 여학생 두 명이 선생 따위는 안중에도 없다는 듯이 사내에게 악다구니를 퍼부었다. 세 학생 모두 사복 차림이었다.

교직원 조회 전이라 대부분의 교사가 교무실에 있었다.

"권리는 무슨 얼어 죽을! 중학생 말버릇이 그게 뭐야?"

"말버릇으로 치자면 피장파장 아냐? 지금 무슨 말을 하는 거야, 이 아저씨?"

"당신한테 그 따위 설교 들을 이유 없어. 입 닥쳐!"

소녀들은 무례하기 짝이 없었다.

"이게 중학생이요?"

시뻘개진 얼굴로 남자가 교사들을 보았다.

어떤 선생은 난처한 듯 열없이 웃었고 어떤 선생은 어이가 없다는 듯 옆의 동료와 얼굴을 마주 보았다.

구즈하라 준 옆에 있던 야마다 선생이 중얼거렸다.

"저 녀석들, 또 뭔 짓을 저질렀군."

구즈하라 준이 물었다.

"우리 학교 학생입니까?"

"그래요."

"셋 다 사복이군요."

시모자와 도루가 교실에서 읽어 주었던 교칙을 떠올렸다.

'분명히 남녀 학생 모두 정해진 교복이 있다고 했지.'

야마다 선생이 남자와 소녀들에게 눈길을 준 채 말했다.
"아동 상담소에 다니고 있는 패거리죠."
"셋 다 말입니까?"
야마다 선생은 남의 일처럼 말했다.
"옷 입은 꼴을 보면 알 거 아닙니까? 저런 애들은 금세 무리를 짓죠."
남자는 도저히 못 참겠다는 듯이 소리쳤다.
"이 학생의 담임이 누구요? 누구냐고!"
맨 먼저 교감 선생이 달려갔다.
"저는 이 학교의 교감입니다만……."
그때 한 선생이 구즈하라 준의 옆구리를 쿡쿡 찔렀다.
"저 애, 선생님 반이에요."
"네, 저희……?"
"모르셨어요? 저 애, 옷차림이 항상 화려한데."
시라후지 선생이 그렇게 말했다.
시라후지 선생은 서른이 조금 넘어 보였는데, 화장이 꽤 짙었다.
구즈하라 준이 중얼거렸다.
"아무래도 이상한데……."
설마 못 알아볼 리가 없어. 저 애는 결석을 했을 거야. 그리고 보니 어제 출석을 부르지 않았지.
"저……."
구즈하라 준이 느릿느릿 남자 앞으로 나섰다.

교감 선생이 당황한 듯 말을 이었다.
"자초지종을 좀 말씀해 주시죠."
교감 선생은 일단 남자에게 그렇게 말하고, 소녀들을 윽박질렀다.
"너희들, 이분한테 무슨 짓을 한 거냐, 응?"
흥! 소녀들은 콧방귀를 뀌며 고개를 돌렸다.
"쯧, 도대체 애들 교육을 어떻게 시키는 건지."
남자는 구즈하라 준을 보았다.
"당신이 이 애들 담임이오?"
구즈하라 준은 머리를 긁적이며 기어들어가는 목소리로 말했다.
"네에……."
남자는 거리낌 없이 내뱉었다.
"한심하군."
"죄송합니다."
"이보게."
교감 선생은 남자 몰래 구즈하라 준을 뒤로 슬쩍 밀어 냈다. 나서지 말라는 뜻인 듯했다.
"교감 선생과 담임 선생한테 분명히 묻겠는데, 이 학교에서는 만원 전철 안에서 자리를 몇 사람 몫이나 차지하고 앉아서 어른이 주의를 줘도 눈 하나 깜짝하지 말라고, 그렇게 가르치시오?"
사내는 그제야 소녀의 손목을 놓았다.
"아니, 저……."
"아니라니, 이것들은 그렇게 했어요. 사람들을 노려보고, 애 같은 구석이라곤 눈곱만큼도 없었단 말입니다. 그게 고작 열네 살짜리 여자 아이들의 태도요?"

한 소녀가 되받았다.

"열다섯이야."

교감 선생이 소녀를 향해 호통을 쳤다.

"잠자코 있어!"

흥! 소녀는 들으라는 듯이 말했다.

"나는 구즈하라 준이라고 한다."

"……."

"네 이름은?"

"……."

"좀 전에 네 친구들이 너더러 미치코라고 하는 것 같던데……."

소녀가 갑자기 우뚝 멈춰 서서 말했다.

"강아지 구슬리듯 하지 말아요. 미리 말해 두겠는데, 나는 학교 선생은 딱 질색이라고요."

이번에는 구즈하라 준이 침묵할 차례였다.

이렇게 거부당하기는 처음이었다.

피가 온통 머리로 솟구치는 것을 의식하지 않으려야 않을 수 없었다.

구즈하라 준은 스스로를 타일렀다.

'침착해, 침착하라고.'

소녀가 알아채지 못하도록 가만히 심호흡을 했다.

"반에, 그러니까 3학년 C반에 친구는 있니? 아까 교무실에 있던 그 친구들은 반이 다 다르던데."

"……."

이제 곧 교실이었다.

구즈하라 준은 이 소녀와 단둘이 이야기할 수 있는 기회는 그리 많지 않을 거라고 생각했다.

마음이 조급해졌다.

"나는 어제 이 학교에 처음 왔는데, 임시 교사야."

소녀는 아무 반응이 없었다.

소녀의 환심을 사려는 듯한 자신이 한심했다. '나답지 않아.' 하고 구즈하라 준은 생각했다.

"너는 교사를 싫어하나 본데, 교사라고 다 똑같은 건 아니니까 너무 덮어 놓고 싫어하지 마라."

'나도 의외로 평범한 말을 하는군.' 하고 구즈하라 준은 쓴웃음을 지었다.

그 소녀, 간바라 미치코는 선생은 질색이라고 말한 뒤로는 끝내 한마디도 하지 않았다.

'3학년 C반의 첫 수업이 교과서로 이루어지는 건 너무 싱거워.'

구즈하라 준은 다니카와 슌타로의 시집을 옆구리에 끼고 있었다. 《알몸》이라는 제목의 시집이었다.

'인사 대신 시를 읽는 것도 나쁘지 않을 거야.'

문득 떠오른 생각에 절로 어깨가 으쓱해지자, '어이, 준, 침착해.' 하고 자신을 타일렀다.

시 같은 건 따분하다고 학생들에게 매몰차게 퇴짜를 맞을지도 모른다. 그럴 확률이 더 높은 것 같았다. 요즘 아이들이 시에 관심이 있을 것 같지도 않았다.

'설사 관심을 얻지 못한다 해도 그저 그런 수업으로 전혀 인상에 남지 못할 바에야 깨끗하게 실패하고 장렬하게 전사해서 첫 수업을 기념하는 거야.'

구즈하라 준은 그런 생각을 하고 있었다.

교무실을 나오려는데 누군가가 구즈하라 준을 불러 세웠다.

"선생님, 잠깐만요."

올해 이 학교로 전근해 온 오가와라는 젊은 선생이었다.

"방금 선생님 반 수업이었습니다."

구즈하라 준이 말했다.

"아, 네에."

"정말 골치예요, 선생님 반은."

"그렇습니까?"

"도통 수업이 되지 않아서, 오늘은 교과서를 덮고 아이들의 생각을 들어 보기로 했습니다. 반항에 대한 얘기도 나눠 봤지만……."

오가와 선생은 원망스러운 눈초리로 구즈하라 준을 보았다.

"어떠셨습니까?"

"그게 말이죠……."

오가와 선생은 손수건을 꺼내 이마의 땀을 훔쳤다. 오늘은 분명 더운 날이다. 그러나 오가와 선생의 땀은 단순히 더위 탓만은 아닌 듯싶었다.

"그 반 아이들은 되바라졌다고 할까, 귀여운 구석이 없다고나 할까……."

문득 자기가 한 말을 깨닫고 "아, 죄송합니다." 하고 오가와 선생이 말했다.

"아뇨……." 하고 입을 뗐지만, 구즈하라 준은 다음 말을 찾지 못했다.

오가와 선생은 사회 과목 담당이었다. 교사가 된 지 3년째라고 했다. 진지하지만 어딘지 소심해 보였다.

구즈하라 준은 하는 수 없이 말했다.

"죄송합니다."

오가와 선생이 말했다.

"그런 반을 맡게 되어 선생님도 참 고생이겠어요."

'참 고생이겠어요?'

"네, 뭐……."

구즈하라 준은 의미도 없이 고갯짓을 했다.

그러면서 뭔가 이상하다고 생각했다.

"아이들과의 대화를 들어 보시겠습니까?"

"네?"

"방금 수업 시간의."

"그게 가능한가요?"

"테이프에 녹음해 뒀거든요."

"아, 그렇군요. 요즘 선생님들은 그런 것도 하나 보죠?"

"수업 기록을 남기는 건 중요하니까요."

"그건 그렇죠……."

역시 뭔가 이상하다고 구즈하라 준은 생각했다.

"나중에 저에게 가져오라고 학급 위원인 시마무라 류지한테 말해 뒀으니까, 지금은 녹음기에 꽂힌 채 선생님 반 교실에 있을 겁니다."

"고맙습니다."

"그럼."

오가와 선생은 오른손을 한 번 살짝 들고는 가 버렸다.

"나를 왜 불러 세웠을까?"

구즈하라 준은 고개를 갸웃했다.

"음, 첫 수업이구나."

3학년 C반 전체를 빙 둘러보고 구즈하라 준이 말했다.

눈으로 간바라 미치코를 찾았다. 오늘은 학교에 왔다.

교복들 가운데 분홍색 스웨터가 눈에 확 띄었다.

귀에는 빛나는 것이 달려 있었다.

구즈하라 준은 잘 이해할 수 없었지만, 이런 것이 의도적 반항이라는 것이리라.

지난번 담임은 저 아이를 어떻게 다루었을까? 포기했을까?

간바라 미치코는 창 쪽으로 고개를 돌리고 있었다. 수업에는 관심 없다는 뜻으로도 비쳤다.

"미리 말하지만 나는 초보 선생이다. 월급을 받는 입장에서 이러면 안 되지만, 처음부터 전문가 같은 얼굴은 할 수가 없다. 그러니까 내 수업이 재미없는 사람은 솔직하게 재미없다고 말해 주기 바란다. 떠들어도 괜찮고, 다른 일을 해도 상관없다. 다만 단 한 명이라도 진지하게 수업을 듣는 학생이 있다면 그 학생한테 방해가 되지 않도록 배려해 주기 바란다."

'우우' 하는 소리가 여기저기서 들렸다.

"첫 수업은 나한테 의미 있는 기념일이다. 그래서 내가 가장 좋아하는 시인의 작품을 여러분에게 소개할까 하는데, 괜찮겠니?"

"괜찮아요!"

아이들이 한 목소리로 대답하는 바람에 구즈하라 준은 놀랐다.

이어서 와하하 하는 웃음소리가 일어, 아이들이 인기 텔레비전 프로그램을 순간적으로 흉내 냈다는 사실을 깨달았다.

간바라 미치코는 여전히 창밖을 보고 있었다.

"너희들, 아주 재치 있구나. 이런 분위기라면 교사 생활도 꽤 할 만하겠는걸."

웃음소리가 잠잠해진 뒤에, 구즈하라 준은 아이들 반응을 슬쩍 떠보았다.

누군가가 말했다.

"선생님에 따라 달라요."

"선생님에 따라 다르다?"

이야기가 그리 간단하지 않으리라. 구즈하라 준은 그 학생의 이야기를 더 듣고 싶었지만 일단은 자제했다.

"내가 좋아하는 시인이란 다니카와 슌타로라는 사람이다."

누군가 "알고 있어요." 하고 말했다.

"《마더구스》."

"그래, 이 사람이 번역했지."

"《지나가 지나간다》."

이것은 미즈타니 레이코가 한 말이었다.

"음, 그런 동화도 있었고."

"선생님."

아다치 다쿠야라는 학생이 손을 들었다.

"저는 초등학생 때 《말놀이 노래》에 푹 빠진 적이 있었어요. 있나 없나, 없나 있나 하는 그거요."

"《20억 광년의 고독》이 다니카와 슌타로의 첫 시집이죠?"

구즈하라 준이 감탄했다.

"호오?"

니시 분페이였다.

"그래, 그 시집을 읽어 봤니?"

"네."

"어땠니?"

"이해할 수 있는 것도 있고, 없는 것도 있었는데요……."

"음, 그런데?"

니시 분페이가 말했다.

"사전에 관한 시였던가? '나는 세계를 손으로 재려는 어리석은 인류였는가.'라는 구절이 참 좋았어요. '히야신스 꽃은 사상이 없다. 그러나 감정이 있다.'라는 구절도 있었는데, 저도 가끔 그런 글을 지어 보곤 해요."

"〈20억 광년의 고독〉이라는 시는 어땠나?"

"좋았어요."

"으음."

'그래? 다니카와 슌타로의 시를 좋아한단 말이지?' 하고 구즈하라 준은 마음속으로 중얼거렸다.

니시 분페이라는 소년의 이미지가 손에 잡히는 듯한 느낌이었다.

'다니카와 슌타로라는 시인을 알고 있는 사람이 꽤 많구나. 지금 내가 들고 있는 것은 그 사람의 시집이다. 이 시들은 어린이들도 읽을 수 있다. 내가 이 시인을 좋아하는 이유 가운데 하나는 동시든 동시가 아니든 최선을 다해 창작한다는 점이다. 그럼, 해석은 뒤로 미루고 일단 읽어 볼까.'

구즈하라 준은 그렇게 말하고 시집을 펼쳤다.

"이 시집의 제목은 《알몸》이다. 이 중에서 내가 좋아하는 시 세 편을 읽겠다."

교실 안은 조용했다. 턱을 괸 아이, 의자에 한껏 등을 기댄 아이, 자세는 가지각색이었지만, 눈은 앞을 향하고 있었다. 간바라 미치코만은 예외였다.

"〈안녕〉, 이것이 이 시의 제목이야."

나 이제 가야 해요

지금 당장 가야 해요

어디로 가는지는 몰라도

벚나무 가로수 길 지나서

큰길 횡단보도를 건너서

늘 바라보던 산을 이정표 삼아

혼자서 가야 해요

왜 그런지는 몰라도

엄마 미안해요

아빠한테 잘해 주세요

나 음식 안 가리고 뭐든 잘 먹을게요

지금보다 책도 많이 읽을게요

밤엔 별을 볼게요

낮엔 많은 사람과 얘기 나눌게요

그리고 꼭 내가 가장 좋아하는 걸 찾을 거예요

찾으면 죽을 때까지 소중히 간직할 거예요

그러니까 멀리 있어도 쓸쓸하지 않아요

나 이제 가야 해요

시를 다 읽자마자 여기저기서 말소리가 들렸다.
"가출 시잖아."
"자립의 시야. 부모랑 자식은 언젠가는 이렇게 돼. 그걸 아름답게 노래하고 있을 뿐이야."

"이 작가는 가출 욕구가 있나 봐. 다니카와 슌타로는 옛날에 비행 청소년이었어."

"야, 웃기지 마."

구즈하라 준이 한마디도 하기 전에 아이들한테서 이런저런 말들이 쏟아져 나왔다.

구즈하라 준은 아이들이 자유롭게 말하도록 내버려 두었다.

"엄마 미안해요, 아빠한테 잘해 주세요……. 나, 꼭 한 번 이런 말을 해 보고 싶어. 우리 아빠하고 엄마한테."

"응, 나도."

"그런 말을 남기고 가출을 하는 거, 진짜 멋지지 않아?"

"나, 이 시를 그대로 적어 놓고 가출할 거야."

한동안 학생들의 말을 가만히 듣고 있다가 구즈하라 준이 말했다.

"너희에게 묻겠는데, 보통 선생님들은 이쯤에서 '자, 여러분의 감상을 들어 볼까?' 하고 말하니?"

학생들은 순간 어리둥절했다.

"좀 전에 말했을 텐데? 나는 초보 선생이라고."

오노 쇼키치가 말했다.

"그런 말 마세요."

"응? 왜?"

"선생님은 선생님 나름의 방식으로 수업을 하시는 거잖아요?"

"내 나름의 방식? 글쎄, 딱히……."

시모자와 도루가 말을 이었다.

"선생님이 하고 싶은 방식으로 하시면 돼요."

"음, 뭐, 그럴 수밖에 없겠지만, 다른 선생님들은 어떻게 수업하나 싶어서."

아리마 고타라는 학생이 말했다.

"시시해요, 그런 건."

"왜 시시하지?"

"결국은 시험이 목적이니까, 시든 뭐든 죄다 ○나 ×로 결정해 버리거든요."

"……?"

답답하다는 듯이 아리마 고타가 설명했다.

"그러니까 예를 들면요. 〈안녕〉이라는 시에 '늘 바라보던 산을 이정표 삼아, 혼자서 가야 해요' 라는 부분이 있잖아요. '꼭 내가 가장 좋아하는 걸 찾을 거예요' 도 마찬가지지만, 읽는 사람은 그게 뭘까 하고 상상하기 때문에 즐거운 거고 저마다 상상하는 게 다를 텐데도 선생님이나 시험 문제를 만드는 사람은 억지로 정답을 만들어 놓고 '옳은 것에 ○표를 하시오.' 하거든요. 시시해요, 그런 건."

"과연 그렇군."

"선생님, 그래 가지고 선생님 하겠어요? 우리야 뭐, 좋지만, 그런 걸 확실하게 못 해내면 선생님은 당장에 모가지라고요."

"흐음, 그런 말이었군."

아리마 고타는 기가 막히다는 듯 구즈하라 준을 보고는 아이들에게 말했다.

"이 선생님, 진짜 걱정되네."

누군가가 우스갯소리를 했다.

"천연 기념물 선생님."

이다카 마사토가 말했다.

"모두들 천연 기념물을 소중히 여깁시다."

구즈하라 준이 웃으며 말했다.

"여러 가지로 걱정해 줘서 고맙구나. 뭐, 어떻게든 되겠지."

문득 간바라 미치코가 마음에 걸렸다. 언뜻 보니까, 간바라 미치코는 수업에 전혀 관심을 보이지 않았다. 수업은 그럭저럭 잘 이루어지고 있는 것 같았지만, 구즈하라 준은 간바라 미치코가 몹시 신경 쓰였다. 그 아이 생각을 떨쳐 버리려는 듯 구즈하라 준이 말했다.

"자, 나머지 두 편도 마저 읽겠다. 먼저 〈거짓말〉이라는 시다."

　　나는 분명 거짓말을 할 거다
　　엄마는 거짓말을 하지 말라지만
　　엄마도 거짓말을 한 적이 있어서
　　거짓말이 괴로운 건 줄 아니까
　　그렇게 말한다고 생각한다
　　하고 있는 말은 거짓말이라도
　　거짓말하는 마음은 참되다
　　거짓말로밖에 말할 수 없는 사실이 있다

개도 만약 말을 할 줄 안다면

　　거짓말을 할 거다

　　거짓말을 해도 거짓말이 탄로 나도

　　나는 사과하지 않을 거다

　　사과하는 걸로 끝나는 거짓말은 하지 않을 거다

　　아무도 몰라도 나만은 알고 있으니까

　　나는 거짓말과 함께 살아갈 거다

　　도저히 거짓말을 할 수 없게 될 때까지

　　언제나 참말을 동경하면서

　　몇 번이고 몇 번이고 나는 거짓말을 할 거다

　누군가가 나직한 목소리로 흐음 하는 소리를 냈다. 그 소리가 모든 사람의 귀에 들렸다.
　"다음은 〈비밀〉이라는 시다."

　　누군가가 무언가를 숨기고 있다

　　누군지는 모르지만

　　무언지도 모르지만

　　그걸 알면 분명 모든 걸 알 수 있으리라

　　나는 숨을 죽이고 귀를 기울였다

　　비가 후둑후둑 땅에 떨어지고 있다

　　비는 분명 무언가를 숨기고 있다

그걸 알리려고 내리는데도
나는 비의 암호를 풀지 못한다
발소리를 죽이고
살그머니 걸어가 부엌을 들여다보니
엄마의 뒷모습이 보였다
엄마도 무언가를 숨기고 있다
하지만 시치미를 떼고 무를 썰고 있다
이토록 비밀을 알고 싶어 하는데도
아무도 내게 아무것도 가르쳐 주지 않는다
내 마음속에는 구멍이 뚫려 있어
들여다보아야 흐린 밤하늘밖에 보이지 않는다

교실 안이 조용해졌다.
첫 번째 시를 읽었을 때와는 전혀 반응이 달랐기 때문에, 구즈하라 준은 내심 놀라고 있었다.
이노구치 가스미라는 학생이 물었다.
"그 시집에는 시가 몇 편이나 실려 있어요?"
"어디 보자……."
책장을 넘겼다.
"다 합하면 스물세 편인가……. 맞다, 스물세 편이구나."
"그중에서 세 편을 읽은 거죠?"
"음, 그런데?"

"선생님은 어두운 성격이세요?"

구즈하라 준은 잠깐 머뭇거렸다.

"그런 인상을 받았니?"

"네, 조금요. 하지만 나쁜 뜻은 아니에요."

"흠, 그래? 별로였나? 내가 좋아하는 시만 고른 게……."

구즈하라 준은 그런 말을 하면서 한 번 더 시집을 파라락 넘겼다.

"다니카와 슌타로라는 시인은 여러 가지 측면을 갖고 있고, 감수성이 다양하고 예리하니까……."

미소노 에쓰코가 말했다.

"선생님. 한 편만 더 읽어 주세요."

"그래? 그럼, 재청을 받아들일까?"

박수가 일었다.

"이 시집의 제목인 〈알몸〉이다."

　　혼자 집을 보던 한낮

　　갑자기 발가벗고 싶어졌다

　　머리 위로 웃옷을 벗고

　　속옷도 벗고 팬티도 벗고

　　양말도 벗었다

　　밤에 목욕할 때하고는 전혀 다르다

　　가슴이 마구 뛰고

　　춥지도 않은데 팔이랑 허벅지에

소름이 돋는다

발치에 벗어 놓은 옷이 살아 있는 생물 같다

내 몸 냄새가

훅 끼쳐 온다

배를 내려다보니 매끈매끈

끝도 없이 이어져 있다

햇살이 닿아 불타는 듯하다

내 몸을 만지는 것이 두렵다

나는 바닥에 달라붙고 싶다

나는 하늘에 녹아들고 싶다

곧바로 에비스 미키오가 말했다.
"그 시, 좋은데요? 그런 기분 이해할 수 있어요."
"바보. 이 시의 주인공은 여자애라고."
에비스 미키오가 되받았다.
"그러니까 내가 대단한 거지."
시노즈카 마사루가 감탄스레 말했다.
"시에는 냄새가 있구나."
이노구치 가스미가 손을 들었다.
"선생님, 저는 이 사람의 시가 어쩐지 무서워요. 그러니까, 갓난아기를 품에 안고 있을 때 느끼는 무서움이랑 비슷해요."
"으음."

"인간은 참 대단하구나 하는 생각도 했어요."

"어떤 의미에서 대단하다는 거지?"

이노구치 가스미는 잠깐 생각했다.

"사람이나 사람의 행동 중에는 말로 표현할 수 없는 부분이 아주 많다고 생각해요."

"음."

"너무 복잡하다고 할까? 기계라면 아무리 성능이 좋고 복잡한 것이라도 정확하게 말로 설명할 수 있겠죠. 하지만 인간은 훨씬 오묘해요. 인간한테 그런 면이 있다는 것을……."

"이 시가 느끼게 해 줬다고?"

"네."

이노구치 가스미는 한 순간 환한 표정을 지었다.

"선생님."

한 남학생이 손을 들었다. 이즈쓰 준이치라는 아이였다.

"어린애들은 누구나 이런 생각을 한다고 생각해요. 다만 말로 표현하지 못할 뿐이죠. 어린애들뿐 아니라 저도 마찬가지예요. 설명할 수는 없지만, 그냥 '맞아, 맞아.' 하고 고개를 끄덕이게 돼요. 이 시인은 아직 어린이의 마음을 잃지 않은 악마적인 사람이에요."

구즈하라 준이 말했다.

"어린이의 마음을 잃지 않았다는 건 이해하겠는데, 악마적이란 건 어떤 뜻이지? 괜찮다면 설명해 주겠니?"

"아이들은 나쁜 생각을 무지 많이 하잖아요. 거짓말이나 하지 말라는 일에 가장 마음이 설레는 것도 아이들이죠. 나, 경험해 봤어요."

"지금도 마찬가지잖아." 하고 누군가가 놀려 댔다.

이즈쓰 준이치는 눈도 깜짝하지 않고 되받았다.

"방금 말한 녀석도 나랑 똑같을걸."

시모자와 도루가 손을 들고 말했다.

"선생님. 〈거짓말〉이라는 시를 한 번 더 읽어 주시면 안 될까요?"

"좋아, 안 될 것 없지."

구즈하라 준은 그 시를 한 번 더 천천히 읽었다.

다 읽자, 시모자와 도루가 말했다.

"그 시, 다 좋은데 딱 한 줄, 마음에 안 드는 부분이 있어요."

"그래? 어디지?"

"거짓말로밖에 말할 수 없는 사실이 있다는 부분이요."

"왜 마음에 안 들지?"

"설교적이잖아요. 말 안 해도 다 아는데."

구즈하라 준은 낮게 신음 소리를 냈다.

"으음."

시모자와 도루는 시를 줄줄 외웠다.

"다른 건 다 좋아요.

 '하고 있는 말은 거짓말이라도

거짓말하는 마음은 참되다

개도 만약 말을 할 줄 안다면

거짓말을 할 거다

도저히 거짓말을 할 수 없게 될 때까지
언제나 참말을 동경하면서
몇 번이고 몇 번이고 나는 거짓말을 할 거다.'"
　시미즈 게이코가 손을 들었다.
　구즈하라 준은 시미즈 게이코를 지명하면서, 아이들이 말을 할 때나 그 말을 들을 때나 나름의 질서를 갖고 있다는 점에 적잖이 놀랐다. 빈정거리는 말도 꽤 있었지만, 그것이 오히려 윤활유 구실을 했다. 그런 반을 맡게 되어 고생이 많겠다던 오가와 선생의 말이 문득 떠올랐다.
　시미즈 게이코가 일어나서 말했다.
　"이노구치의 말과 비슷할 수도 있지만, 말이나 글로 표현할 수 없는 것은 아주 중요한 것이라고 생각해요. 그러니까 인간의 마음 말이에요."
　"음."
　"일반적인 얘긴 아닐지 몰라도, 그러니까 제 경우에는 입으로 내뱉는 말과 머릿속 생각이 서로 다른 경우가 있어서……."
　"응, 그런데?"
　"그런 경우, 나 스스로 혐오스러우면서도 한편으론 사람은 누구나 이런 면을 갖고 있지 않을까 싶기도 하고, 오히려 사람은 자기 자신이나 타인이 잘 이해할 수 없는 부분으로 살아가고 있는 거 아닐까 생각하기도 해요."
　"그럴지도 모르겠구나. 아주 흥미로운 얘기야. 좀 더 이야기해 보겠니?"

그 여학생은 커다란 눈으로 구즈하라 준을 물끄러미 보다가 눈길을 떨어뜨리고 생각에 잠겼다.

얼마 뒤에 다시 고개를 들었다.

"말로 표현할 수 없는 자신은 저에게 매우 소중해요. 거기에 진정한 나 자신이 있으니까요."

"음."

"그런데 나 아닌 다른 사람이 '이런 거지?' 하고 단정 짓거나 딱 부러지게 말하라고 요구하는 게 싫어요."

잠깐 생각한 뒤 구즈하라 준은 고개를 끄덕였다.

"남한테 상처를 주는 건 이럴 때라고 생각해요. 상대방을 이해하려고 한다면서 그런 식으로 접근하는 거죠."

"그 질문, 자기 자신에게도 해 보았나?"

"네, 해 봤어요. 나는 이러이러하다고 억지로 규정해 버린다면 나 자신도 상처를 입게 된다고요."

선생님이 편애한다고 말한 학생이 바로 이 소녀였던 것 같았다.

구즈하라 준은 중얼거리듯이 말했다.

"그 점에 가장 신경 써야 할 사람이 바로 교사겠지."

야마다 미키오가 시를 공책에 옮겨 적고 싶다고 말했다.

이다카 마사토가 물었다.

"그 시집, 얼마예요?"

"글쎄……."

값을 보았다.

"1,600엔이구나."

출판사 이름도 더불어 말해 주었다.

"역시 공책에 베끼는 게 좋겠어."

이다카 마사토가 말하자 다들 웃었다.

구즈하라 준이 말했다.

"그럼, 네 편 가운데 가장 마음에 드는 걸 옮겨 적도록. 칠판에 다 적어 줄 테니까."

한 시간이 눈 깜짝할 사이에 지나갔다. 수업 솜씨가 어땠는지는 잘 알 수 없지만 학생들이 좋은 말을 많이 해 주었다고 생각하며 구즈하라 준은 나름대로 만족했다.

오가와 선생의 수업에 흥미가 당겼다. 그는 어떤 수업을 했을까? 아이들의 반응은 어땠을까?

'그건 그렇고, 간바라 미치코는 오늘 수업에 전혀 참여하지 않았구나.'

구즈하라 준은 답답한 마음으로 생각했다.

꽃을 든 선생님

 구즈하라 준은 수요일과 토요일에 아내 슈코가 입원해 있는 병원을 찾는다.
 그날, 구즈하라 준은 오랜만에 꽃을 사들고 슈코의 병실로 들어갔다. 같은 병실에 있는 환자에게 인사를 하고 슈코에게 말을 걸었다.
 "어때, 잠은 잘 와?"
 슈코는 고개를 저었다.
 슈코에게 다가가자 희미하게 입 냄새가 났다.
 "잠을 깊이 잘 수 없어. 그게 너무 힘들어."
 슈코가 말했다.
 슈코는 여느 때와 다름없이 가라앉은 듯한 느낌을 주었다. 때때로

골똘히 생각에 잠긴 눈빛을 했다.

"안 자고 있는 것 같지만, 사실은 꽤 오랫동안 잠들어 있는 경우가 많아."

"남의 일이라고 생각하니까."

"남의 일이라고 생각하지 않아."

구즈하라 준은 꽃병의 꽃을 갈았다.

슈코가 말했다.

"그 꽃, 버리지 마."

"이 꽃으로 뭐 하려고?"

시든 꽃을 오른손에 들고 구즈하라 준이 물었다.

"가엾잖아."

"……?"

"나, 학교에서 버림받았어. 결국에는……."

"……."

한참 뒤에 구즈하라 준이 말했다.

"그런 식으로 생각하지 마. 병이 나으면 다시 나갈 수 있잖아."

"여보, 나, 정말 아픈 거야?"

구즈하라 준은 가볍게 한숨을 내쉬었다.

"가벼운 신경증도 병은 병이니까. 스스로 느끼고 초기에 고치면 문제가 없어."

"남의 일이라고 생각하니까." 하고 슈코가 또 그 소리를 했다.

"여보, 나, 언제 퇴원할 수 있어?"

늘 이런 식이다. 하지만 진지하게 대하는 수밖에 없다.

"정확한 건 알 수 없지만, 그리 오래 걸리지는 않을 거야."

"영영 낫지 않을 것만 같아서, 너무 불안해."

"음."

"나, 정말 아픈 거야?" 하고 물어 놓고는 이런 말을 한다. 이런 정신의 불일치는 병이라 생각할 수밖에 없으리라.

"또 하나 중요한 게 있어."

드디어 시작이구나, 하고 구즈하라 준은 마음을 다잡았다.

"우리, 당신이 학교에 나가는 문제에 대해 아직 충분히 얘기하지 못했어."

"당신은 그렇게 생각해? 나는 꽤 많은 얘기를 나눈 걸로 아는데?"

"당신, 본심을 숨기고 있는 것 같아."

그때 "구즈하라 씨, 식사……." 하고 부산스레 저녁 식사가 왔다. 구즈하라 준은 안도의 한숨을 쉬었다.

학교에 나가게 된 뒤로 구즈하라 준은 집으로 돌아오면 한동안 등나무 의자에 몸을 맡기고 하루 일을 되새겨 보는 버릇이 생겼다.

의자에서 일어나면서 구즈하라 준은 흘끗 책상 위에 눈길을 주었다. 오가와 선생한테 빌린 녹음테이프가 놓여 있었다.

저녁을 먹은 뒤 천천히 들어 보기로 했다.

"장 보는 걸 깜박했군."

구즈하라 준은 냉장고 문을 열고 중얼거렸다.

일요일이나 토요일에 장을 봐 두는데, 지난주에는 일 때문에 외출을 하느라 건너뛰었다.

구즈하라 준은 쯧쯧 혀를 찼다.

그러고는 냉장고 문을 열어 둔 채 포도주 병을 꺼냈다.

잔에 포도주를 절반쯤 따라 단숨에 마셨다.

눈길이 냉장고 안으로 쏠렸다.

차조기 잎과 오이가 남아 있었다.

곧바로 요리가 결정되었다.

그는 프라이팬에 식용유를 둘렀다. 잰 손놀림으로 밀가루를 물에 풀고 차조기 잎을 썰었다.

냉장고에서 뱅어포를 꺼내 잘게 썬 차조기 잎과 함께 넓은 사발에 담았다. 거기에다가 밀가루 반죽을 붓고 휘저었다.

튀김을 할 생각이었다.

식용유가 끓을 동안 콩 통조림을 따서 불에 올리고 꿀을 조금 넣어 콩조림을 만들었다. 오이를 썰거나 마른 미역을 더운물에 불리는 구즈하라 준의 손놀림이 아주 재빨랐다.

튀김과 조림과 초무침을 만들고서야 구즈하라 준은 쌀을 씻었다.

항상 술안주를 만드는 것이 우선이다.

뜨거운 밥에 달걀을 깨 넣고, 아침에 먹고 남은 조갯국으로 저녁을 때울 생각이었다.

그는 갓 만든 세 가지 반찬과 얇게 썰어서 구운 삼치 알을 접시에 담고, 포도주 병을 한 손에 들고는 방으로 갔다.

겉보기에는 변변찮지만 나름대로 영양가까지 고려한 음식들이었다.

"영차."

구즈하라 준은 작은 기합 소리를 내며 앉았다. 밥을 먹으면서 신문을 읽기도 하고, 텔레비전을 보기도 한다.

예전에는 곧잘 책을 읽으며 밥을 먹었지만, 슈코의 심한 반대로 그만둘 수밖에 없었다.

그래서 지금은 책을 읽으면서 밥을 먹는 버릇이 없다.

언제부턴가 혼자 식사하는 게 적적하지도 않았다. 어느새 인이 박혀 버린 걸까?

술도 식사도 맛이 그만이다. 혼자 가볍게 취하는 것도 즐겁다.

튀김은 따로 간을 하지 않았다. 씹다 보면 뱅어포에서 짠맛이 배어 나와 간이 딱 맞기 때문이다.

튀김을 두 개째 먹고 있을 때, 전화가 왔다.

"나야."

구로다 다케시의 굵직한 목소리가 들렸다. 농장 동료였다. '무한 농장'은 공동체라서 사장이라고 하기는 좀 그렇지만, 구즈하라 준과 함께 농장을 맨 처음 시작한 사람이라 구즈하라 준이 없는 지금으로서는 그가 농장의 대표인 셈이었다.

"지금, 괜찮나?"

그는 통화를 할 때마다 어김없이 이렇게 묻는다. 겉모습은 근엄해 보이지만, 섬세한 사람이다.

"밥 먹고 있었어."

구로다 다케시가 물었다.

"나중에 다시 걸까?"

"아니, 식으면 맛없는 건 다 먹었으니까."

전화기 속에서 구로다 다케시가 나직이 웃었다.

"한잔하고 있었나?"

"음."

"소주?"

"아니, 포도주 마시고 있었어."

"교사 월급이 그렇게 많나?"

"아직 받지도 못했어."

구즈하라 준은 쓴웃음을 지었다.

"학교는 어때? 할 만해?"

"음. 한번 결심한 거니까."

"언제든 돌아오라고. 나는 그 편을 바라고 있으니까."

"이제 겨우 사흘째야."

"사흘째든 나흘째든 무슨 상관이야. 애당초 애들이나 학교에 몸 바칠 생각 따윈 없었잖아."

구로다 다케시는 다소 난폭한 표현을 썼다. 구즈하라 준은 쓴웃음을 짓는 수밖에 없었다.

"애들은 어때?"

"학생들 말인가?"

"응."

"문제아 반을 맡았어."

"호오?"

"'호오' 라니, 무슨 뜻이지?"

"아주 좋은 태도야."

"좋은 태도는 무슨……. 맡기니까 맡은 것뿐이야."

"불만 있나?"

"내가?"

"응."

"없어."

"그럼 된 거잖아."

"응."

"그 문제아들을 무한농장에 한번 데려와. 아주 재미있겠어."

"그래. 언젠가는 그리고 싶어."

"어떤 아이들을 맡았든 자네라면 나는 아무 걱정 하지 않아. 다만 문제는 학교야, 학교라는 괴물 말이지."

구로다 다케시가 말을 이었다.

"자네 신경마저 망가져서, 혹 떼려다 혹 붙이는 꼴이 되어서는……."

"그런 일은 없어. 그렇게 약하지 않아, 내 신경은."

"응."

구즈하라 준이 말했다.

"대장답지 않게 웬 걱정이야?"

"학교는 역시 힘든 곳인가?"

"글쎄. 선입견 없이 학교를 바라보고 싶긴 하지만."

"음. 모든 일에 공평한 자네답군. 자네 장점이지. 그런 일이 있었는데……."

구로다 다케시의 목소리가 조금 가라앉았다.

"그런 일이 있었기 때문에 오히려 더 그러고 싶은 거야."

"그렇군."

구로다 다케시는 진지하게 말했다.

"슈코 씨는 어때?"

"응. 뭐, 그냥 그래."

"힘들겠어, 슈코 씨도."

"으응……."

화제를 돌리려는 듯 구로다 다케시가 말했다.

"임시 교사에 대한 차별, 정말 심하던가?"

구즈하라 준이 싱긋 웃으며 대답했다.

"흐음, 글쎄, 아직은 잘 모르겠어. 안 좋은 얘기를 워낙 많이 들은 탓인지."

임시 교사에 대한 갖가지 차별 이야기를 늘어놓았던 사람은 둘의 친구이자 현직 교사인 사카마키였다.

"문제아 반을 맡긴 것은 임시 교사에 대한 차별이라고 문제아 반 아이들이 그러더군."

"그래? 학생들이 그런 말을 했단 말이지?"

"응. 이건 좀 문제야."

"문제로군, 그건."

"정말로 그런 차별이란 게 있는 걸까?"

구로다 다케시가 말했다.

"그럴 때는 물러서지 마. 지면 안 돼."

구즈하라 준이 대답했다.

"물론이지. 그런 일을 당한다면 할 말은 분명히 할 생각이야."

구즈하라 준이 저녁상을 치우고 오가와 선생의 수업이 어땠는지 알아보기 위해 녹음기를 튼 것은 그로부터 10분쯤 지나서였다.

갑자기 "일어서!" 하는 소리가 귓전을 때려서 구즈하라 준은 깜짝 놀랐다.

구령을 붙인 사람은 학급 위원인 시마무라 류지 같았다.

'일어서!' 라는 구령에도 놀랐지만, 이런 부분부터 녹음되어 있다는 것이 너무나 이상했다. 일제히 일어서지 않은 모양이었다.

뭔가 꾸물거리는 느낌이 전해지고, 이어서 오가와 선생의 목소리가 들렸다.

"가지, 뭐 하는 거야! 빨리 일어나."

가지 요시오가 뭔가 말한 듯했지만 알아들을 수는 없었다.

"이런 건 한 번에 깔끔하게 끝내는 게 서로한테 좋지 않나? 무슨 일이든 처음이 중요한 법이야. 기분 좋게 하자고, 기분 좋게."

잠시 뒤에 "경례!" 하는 시마무라 류지의 목소리가 들렸다.

덜거덕덜거덕, 의자를 끄는 잡음이 섞였다.
'아니, 대체 무슨 일이지?' 구즈하라 준은 생각했다. 자신은 이런 식으로 수업을 시작하지 않는다. 물론 대개의 수업이 이런 식으로 시작된다면 오히려 자신이 이상한 셈이지만.
"오늘은 교과서로 수업을 하지 않겠다."
오가와 선생의 목소리였다.
딱히 무슨 말이나 소리가 들린 것은 아니지만, 교실 안이 술렁거리고 있다는 것이 테이프의 잡음을 통해 느껴졌다.
잡담이 많은 걸까, 하고 구즈하라 준은 생각했다.
"오늘이 벌써 몇 번째 수업인데, 한 번도 제대로 수업이 이루어진 적이 없어."
학생들이 뭔가 말하고 있는 듯했지만 거의 알아들을 수 없었다.
"너희와 나 사이에 뭔가 호흡이 맞지 않는 듯한……."
"그것은……." 하고 오가와 선생이 말을 이었지만, 이내 학생들이 웅성거리는 소리에 묻혀 버렸다.
"너희가 지금 반항기라는 것쯤은 나도 알고 있지만……."
학생들의 말소리에 지지 않으려는 듯이 오가와 선생이 목청을 높였다.
오가와 선생이 뭔가를 칠판에 적고 있는 모양이었다.
"오늘은 너희와 이것을 주제로 깊이 이야기해 봤으면 한다."
'반항'이라고 쓰기라도 한 걸까?
"뭔가 불만이 있는 것 같아서 뭐가 불만이냐고 물으면, 정작 너희는 없다고 대답하지. 의견이 있으면 당당하게 말하라고 해도, 대답은 늘 '없어요'. 그건 떳떳하지 않아."

잠시 사이를 두고 오가와 선생의 목소리가 계속되었다.

"대화의 소재로 〈중학생 현장 보고〉라는 신문 기사를 준비해 왔다. 읽어 보겠다. 가지, 좀 조용히 해!"

오가와 선생의 호통이 떨어졌다. 잠시 조용해졌다.

"이것은 학교와 선생님에 대한 중학생들의 불만이다. 가령 A군이라고 하자. A군의 불만은 이렇다. '말을 할 때 좀 더 조심해 주었으면 좋겠다, 무책임하다.' 즉, 교사가 무책임하다는 말인데……."

"무책임해요." 하고 누군가 빈정댔다.

"'수업이 재미없다.'"

"맞아요."

그 말은 똑똑히 들렸다. 어지간히 큰 소리로 말한 모양이었다.

누굴까, 구즈하라 준은 생각했다.

"잠자코 들어."

곧바로 오가와 선생이 주의를 주었다.

"'태도를 명확히 하지 않으면 그 피해는 학생에게 돌아간다, 특별 활동 시간이 좀 더 많았으면 좋겠다, 이상에 가까운 선생님이 한 명도 없다.'"

"우리 학교 얘기네."

짐짓 큰 소리로 말하는 아이가 있었다.

'시모자와 도루구나.' 하고 구즈하라 준은 생각했다.

"'잔소리가 심하다, 학생을 편애한다, 학생들을 깔본다, 야단치는 것이 능사가 아니다.' 이상이 A군의 불만이다."

박수가 일었다.

구즈하라 준은 박수 소리를 들으면서 잠깐 웃었다. '이 젊은 교사, 제법인데.' 하고 생각했다.

"다음은 B군의 불만이다. '규칙이 엄격하다, 잔소리가 너무 심하다, 툭하면 화를 낸다, 농담이 통하지 않는다.'"

이때 시모자와 도루가 장난스레 끼어들었다.

"그러는 선생님들은 품위 없는 농담만 하지. 하지만 아무도 웃지 않으니까 비참해."

"잠자코 들으랬지?" 하고 오가와 선생이 나무랐다.

"'우리를 이해하지 못한다, 체육관이 너무 낡았다, 학교가 좁다, 좀 더 다양한 시설이 필요하다.' 다음은 C군이다. '솔직히 우리 학교에서 마음에 드는 선생님은 한 명도 없다, 모든 선생님한테 불만이 있다, 특히 여선생님한테 불만이 많은데, 왜 그렇게 빙빙 돌려서 화를 내는지 모르겠다.'"

또 무슨 말인가 나오겠구나 싶을 때, 아니나 다를까 학생들이 한마디씩 거들었다.

"아줌마들의 특성이야. 욕구 불만."

"그만! 조용히 해."

오가와 선생은 신경질적으로 학생들을 나무랐지만, 학생들은 전혀 반응이 없는 듯했다.

"대체 너희는 왜 남의 말을 조용히 듣지 않는 거니."

오가와 선생이 불만스레 중얼거리는 소리가 녹음기에서 흘러나왔다.

"계속 읽겠다. 조용히! '남학생을 야단칠 때와 여학생을 야단칠 때가 너무 다르다, 어정쩡하게 야단치면 오히려 화가 난다, 어차피 야단칠 거면 한 번에 해치워 줬으면 좋겠다.'"

다 읽은 모양이었다.

"그게 다예요? 좀 더 있을 텐데?" 하는 소리가 멀리서 들렸다.

"학교나 선생님에 대한 불만은 이것뿐이다. 하지만 너희에게 들려줄 말이 한 가지 더 있다. 나는 이쪽이 더 중요하다고 생각한다."

교실이 조금 잠잠해졌다. 무엇일까 하는 궁금증 때문인 듯했다.

"이 설문 조사를 정리한 사람이 그 반 학생들에게 '지금 여러분에게 어른과 똑같은 자유가 주어진다면 받아들이겠는가?'라는 질문을 했다고 한다. 물론 어른과 똑같은 자유를 얻는 대신 똑같은 의무도 주어진다는 점을 명확히 밝히고서 말이다."

책장을 넘기는 소리가 작게 들렸다. 오가와 선생은 그 보고서를 꼼꼼하게 스크랩해 둔 모양이었다.

"설문 조사 결과, 자유로워지고 싶다고 대답한 사람은 남학생이 50퍼센트, 여학생이 18퍼센트로 전체로 보면 30퍼센트 정도다. 자유로워지고 싶지 않다고 대답한 경우는 남학생이 36퍼센트, 여학생이 67퍼센트로 전체 56퍼센트이다. 잘 모르겠다고 대답한 학생도 조금 있다. 남학생은 0퍼센트고 여학생은 11퍼센트이다."

한 학생이 말했다.

"뭔가 이상해, 이 설문 조사."

"객관적인 조사다. 무기명이니까 솔직한 의견이라고 봐도 좋다고 이 보고자는 말하고 있어."

"남녀 차이가 너무 큰 것 같아요."

한 여학생이 그렇게 말했다.

"의견은 나중에 듣기로 하고, 우선 계속 들어 봐, 알았나?"

잡음.

학생 서너 명이 한 번에 말을 하는 바람에 알아들을 수가 없었다.

"자유를 원하는 이유로, '자동차 운전 면허를 딸 수 있다, 용돈을 많이 받을 수 있다, 술을 마실 수 있다, 밤늦게까지 놀 수 있다…….'"

"뭐지, 저거?"

이런 학생의 목소리가 들렸다.

"'부모님한테 폐를 안 끼쳐도 된다, 성인 오락실에 갈 수 있다, 간섭받지 않고 하고 싶은 일을 할 수 있다, 여행을 갈 수 있다, 뭔가 의미 있는 일에 몰두할 수 있다.' 이런 것을 이유로 들고 있다."

"이유가 그런 것뿐일 거라고 생각하지 않는데요."

그 목소리의 주인공은 에비스 미키오 같았다.

"이 설문에 대한 학생들의 감상도 있으니까 읽어 주지. '자유에는 책임이 따르게 마련이지만, 구속받는 것보다는 낫다. 규칙에 얽매여 사는 것은 새장 속의 새 같아서 답답하다. 게다가 날마다 변화 없는 생활을 하는 것이 지긋지긋하다.'"

"자유로워지고 싶지 않다는 쪽의 감상은 없습니까?"

"자유로워지고 싶지 않다는 입장의 의견은 세 가지다. 읽어 보겠다. '적어도 우리 학생들은 아직 불안정한 시기에 놓여 있는 이상, 이런 자유를 누리기 힘들다. 아직은 새장 속의 새일 뿐, 적으로 가득한 새장 밖 사회로 날아가는 것이 달갑지 않다.'"

"여자예요, 남자예요?"

"남학생이야."

누군가가 빈정거렸다.

"인기 없어, 이런 애는."

"'어른과 똑같은 자유가 주어진다 해도, 나는 살아갈 수 없다고 생각한다. 어른과 똑같은 자유 이면에는 어른과 똑같은 의무가 버티고 있기 때문에 나는 그런 자유를 바라지 않는다. 자유를 얻는 대신 자기 힘으로 살아가는 것은 내게 아직 무리다.'"

이렇게 답한 사람은 여학생이라고 오가와 선생이 미리 밝혔다.

"이것도 여학생의 의견이다. '어린애들이 훨씬 자유로운 것 같다. 어른이 되면 남들 눈에 신경을 써야 한다.'"

누군가가 말했다.

"솔직하네. 옳은 말이야."

야유인 건 분명했지만, 아무튼 반응이 빨랐다. 이 반 아이들에게는 뭔가 속마음을 숨기지 않으려는 고집 같은 것이 있었다.

"중학생 시절은 매우 혼란스러운 시기다. 자유롭고 싶겠지. 그러나 자유를 손에 넣었다고 해도 뭘 해야 좋을지 모르는……."

"마음대로 단정하지 마세요."

오노 쇼키치가 반발했다.

"일반적으로 그렇다는 얘기야."

"일반적인 게 무슨 상관이에요? 선생님은 일반적인 중학생을 가르치고 있는 게 아니잖아요?"

"그런 억지 주장이 어디 있니?"

"억지 주장이 아니에요, 이건."

교실이 다시 소란스러워졌다.

구즈하라 준은 테이프를 조금 되감아 다시 귀 기울여 들었다.

희미하긴 했지만 "다른 학교 애들 말은 관심 없어요." 또는 "그래서 대체 선생님이 하고 싶은 말이 뭐예요?" 하는 소리가 들렸다.

오가와 선생의 목소리가 다시 높아졌다.

"반항도 생각대로 안 되니까 자살을 생각하기도 하는 것이 요즘 중학생이야."

"무슨 말이 저래?"

"기가 막혀."

여기저기서 아이들의 목소리가 터져 나왔다.

"여기에 이런 것도 있다. 중학생들에게 죽음을 생각한 적이 있냐고 물었더니, 있다고 대답한 남학생이 36퍼센트, 여학생이 54퍼센트다. 없다고 대답한 남학생이 64퍼센트, 여학생이 33퍼센트, 무응답은 남학생이 0퍼센트, 여학생이 13퍼센트다."

오가와 선생이 곧 말을 이었다.
"있다고 대답한 학생의 이유는…… '야단맞았을 때, 시험 점수가 나빴을 때, 싸웠을 때, 모든 것이 싫어졌을 때, 비관적인 생각이 들 때, 너 따위가 죽을 수나 있느냐는 소리를 들었을 때.'"
"반항과 자살이 무슨 관련이 있습니까?"
이렇게 물은 아이는 미즈타니 레이코인 듯했다.
"그야, 관련이 있지. 반항의 종착점이 그런 형태로 나타나는 경우도 있지 않나?"
누군가가 손을 들었는지, "시미즈." 하고 오가와 선생이 지명했다.
"선생님은 시험 점수가 나쁘거나 누구하고 싸웠을 때, 무슨 일로 야단맞았을 때, 우리 중학생들이 자살한다고 생각하세요?"
"중학생의 자살 기사를 보면 흔히 그런 원인이 적혀 있으니까."
"선생님은 어떻게 생각하시냐고 물었는데요, 저는?"
"그건……."
오가와 선생은 말끝을 흐렸다.
"일반적으로 말하면, 자살을 결심한다는 것은 보통 일이 아니지만 요즘 젊은 애들은……."
"선생님도 아직 20대잖아요."
"사소한 이유로 어이없이 죽어 버리는 경향이 있다는 거야. 생명을 소중히 여기지 않는다고 할까."
"그건 선생님의 진심인가요?"
"글쎄, 진심이라고 해야 할지……."

오가와 선생의 대답은 모호했다.

"저는 사람은 그렇게 단순한 이유로 죽지 않는다고 생각해요."

"뭐?"

"예를 들어, 설사 자살 원인이 꾸중이나 따돌림이었다 해도 그것은 원인의 극히 일부분일 뿐, 겉으로 드러나는 고통이나 슬픔보다 훨씬 깊은 고통이 있었는데도 그것을 아무도 알아채지 못했다면요?"

"……."

예리한 질문이라고 구즈하라 준은 생각했다.

오가와 선생은 대체 어떤 얼굴을 하고 있을까? 이게 정말 중학생의 질문일까?

"음, 미즈타니."

다시 미즈타니 레이코가 손을 든 모양이었다.

오가와 선생이 시미즈 게이코의 질문을 회피했다고 구즈하라 준은 생각했다.

"좀 전에 제가 반항과 자살 사이에 어떤 관계가 있느냐고 질문한 이유는 오가와 선생님이 들고 계신 보고서인지 설문 조사인지 의문스러웠기 때문이었습니다."

"어떤 의문이지?"

"의문스럽다기보다 불쾌하다고 하는 게 더 적당할 것 같지만요."

"말해 봐."

"우리 중학생들의 겉모습만 보고 있는 느낌이에요. 선입관을 갖고 본다고 할까요?"

"이 보고자가?"

"꼭 그렇다기보다 그것이 일반적인 견해겠죠. 그 사람은 그 견해를 대변하고 있을 뿐이고요."

"……."

"불만이 뭐냐고 물으면 당연히 선생님이 마음에 안 든다, 편애한다 등을 말하겠죠. 하지만 그건 겉으로 드러나는 불만의 일부일 뿐이에요. 시미즈가 겉으로 드러나는 슬픔보다 훨씬 깊은 고통이라는 말을 했지만, 우리의 진짜 불만은 학교나 선생님들이 우리를 진정으로 이해해 주지 않는다는 것이에요. 말하자면 온몸으로 느끼는 슬픔과 분노죠. 그런데 우리가 무슨 실험용 쥐인 양, 설문 조사 결과만으로 중학생의 실태를 이러이러하다고 결론 지어 버리는 건 너무 서글퍼요. 그런 어른은 게으르다고 생각합니다."

"……."

"타인의 고통이나 슬픔에 다가가는 게 그렇게 간단한 일일까요? 다가가는 쪽도 당연히 힘들 거라고 생각해요."

"그런 생각을 못 해요, 학교 선생님들은."

이렇게 비난한 것은 오노 쇼키치인 듯했다.

이어서 미즈타니 레이코가 말했다.

"맞아요, 무신경해요. 중학생에게 불만이 뭐냐고 물어 놓고, 자살을 생각한 적이 있느냐는 건 또 뭐죠?"

오가와 선생은 아무 말이 없었다.

"가령 설문 조사 결과대로 시험 점수가 나쁘거나 야단맞은 것이 자살 이유라고 쳐요. 그럼 선생님들은 어떡하실 거죠? 점수를 올리기 위해 또 저희에게 기합을 주실 건가요? 하지만 점수를 올리는 것도 결국은 경쟁이고, 당연히 뒤처지는 학생이 생기지 않겠어요?"
누군가가 소리쳤다.
"맞다, 레이코. 네가 교장 해라."
"불쾌함은 바로 이런 것 때문이었습니다."
미즈타니 레이코가 자리에 앉은 모양이었다.
"이해할 수 없군."
오가와 선생은 고개라도 흔들고 있는 걸까?
"너희한테 어떤 불만이 있는지 알아보기 위해 이렇게 자료까지 준비해 왔는데, 너희는 내 성의를 거부하는 거냐?"
누군가가 "도대체 말귀를 못 알아듣는군." 하고 말하는 소리가 들렸다.
"뭐야!"
오가와 선생의 목소리에 화난 기색이 배어 있었다.
"선생님."
누군가가 손을 든 모양이었다.
"선생님은 자료를 준비해 왔다고 하셨지만……."
니시 분페이의 목소리였다.
"자료를 준비해 온 것이 잘못 아닐까요."
"이 녀석, 대체 무슨 말이 하고 싶어?"
테이프에서 흘러나오는 대화를 들으며, 구즈하라 준은 오가와 선

생이 괜한 말을 한다고 생각했다.

　학생들은 냉정했고, 오가와 선생은 폭발 직전이었다.

　"'이 녀석, 대체 무슨 말이 하고 싶어?' 라뇨?"

　예상대로 니시 분페이는 침착하게 맞받았다.

　"선생님은 다 너희를 생각해서 이러는 거야!"

　'아, 괜한 말을 하는구나.' 하고 구즈하라 준은 또 한 번 생각했다. 게다가 잔뜩 화난 목소리다.

　이런 경우를 소심한 성격이 돌변한다고 하는 걸까?

　당장에 아이들의 야유가 터져 나왔다.

　"옆구리 찔러 절받기예요, 그런 건."

　"그런 관심, 달갑잖아요."

　"너희들, 좀 더 고분고분해질 수 없어?"

　뭔가 쿵 하는 소리가 함께 들렸다. 오가와 선생이 뭔가로 책상을 내리친 걸까?

　"선생님은 우리 반 수업이 제대로 이뤄지지 않는 이유가……."

　니시 분페이의 차분한 목소리가 들렸다.

　구즈하라 준은 마음이 놓였다.

　이런 소년은 아주 귀중한 존재라고 새삼 생각했다.

　"저희한테 뭔가 불평불만이 있는 것 같아서, 그걸 들어 보려고 하신 거죠?"

　"그래."

　오가와 선생은 아직도 감정적이었다.

"그렇다면 왜 먼저 저희 말을 들어 보려고 하지 않으셨죠?"

"……."

"선생님과 우리 사이의 문제인데도 다른 중학교 학생들의 불평불만으로 얘기를 시작하는 것은 모든 사물을 모범 답안 식으로 파악하려고 하기 때문이 아닐까요?"

구즈하라 준은 무심결에 "호오?" 소리를 내며 감탄했다.

"무슨 말이냐, 모범 답안이라니?"

"이 문제의 답은 이거라는 식의 참고서 같은 걸 항상 갖고 있어서 그것으로 모든 문제를 생각한다고나 할까……."

니시 분페이의 말투는 어른스러웠다.

"그러지 않으면 불안해진다고나 할까."

"너 지금 무슨 말을 하는 거야? 잘 알아들을 수가 없구나, 나는……."

오가와 선생은 솔직히 말했다.

"이해가 안 가세요?"

대화를 듣다가 구즈하라 준은 후유 하고 깊은 한숨을 내뱉었다.

"뭐냐, 이노구치?"

또 누군가가 손을 든 것 같았다.

구즈하라 준은 고개를 절레절레 흔들었.

학생들이 본질을 꿰뚫는 질문을 할 때마다 그것을 무시하고 다른 학생에게 발언권을 주는 것은 너무나 잘못된 행동이다.

왜 함께 생각해 보려고 하지 않는 걸까?

문득 구즈하라 준은 니시 분페이가 모범 답안이라고 했던 말을 생각했다. 모범 답안이니까 답은 이미 준비되어 있다. 만약 교사들에게 미리 준비된 답이 있다면, 무슨 일이든 그런 식으로밖에 사물을 파악할 수 없다면, 학생들 쪽에서 그 답에 가까이 다가가 주지 않는 한 교사는 학생과 함께 뭔가를 생각할 수 없는 셈이다.

'인간의 문제에 정해진 답이 있을 리 없고, 학생들은 답을 얻기 위해 이런저런 말을 하고 있는 게 아냐. 양쪽의 골이 너무 깊어.'

구즈하라 준은 생각했다.

이노구치 가스미의 목소리가 들려왔다.

"선생님은 수업이 제대로 이루어지지 않는 것이 우리 학생들 탓이라고 생각하세요?"

"너는 어떻게 생각하지?"

"그렇게 되묻는 건 반칙이에요. 먼저 제 질문에 대답해 주세요."

"음……, 그건 양쪽 다 아닌가?"

"양쪽 다라뇨?"

"나는 선생님이 된 지 이제 3년 됐어. 뭐, 아직은 수업도 미숙할 테고……."

"미숙해, 미숙해." 하는 목소리가 들렸다. 오가와 선생은 그런 말에는 대꾸도 하지 않았다.

"그렇게 반성하고는 있지만, 너희의 수업 태도 역시 형편없어."

"어떤 식으로 형편없는지 정확하게요."

정확하게 말하라는 뜻인 듯했다.

"남의 말은 아예 들으려고도 하지 않잖아."

'어? 남의 말은 아예 들으려 하지 않는다고? 내 수업의 경우에는…….'

구즈하라 준은 고개를 갸웃했다.

"나만 이렇게 생각하는 게 아니야. 다른 선생님들도 한결같이 너희 반은 수업 시간에 잡담이 많다고 하시니까."

"그렇지 않아요."

테이프에서 큰 소리가 흘러나왔다.

"뭐가 그렇지 않은지 말해 봐."

오가와 선생이 반응했다.

"우리 학교에도 두세 명쯤은 괜찮은 선생님이 있으니까……."

또 다른 학생이 그렇게 말했다.

"맞아."

"맞아."

맞장구를 치는 학생들이 있었다.

"그러니까, 괜찮은 선생님의 수업 시간에는 얌전하단 말인가?"

"그런 선생님 시간에는 절대 얌전히 있지 않아요. 아주 활발하게 의견을 나누죠."

자리에서 일어서 있는 듯한 이노구치 가스미가 말했다.

"선생님들은 모두 진지해. 그런데도 이 선생님은 어떻고 저 선생님은 어떻다는 식으로 차별해도 되는 거니? 그게 잘하는 짓이야?"

"차별 아니라 구별이에요! 우리 생각을 들어 보려는 선생님과 일방적으로 자신의 생각을 강요하는 선생님을 우리가 똑같이 대한다면, 오히려 그게 더 이상하죠."

누군가가 야유를 보냈다.

"……."

"교과서 내용을 통째로 외우게만 하는 선생님이 있는 반면, 우리 의견이나 질문에 성실하게 대응하면서 수업하는 선생님도 있는 이유는 뭡니까?"

"후자는 거의 없지."

그런 소리가 들렸다.

이 학교에서 적어도 몇몇 선생님은 학생들의 신뢰를 얻고 있는 모양이었다.

"똑같은 선생님인데도 왜 그렇게 다르죠?"

이노구치 가스미는 오가와 선생을 호되게 몰아붙였다.

"그게 너희의 수업 태도를 정당화한다고 생각하나?"

이런! 구즈하라 준은 계속 듣고 있는 것이 고통스러웠다.

아니나 다를까 이내 학생들의 말소리가 어지럽게 뒤섞이며 소란스러워졌다.

"말하는 것 좀 봐."

"그러니까 선생은 믿을 게 못 돼."

"자기가 세상에서 제일 잘난 줄 아는 게 학교 선생이라니까."

화난 목소리와 비아냥거리는 목소리가 한데 뒤섞였다.

"너희하고는 도저히 수업 못 하겠다."

화난 기색이 역력한 오가와 선생의 목소리가 들렸다.

"하지 마요, 하지 마." "아싸, 한 건 올렸다!"라는 말이 흘러나왔다.

테이프는 거기서 뚝 끊어졌다.

구즈하라 준은 시계를 보았다. 수업 시간은 55분이니까 아직 시간은 남았다. 오가와 선생과 학생들은 나머지 시간을 어떻게 보냈을까? 무슨 말이 오갔을까? 알 길이 없다.

마지막으로 녹음되었던 '하지 마요, 하지 마!'나 '아싸, 한 건 올렸다!' 같은 비난 투의 말에서 학생들 스스로 나락으로 떨어지는 듯한 안타까움이 느껴져, 구즈하라 준은 착잡한 기분에 사로잡혔다.

"으음."

그는 신음했다. 자신의 수업을 듣던 학생들과 오가와 선생의 수업을 듣던 학생들이 마치 딴사람 같았다.

자신과 수업을 할 때, 학생들은 진지하면서도 어딘지 귀여운 구석이 있었다. 그런데 방금 테이프를 들으면서 받은 인상은 상처 입은 먹이에 몰려드는 맹수 같다는 것이었다.

아이들의 말에 수긍이 가면서도 아이들 개개인에게서 받는 인상과는 또 다르게, 전체적으로 약간의 생리적 혐오감이 느껴지는 까닭은 무엇일까, 하고 구즈하라 준은 생각했다.

오가와 선생은 3학년 C반 학생들이 귀여운 구석이 없다고 했는데, 그 말만 놓고 본다면 옳은 말일지도 몰랐다.

교육이란 무서운 것이구나, 하고 구즈하라 준은 생각했다.

학생들의 장점과 단점을 모두 드러내 놓게 한다.

구즈하라 준은 자신이 교사가 된 동기를 생각하고 새삼 심각해졌다.

그는 부엌에 서서 찻물을 끓였다.

여느 때보다 찻잎을 곱절로 많이 넣고 찻주전자를 한동안 천천히 흔들었다.

진하게 우러난 차를 찻잔에 따라 방으로 돌아왔다.

텔레비전을 켜고 채널을 돌렸다.

탤런트의 얼굴을 피해, 다큐멘터리 방송에 채널을 고정했다.

그러고는 멍하니 화면을 들여다보고 있었다.

'건성이군.'

구즈하라 준은 쓴웃음을 지었다.

텔레비전을 끄고 떫은 차를 마셨다.

방석을 둘로 접어 머리에 대고 벌렁 드러누웠다.

같은 학생이 왜 다르게 느껴지는 걸까?

구즈하라 준은 자신의 수업을 되새겨 보며 테이프 속 학생들의 반응과 비교했다.

자신의 수업은 아주 훌륭하게 이루어졌던 것 같은데, 그 이유가 뭘까?

그저 내키는 대로 수업을 한 것뿐인데 대체 어떤 부분이, 그리고 어떤 점이 아이들에게 받아들여졌던 것일까?

교사용 안내서가 있긴 했지만, 처음부터 염두에 두지 않았다.

안내서를 보고 수업을 한다면 모든 수업이 똑같아져 버려서 학생들 입장에서는 수업이 지루하기만 할 테니까.

오가와 선생의 평소 수업은 어떨까?

그건 그렇고, 아무튼 니시 분페이의 말은 그야말로 매서웠어. 교사의 발상이 모범 답안식이 아니냐는 지적에는 교사가 아닌 누구라도 움찔할 거야.

그 말에 대한 교사의 대답은 "무슨 말이냐, 모범 답안이라니?"였다. 빈곤하다기보다 인간성에 차이가 있다고 생각할 수밖에 없다는 것이 구즈하라 준의 솔직한 느낌이었다.

물론 그런 말을 할 자격이 자신에게 있을까 하는 의문도 들었다.

교사가 저마다 마음 내키는 대로 아이들을 가르친다면 무슨 어려움이 있겠는가? 누구나 교사가 될 수 있고, 교육 자체가 지극히 무책임한 것이 되어 버릴 것이다.

'그러나…… 교사가 자기 나름의 방식으로 수업을 했을 때 학생들이 보인 반응, 그리고 학생들의 말과 행동이 갖는 의미를 생각해 볼 필요는 있어.'

구즈하라 준은 생각했다.

과연 그것도 수업이라고 할 수 있는지는 알 수 없었지만, 자신의 수업 방법과 목적은 오가와 선생과 상반되는 듯했다.

오가와 선생은 학생들의 불평불만을 일반화해서, 학생들로 하여금 자유에는 책임이 따른다는 것을 생각하게 할 셈이었으리라. 그것도 한 가지 방법이긴 하겠지만, 거기에 도달하기까지 겪게 될 인간으로서의 시행착오에 눈을 돌리지 못한 것은 아닐까?

자신은 결론을 미리 준비해 놓지 않았기 때문에, 학생들은 마음껏 자기 의견을 펼칠 수 있었다.

시미즈 게이코는 말로 표현할 수 없는 자신이 아주 중요하다고 했다. 그렇게 생각하는 아이가, 중학생의 자살 원인을 꾸중이나 시험 점수라고 단정 짓는 사람을 그냥 보아 넘길 수 없었으리라.

어떤 경우에도 성급하게 답을 구하는 것은 좋지 않다고 구즈하라 준은 생각했다.

오가와 선생은 수업 중에 조용히 하라는 말을 끊임없이 했는데, 그것은 서둘러 결론 내리고 싶을 때 드러나는 초조함일 수도 있다.

야유 중에는 꽤 재미있는 것도 있고 정곡을 찌르는 것도 있다.

시끄러운 것보다 조용한 것이 당연히 수업하기 수월하겠지만, 학생들의 반응이 정직한 편이 그나마 질이 더 높은 수업이라고 봐야 하지 않을까?

오가와 선생이 "선생님은 다 너희를 생각해서 이러는 거야." 하고 말했을 때 학생들은 격렬한 거부 반응을 보였는데, 이 경우 비웃음을 사는 것도 참담하지만 겉으로만 따르는 척한다면 교사로서 더욱 참담하리라.

지나친 말이나 행동을 했을 때, 정신이 번쩍 뜨이는 반항에 부딪히는 것은 인간관계에서 의외로 중요할지 모른다.

거기까지 생각하고, 구즈하라 준은 중얼거렸다.

"그럼, 나는 이제부터 어떻게 한다지?"

구즈하라 준은 떫은 차를 꿀꺽 들이켰다.

학교 가기 싫어요

"선생님, 다나카 선생님과 얘기는 끝내셨어요?"
"응. 뭐, 대충."
"어쩐지 대답이 시원찮으시네요?"
1주일 뒤, 구즈하라 준은 니시 분페이와 주택가를 걷고 있었다.
"다나카 선생님이 혹시 기분 상한 게 아닐까?"
"아마 그럴걸요? 선생님들은 자기네 반 일을 누가 간섭하는 거, 굉장히 싫어하는 것 같더라고요."
"나는 부탁했을 뿐이야. 간섭할 마음은 눈곱만큼도 없어."
"선생님이야 그렇겠지만, 호시노는 다나카 선생님네 반 학생이니까요. 내키지 않았을 거예요."

"그런가?"

"선생님은 좀 독특하시잖아요."

니시 분페이가 낮은 목소리로 말했다.

호시노 도시오는 등교 거부 학생이다.

부모님이 아들의 등교 거부를 지지하고 있다는 말에, 구즈하라 준은 흥미를 느꼈다. 니시 분페이와 친구라는 점이 관심을 한결 자극했다.

우리 반도 아닌데, 하는 망설임보다는 이 가족을 만나 보고 싶다는 생각이 더 강했다.

아버지가 방송국에서 일하고 어머니가 프리랜서 르포 작가라는 점에도 한때 언론계에 몸담았던 사람으로서 어쩐지 친밀감이 느껴졌다.

그렇게 해서 구즈하라 준은 담임인 다나카 선생에게 양해를 구해, 니시 분페이와 함께 호시노의 집을 찾아가고 있었다.

"분페이, 3학년 C반에 등교를 거부하는 학생이 없는 이유는 뭐지?"

걸으면서 구즈하라 준이 물었다.

니시 분페이는 고개를 갸웃거렸다.

"우연일까?"

"글쎄요."

"속에 담아 두지 않아서일까?"

"속에 담아 두지 않아서요?"

"교사에게 반항하는 만큼 마음에 쌓이는 건 없을 테니까."

"그럴 수도 있겠네요."

"잘은 모르겠지만."

구즈하라 준이 덧붙였다.

"호시노는 달라요. 그 녀석은 소신이 있으니까."

소신이 있다는 표현이 재미있어서 구즈하라 준은 싱긋 웃었다.

"녀석은 소신도 있고 운도 좋아요. 부모님이 좋은 분들이거든요."

네 부모님은 어떠시냐고 물으려다가 구즈하라 준은 황급히 말을 삼켰다.

그때는 니시 분페이한테 아버지가 안 계시다는 사실을 구즈하라 준도 알고 있었다.

"학생들의 반항이나 반발도 반드시 부정적으로만 받아들일 것은 아냐."

밝은 목소리로 말했다.

"그럼요, 그럼요."

니시 분페이도 맞장구를 쳤다.

"등교 거부는 안 하지만, 우리 반에도 학교에 오기 싫어하는 학생이 있나?"

"당연히 있죠."

니시 분페이가 담백하게 말했다.

"그런가?"

구즈하라 준은 조금 심각해졌다.

"설령 그런 학생이 있어도 적극적으로 나서지 않겠지만, 나는."

니시 분페이가 흘끗 그를 보았다.
"그 편이 나아요."
특유의 냉정한 말투였다.
"그 편이 나을까……."
구즈하라 준은 중얼거리듯 말했다.
"너무 민감하게 반응하는 선생님이 있는데, 좀 버거워요."
"……."
"우리 학교, 그런 선생님이 비교적 많은 편이죠."
"너무 진지한 걸까?"
"자존심이 상한 거 아닐까요?"
구즈하라 준은 무심결에 니시 분페이의 얼굴을 보았다.
이 소년은 정말 버거운 상대라고 새삼 생각했다.
"싫어도 학교에 오는 가장 큰 이유는 뭘까?"
맞은편에서 자전거를 타고 오던 꼬마가 손에 들고 있던 장난감을 떨어뜨렸다.
소년이 얼른 장난감을 주워 꼬마에게 건네주었다.
자전거를 밀어 주던 젊은 어머니가 인사를 하자, 소년도 가볍게 고개를 숙였다.
아주 자연스러운 느낌이었다.
니시 분페이가 사과했다.
"아, 죄송해요."
구즈하라 준은 미소를 지었다.

"싫어도 학교에 오는 이유요? 글쎄요, 직접적인 이유는 학교나 부모님의 압력이겠죠. 하지만……."

"하지만?"

"역시 세상의 주류에서 벗어나는 건 두려운 일이잖아요. 자기 스스로도, 주위 환경도 그런 분위기를 만들고 있으니까요."

"세상의 주류라는 게 구체적으로 뭐지?"

"보통 또는 보통 이상의 학력에, 남한테 내세울 수 있을 만한 직업 등이겠죠."

니시 분페이는 남의 일처럼 말했지만, 마음에 걸렸는지 이내 말을 덧붙였다.

"이런 사고방식, 저는 반대예요. 이런 것이 차별을 낳는다고 생각하니까요."

"남한테 내세울 수 있을 만한 직업이라……."

"단순하게 생각해도 괜찮을 것 같아요, 그런 건."

"응?"

"누가 그러던데, 여자한테 인기가 있느냐 없느냐로 결정되는 거래요."

"흐음, 그러니까 촌스러운 건 안 된다는 말인가? 이거, 말 되는걸."

구즈하라 준은 감탄과 기막힘이 섞인 목소리로 말했다.

"선생님은 예전에 방송국에서 일했다고 하셨죠?"

"응."

"그럼, 일단은 엘리트네요?"

"그런가? 방송국에도 여러 가지 일이 있는데."

"그건 알지만……. 역시 방송국에서도 하는 일에 따라 차별 같은 게 있나요?"

"없다고 할 수는 없지."

"선생님은 어떠셨어요?"

니시 분페이는 그렇게 묻고는 "죄송해요." 하고 말했다.

"조연출과 연출을 맡았어."

니시 분페이가 그럴 줄 알았다는 듯이 고개를 끄덕였다.

"허무해서 그러셨어요?"

"응?"

구즈하라 준은 엉겁결에 되물었다.

"그런 일이 덧없게 느껴지셨냐고요."

"으음."

구즈하라 준은 신음 소리를 내뱉었다.

"선생님이 되기 전에 친환경 농장에서 일했다고 하셨으니까, 선생님이 되고 싶어서 방송국을 그만둔 건 아니잖아요?"

"그렇지."

"엘리트 직업을 벗어던진다는 건 뭐랄까, 사상 같은 것이 없으면 불가능한 일이잖아요? 확고한 생각이라든가……."

"흐음, 너는 그렇게 생각하니?"

"그럼, 아닌가요?"

"그렇다고 할 수도 있지만, 직업을 바꾸기로 마음먹을 때는 의외로 단순하게 생각해 버린다고나 할까? 여하튼 주위에서 보면 무책임하게 느껴질 수도 있을 거야. 인간의 행동이 항상 논리적이거나 아귀가 맞는 건 아니니까."

소년은 뭔가 생각하는 눈빛이었다.

"잘 표현할 순 없지만, 현대의 직업은 대개가 분업이잖아요?"

"농업이나 어업 같은 1차 산업이 아닌 다음에야 그렇다고 봐야지. 요즘은 꼭 그렇다고 할 수도 없게 되었지만."

"게다가 기계를 사용하고요."

"아무래도 현대는 기계 문명의 시대니까."

"저는 엘리트 직업일수록 고독하다고 생각해요."

"호오."

구즈하라 준은 무심결에 소년의 얼굴을 보았다.

"물건을 생산하거나 돈을 벌어도, 사람들은 그걸 별로 실감하지 못해요. 기업은 비대해지지만 인간은 단순한 일벌레로 전락할 뿐이에요. 이러다가 반항하면 골치 아프니까 출세나 보너스 등을 미끼로 인간을 꾀죠. 어쩐지 불결한 느낌이에요."

"으음."

"일을 해도 아무 보람이 없다면 누구나 공허해질 거라고 생각하는데, 다들 멀쩡하게 살아가는 게 저는 이해가 안 가요."

니시 분페이는 교사 역시 이런 인간 부류에 속한다고 여기는지도 모른다.

"우리도 그런 인간의 예비군이겠죠. 싫어도 학교에 다니고, 아무

보람도 없이 회사에 다니고, 표면적으로 행복한 가정을 꾸리고 암보험에나 들었다가 결국에는 죽어 가는 거죠."

구즈하라 준이 물었다.

"그렇다면 너는 앞으로 어쩔 셈이냐?"

소년이 대답했다.

"모르겠어요."

구즈하라 준은 온화하게 다시 물었다.

"그처럼 냉정한 눈으로 이 사회를 바라보면서 모르겠다는 대답은 좀 그렇지 않나?"

니시 분페이가 담백하게 인정했다.

"그렇죠. 저도 여러 가지 면을 갖고 있으니까요."

"아아."

구즈하라 준은 고개를 끄덕이며 '그럴지도 모르지.' 하고 속으로 중얼거렸다.

니시 분페이는 낮은 목소리로 말했다.

"전 선생님한테 관심 있어요. 어떤 사람인지 알고 싶어요."

구즈하라 준이 밝은 목소리로 말했다.

"좋아, 우리 친구 할까?"

"네."

소년은 살짝 웃으며 고개를 끄덕였다.

구즈하라 준은 문득 간바라 미치코를 생각했다. 그 아이는 학교에 나오기도 하고 나오지 않기도 했다. 구즈하라 준은 그 아이가 마음에 걸리면서도 전혀 손을 쓰고 있지 않았다.

호시노 도시오의 집은 조금 독특했다.
직육면체나 정육면체를 아무렇게나 턱턱 쌓아올리고 각각에다 동그란 창을 낸 듯한 콘크리트 건물로, 새로 갓 지었는지 짤막한 담쟁이덩굴이 벽을 기어가고 있었다.
"이 집은 호시노의 아버지가 직접 지으신 거예요."
"직접?"
"한 3년 걸렸대요."
"히야. 그분은 방송국에 다니신다면서? 그 직업으로는 도저히······."
구즈하라 준은 새삼 그 집을 둘러보았다.
"직업이 그러니까 이 집을 지으셨는지도 모르죠. 바쁜 사람이 요트를 직접 만들거나 하잖아요."
소년의 말뜻은 이해할 수 있었지만, 용케 시간을 냈구나 싶어서 구즈하라 준은 솔직히 감탄했다. 세상에는 별별 사람이 다 있는 법이다.
초인종을 눌렀다. 현관문 여는 소리가 들리고, 흰 옷을 입은 여자가 얼굴을 내밀었다.
"어서 오세요."
차분한 목소리였다. 몸매가 가냘팠다. 이어서 호시노 도시오와 소년의 아버지가 나왔다.

"잘 오셨습니다."

호시노 도시오의 아버지가 인사를 했고, 호시노 도시오는 니시 분페이를 맞았다. 온 가족이 손님을 맞으러 나온 모습에서 뭔가 따뜻한 것이 느껴졌다.

"구즈하라 씨 얘기는 많이 들었습니다."

집 안으로 들어가면서 호시노 도시오의 아버지가 말했다. 구즈하라 준이 근무하던 방송국 이름을 말하면서, 그쪽 윗선을 몇 명 알고 있다고 덧붙였다.

"많이 섭섭해했다고요."

구즈하라 준은 당황해서 손을 내저었다.

"아닙니다. 요즘 민방에서 다큐멘터리 방송을 자체 제작하는 일은 거의 없으니까요."

니시 분페이가 구즈하라 준의 얼굴을 올려다보았다.

"선생님, 텔레비전 다큐멘터리 방송을 만드셨어요?"

"다 옛날 일이야."

구즈하라 준은 더욱 당황하며 말했다.

거실로 들어가 인사를 나누었다.

"죄송합니다. 저는 명함이 없습니다."

구즈하라 준은 사과하면서 상대방이 내민 명함에 눈길을 떨어뜨렸다. 간부 직함이 찍혀 있었다.

"방송국에는 오래 다니셨습니까?"

"외길 인생이라고 할 만큼 정열도 없습니다만."

"아, 네에."

예전에는 기획을 했지만, 지금은 심야에 방영하는 서양화 감상 코너를 맡고 있다고 호시노의 아버지가 말했다.

"연세가 어떻게 되십니까?"

구즈하라 준은 그만 이렇게 묻고 말았다.

"쉰 좀 넘었습니다."

젊구나, 하고 구즈하라 준은 생각했다.

홍차를 날라 오는 젊은 어머니에게 눈길을 주면서 아버지가 대답했다.

"이 사람은 두 번째 아내로, 제 나이로 치면 이 아이는 늦둥이죠."

"아, 별말씀을."

어쩐지 구즈하라 준은 미안한 마음이 들었다.

"구즈하라 씨는 자제분이?"

"아뇨, 없습니다."

호시노 도시오의 아버지는 뭔가 묻고 싶은 눈치였다.

구즈하라 준이 당황한 듯 말했다.

"사정이 있어서, 지금은 혼자 살고 있습니다."

호시노 도시오의 어머니가 물었다.

"혼자세요?"

"네……. 그러니까 사정이 있어서……, 지금은 혼잡니다."

고개를 끄덕이고는 더 이상 아무것도 묻지 않았다.

니시 분페이는 물끄러미 구즈하라 준을 보고 있었다.

"이 집을 직접 지으셨다고요?"

"3년 반쯤 걸렸죠. 좋아해요, 이런 걸."

"원래는 취미삼아 일요일마다 가구를 만들었어요. 그러다가는 욕심이 과해져서."

그렇게 말하는 젊은 어머니의 눈매가 웃고 있었다.

아버지가 아들을 보며 말했다.

"나를 닮아서 그런지, 이 녀석이 많이 도와줬죠."

구즈하라 준은 자리에서 엉거주춤 일어나 호시노 도시오에게 말했다.

"구즈하라 준이라고 한다. 만나서 반갑다."

호시노 도시오와는 인사를 나눌 기회가 아직 없었다.

호시노 도시오는 자리에서 벌떡 일어나 고개를 숙이며 인사했다.

"호시노 도시오입니다."

생김새는 어머니를 닮았다.

구즈하라 준이 호시노 도시오에게 말했다.

"손재주가 좋다니, 부러운걸. 나는 얼마 전까지 농장에서 일을 했는데, 방이나 작업장, 동물 우리를 직접 만들어야 했어. 농사만 짓는다고 다 되는 게 아니더라고. 아무튼 목수일도 꽤 익숙해져서 그런 일의 재미를 조금은 알지."

"분페이한테 들었어요."

소년이 말했다. 그러고는 이내 직선적으로 물었다.

"그런데 갑자기 교사의 길을 선택하신 이유가 뭔가요?"

"으음……."
"이상을 이루기 위해선가요?"
"아니……, 그런 건 아냐."
그렇게 대답하면서, '이거 난처하게 됐군.' 하고 구즈하라 준은 생각했다. 등교 거부를 하고 있으니 의지가 강한 아이인 듯했다. 납득할 수 없는 일은 끝까지 캐묻는 성격인지도 모른다.
"우리 반 아이들한테도 그런 질문을 받았지만……."
"'그 이유는 차차 말해 주겠다는 대답으로 부족할까?' 였죠. 저희한테는 그렇게 말씀하셨어요, 선생님."
때마침 니시 분페이가 도와주었다.
호시노 도시오는 니시 분페이의 눈을 들여다보더니 천천히 고개를 끄덕였다.
소년이 말했다.
"그럼, 제 이야기를 할게요."
소년의 어머니가 말했다.
"얘, 그렇게 서두를 건 없잖니?"
"하지만 선생님은 내 얘기를 들으러 오셨잖아."
"저어……, 네가 학교에 나오지 않는 이유도 물론 듣고 싶지만, 그보다는……."
구즈하라 준이 끼어들었다.
"제가 짧은 상고머리를 강요하는 학교 방침에 항의하고 있다는 것을 선생님도 알고 계세요?"

"응."

구즈하라 준은 고개를 끄덕였다.

"네가 학교에 나오지 않는 이유는 네 담임 선생님이나 교감 선생님한테 들어서 대충 알고 있다. 짧은 상고머리에 반대하는 것도."

호시노 도시오는 머리가 길었고, 니시 분페이의 머리 길이는 겨우 1센티미터 남짓이었다.

학교에서 용납하는 길이가 이 정도였다.

"교사로서 이렇게 말하는 건 좀 이상하지만, 나는 너를 어떻게 하려는, 그러니까 등교 거부를 그만두게 하려는 마음은 없어."

"그건 정말 이상한데요? 교사로서 무책임한 거 아닌가요? 신뢰할 수 없어요."

소년이 이렇게 말하자 구즈하라 준은 움찔했다.

소년의 부모님은 둘의 대화를 묵묵히 듣고 있을 뿐이었다.

어쩌면 지금 이 자리는 구즈하라 준이 어떤 교사인지 알아보는 시험대인지도 몰랐다.

이윽고 구즈하라 준이 말했다.

"안타깝게도 우리는 오늘 처음 만난 사이니까 내가 어떤 사람인지 잘 알지 못하겠지. 하지만 서른다섯이라는 나이에 비로소 교사가 되었다는 점에서 짐작할 수 있겠지만, 나는 교육이나 교육 현장에 대해 전혀 아는 바가 없어. 지금은 단지 교육 현실을 현실로서 알고 싶다는 마음을 갖고 있을 뿐이야. 네 말처럼 교사로서 손을 놓고 있는 것은 무책임하고 학생들에게 신뢰받지 못할 일이란 것은 잘 알고 있다.

하지만 어떤 사물을 바라볼 때 가장 중요한 것은 선입견을 갖지 않고 일단 현실을 찬찬히 살펴보는 것 아닐까? 나는 그렇게 생각한다."

소년의 어머니가 입을 열었다.

"일단은 그렇죠. 구즈하라 씨는 예전에 언론계에 계셨으니까 그런 발상을 할 수 있는 거겠죠. 만약 대학 때부터 학생들을 어떻게 가르칠 것인가, 어떻게 이끌 것인가와 같은 교육 기술만 익히셨다면 그렇게 생각하기 힘들었을 거예요. 하지만 교사의 입장과 언론인의 입장은 다르다고 생각해요. 현실을 알리고 하는 사이에도 교육은 이루어지고 있으니까요."

"옳은 말씀입니다."

구즈하라 준은 솔직히 인정했다.

'교사로서'라는 말을 꺼내면 먼저 이런 문제에 부딪힌다.

"옳은 말씀이지만, 그 차이에 지나치게 얽매이면 이러지도 저러지도 못 하게 되거든요."

소년의 어머니도 수긍했다.

"그건 그렇죠."

소년의 아버지가 홍차를 권했다.

"자, 드시죠."

"네, 잘 먹겠습니다."

구즈하라 준은 홍차를 한 도금 마셨다. 그러고는 고개를 들어 소년에게 말했다.

"하던 얘기를 계속하자면, 네 생각을 들을 수 있는 것도 물론 고마운 일이지만, 그보다는…….."

구즈하라 준은 소년의 어머니 쪽으로 시선을 옮겼다.

"부모님께서는 도시오의 행동을 지지하신다고 할까, 등교를 거부하고 있는 아들을 이해하고 계신 것 같은데, 혹시 그 이유를 알 수 있을까 하고……."

소년의 어머니가 남편을 보았다.

"당신, 어떻게 생각해요?"

"흐음, 글쎄."

소년의 아버지는 온화하게 말했다.

"당신이나 나, 가능하다면 도시오가 다시 학교에 갔으면 하는 게 솔직한 마음 아닌가?"

"물론이죠."

"도시오의 생각에 적극적으로 찬성하거나 지지하지는 않으니까."

소년의 어머니가 말했다.

"나는 좀 달라요."

"선생님은 이 사람이 르포 작가라는 것을 알고 계십니까?"

"네."

"최근에 교육 현장 취재를 시작했어요."

"네."

"그래서 저하고는 조금 다른 교육관을 갖게 된 것 같더군요."

"교육관이 아니라 학교관이에요."

"알았어. 그럼 당신이 본 학교를 선생님께 전해 드리는 건 어때?"

"그런 얘기부터 시작해도 괜찮을까요?"

괜찮다면 그렇게 해 달라고 구즈하라 준은 말했다.

"학교가 뭔가 이상하다는 생각은 우리 애가 등교 거부를 하기 전부터 갖고 있었어요."

소년의 어머니는 구즈하라 준의 얼굴을 똑바로 바라보며 말했다.

젊기도 하거니와 첫인상부터 중학생 자녀를 둔 어머니라는 느낌도 없었던 터라, 그렇게 정면으로 마주 대하자 르포 작가의 지적인 이미지가 강하게 느껴졌다.

이성적이고 어딘지 사람을 끄는 매력이 있었다.

"흔히 관리 교육이라고들 하는데, 관리라는 이름으로 아이들에게 가해지는 학교의 무자비한 처사는 이제 갈 데까지 간 게 아닌가 싶어요. 선생님 앞에서 이런 말을 하는 건 송구스럽지만."

"아뇨."

이런 이야기를 남의 얘기처럼 들을 입장이 아니라고 구즈하라 준은 일단 스스로를 타일렀다.

"'교문 지도'라는 것을 알고 계세요?"

"교문에서 뭔가를 지도하는 건가요?"

구즈하라 준이 그렇게 되묻자, 니시 분페이가 웃었다.

"뭐가 잘못됐니?"

구즈하라 준이 물었다.

"당연하죠. 선생님은 선생님이잖아요."

"……"

"입장이 서로 바뀐 것 같아."

호시노 도시오도 웃고 있었다.

소년의 부모님도 서로 얼굴을 마주 보며 웃었다.

"성격이 아주 느긋하신 것 같군요."

소년의 아버지가 웃으며 말했다. 구즈하라 준을 도우려는 듯했다.

"아침에 학교 선생님이 교문 앞에 서서 학생들의 머리 모양이나 옷차림, 소지품, 게다가 태도까지 엄격하게 점검하는 거예요."

구즈하라 준은 시모자와 도루가 읽어 주었던 학교 규칙을 언뜻 떠올렸다.

"특히 여학생들의 머리 모양에 집요하게 간섭하는데, 앞머리는 눈썹 위에서 가지런히 자르라든가 뒷머리는 어깨선까지만 허용한다든가 하나로 묶거나 땋는 것만 허용한다든가, 아무튼 세세하기 이를 데가 없어요."

"허어."

구즈하라 준은 맞장구인지 뭔지 알 수 없는 얼빠진 소리를 냈다.

"학생 주임이 빗을 갖고 다니면서 학생들의 머리카락을 여기저기 만져요. 빗으로 억지로 머리카락을 끌어내려 조금이라도 눈썹이나 귀에 닿으면 당장 자르라고 명령하죠. 가학적이라고 생각하지 않으세요?"

"……."

"그 학교의 조례 시간을 참관했는데, 교장 선생님의 훈화가 끝나자마자 학생들이 일제히 '감사합니다!' 하고 큰 소리로 말하더라고요. 제가 느끼기에 부자연스러울 정도로 큰 소리였는데도, 어떤 선생님이 '목소리가 작다, 다시!' 하고 호통을 치지 뭐예요. 그러자 학생들은 '감사합니다!' 하고 다시 소리쳤죠. 이건 옛날 군대식 아닌가요?"

"……."

구즈하라 준은 대답할 말이 없었다.

"그 학교에 등교 거부 학생이 생겨, 그 학생을 취재하는 사이에 학교 실태를 알게 된 거죠. 학교에 가지 않게 된 아이는, 사실은 갈 수 없게 된 거지만, 유리코라는 참 귀엽고 건강한 아이였어요. 커다란 눈이 똘망똘망해 보였는데, 감수성이 풍부한 것 같았죠."

'그 학생에게는 등교 거부를 일으킬 만한 내재적 이유가 없었다고 말하고 싶은 거겠지.'

구즈하라 준은 생각했다.

"저는 그 르포에 〈그토록 좋아하던 학교를 진저리 치게 만든 시간〉이라는 제목을 붙였는데, 이건 절대 과장이 아니에요. 실제로 초등학교 6년 동안 유리코와 학교의 관계는 지극히 원만했고, 유리코는 학교를 매우 좋아했어요."

"학교를 싫어하게 된 구체적인 계기가 있었습니까?"

"네. 유리코의 경우엔 그랬어요. 좀 전에 교문 지도 얘기를 했는데, 여기서 그 애는 선생님한테 깊은 상처를 받았어요."

"어떤 일이었습니까?"

"그 학교에서는 여학생이 머리를 뒤로 묶는 경우, 고무줄 색깔은

검은색으로 정해져 있어요."

"고무줄 색깔까지 학교에서 정한단 말입니까?"

이야기가 이쯤 되자, 구즈하라 준은 자신의 입장을 잊고 몸서리를 쳤다.

"고무줄 색깔까지 정하는 것이 학교예요. 어이가 없죠?"

이런 말투로 보아, 소년의 어머니는 구즈하라 준이 적어도 학생들과 적대적인 입장에 있는 교사는 아니라는 것을 분명히 알고 있는 듯했다.

구즈하라 준이 대답했다.

"가슴이 아프군요."

"어느 날 아침, 유리코는 항상 묶고 다니던 고무줄을 어디 뒀는지 도통 기억을 하지 못했어요. 왜, 흔한 일이잖아요, 이런 건."

구즈하라 준은 고개를 끄덕였다.

"그 사실을 깨달은 게 아침 등교 직전이어서, 유리코는 울상을 지으며 허겁지겁 찾았지만 끝내 고무줄은 나오지 않았어요. 어머니가 지각하는 것보다는 낫다면서 초등학교 때 하던 걸로 묶고 가라고 했죠. 이것도 아주 자연스러운 일 아닌가요?"

"그런 이야기, 진짜 열 받아."

호시노 도시오는 머리 뒤에서 깍지를 끼고, 몸을 두세 번 흔들며 말했다.

"파란 고무줄로 머리를 묶고 등교한 유리코는 결국 교문 지도에 걸렸어요. 쭈뼛거리며 선생님 앞을 지나치려는 순간 자기 이름이 불렸을 때, 그 아이의 심정을 생각하면 나까지 가슴이 아프답니다."

고통스런 이야기구나, 하고 구즈하라 준은 생각했다.

"'거기 꿇어앉아 있어.' 이것이 유리코가 받은 벌이었어요. 다리 아픈 것도 아픈 것이지만, 교문과 학교 건물을 잇는 콘크리트 바닥에 앉아, 쉴 새 없이 지나가는 학생들의 시선을 받으며 몸이 오그라드는 듯한 수치심을 필사적으로 견디고 있는 시간이란, 중학교 1학년 여학생에게는 밀실의 고문보다 더한 고통 아니었을까요?"

"으음."

구즈하라 준은 신음을 했다.

"그 애가 입은 마음의 상처는 말할 수 없을 만큼 컸다고 생각해요. 선생님들에겐 그 상처가 보이지 않는 걸까요?"

"슬픈 이야기군."

소년의 아버지가 말했다.

"유리코는 이튿날 학교를 쉬었어요. 이튿날도 그 이튿날도 학교에 갈 수가 없었어요. 아침에 어머니가 깨우면 울기만 했대요. 머리가 아프다, 배가 아프다고 하면서요."

구즈하라 준은 후우 하고 깊은 한숨을 토해 냈다.

"이런 경우 흔히 부모들은 억지로라도 아이를 학교에 보내려다가 오히려 사태를 악화시키죠. 하지만 다행히도 유리코의 어머니는 지혜로운 분이셨어요. '어제까지만 해도 멀쩡하던 아이가 왜?' 하는 생각이 딸을 지키려는 행동으로까지 이어지게 된 거죠."

니시 분페이가 그녀의 이야기를 가만히 듣고 있었다.

"대체 무슨 일이 있었느냐, 학교에서 애한테 무슨 짓을 했느냐고 학교에 가서 따져 물은 결과, 그날 아침 이야기를 들을 수 있었어요. 딸한테는 '학교에 가지 않아도 돼. 집에 있으렴.' 하고 말하고는 어머니 자신이 학교에 다니기 시작했죠."

구즈하라 준이 물었다.

"아, 저어, 그게 무슨 말씀인지?"

"아침에 교문 앞에서 학생들을 지도하는 선생님들을 관찰하기 시작한 거예요."

"과연."

"학교 쪽에서는 그 어머니를 몰상식하다고 비난했다지만, 정말로 그럴까요? 제가 만나 본 그 어머니는 그야말로 점잖은 분이셨어요. 선생님들을 관찰하며 그 어머니가 알게 된 것은, 선생님도 지각을 한다는 것, 선생님의 옷차림은 제각각 다르다는 것, 실내화를 신고 밖을 돌아다니기도 한다는 것, 그리고 아이들의 머리 모양을 갖고 야단치는 선생님의 머리가 기름기로 번들번들하거나 어깨나 깃 뒤쪽에 비듬이나 먼지가 앉아 있기도 하다는 것이었죠."

구즈하라 준은 머리를 긁적였다. 자기 자신도 그리 청결하다고는 할 수 없었기 때문에 쑥스러웠다.

니시 분페이가 싱글싱글 웃었다.

"유리코의 어머니가 지혜롭다고 한 이유는 이른바 그 조사 결과를 학교에 들이대며 아이들을 그렇게 닦달할 거면 교사들도 규칙을 엄격히 지키라고 비난한 것이 아니라, 서로 흉만 들추려 하지 말고 좀 더 여유를 가지고 느긋하게 생각하는 게 어떻겠느냐고 말했기 때문이에요."

"아, 네에."

구즈하라 준은 고개를 끄덕이며 동조했다.

"인간적이죠."

구즈하라 준은 솔직하게 말했다.

"선생님들보다는 그 어머님께 호감이 가는군요."

"인간적이라는 것과 실천적이라는 것은 아주 중요하다고 생각해요. 한 아이의 어머니로서 정말 소중한 걸 배웠죠."

소년의 어머니는 조용히 홍차 한 모금을 마셨다.

"아이들의 슬픔을 위로하는 것도, 아이들을 불행에서 벗어나게 하는 것도, 우리 어른의 실천 없이는 불가능한 일이란 걸 절실히 느꼈어요. 저, 한 가지 더 예를 들어도 될까요?"

"듣고 싶군요."

"경쟁을 부추기는 수단 가운데 하나라고 생각하는데, 우열반 만들기나 분단 학습이나 조별 학습 같은 것들이 꽤 성행하고 있잖아요."

호시노 도시오가 말했다.

"우리 학교에도 그런 거 있어."

"하지만 너희 학교에서는 학생들에게 지독한 벌을 주지는 않잖니?"

"그래도 얄미운 선생님은 있어. 안 그러냐, 분페이?"

니시 분페이도 맞장구를 쳤다.

"왜 아니겠냐."

"반끼리 경쟁시켜서 꼴찌 하면 빈정거리잖아."

"응. 그거, 벌을 받는 거보다 훨씬 큰 상처가 되기도 하지."

"맞는 말일지도 몰라요."

소년의 어머니가 구즈하라 준 쪽으로 고개를 돌리며 말했다.

"한 반을 몇 개의 조로 나눠 경쟁을 붙이는 거예요. 그리고 가장 성적이 나쁜 조한테 '꼴찌조'라는 이름을 붙이고 복도 청소를 시키죠. 그걸 '포상'이라고 부르는 것도 얄미워요."

구즈하라 준은 쓴웃음을 지었다.

"제가 취재한 곳도 그런 학교 가운데 하나로, 희생자는 아스카라는 성실한 여학생이었어요. 불행하게도 아스카네 조는 툭하면 꼴찌를 했죠. 자기가 잘못한 것도 아닌데……. 잘못이라는 표현도 사실은 이상하지만, 즉 경쟁에서 이길 수 없었다는 말인데……."

"그 학교에서는 한 반을 여러 조로 나눠 구체적으로 뭘 경쟁시켰나요?"

"다양해요. 한자 받아쓰기 성적이나 좀 전에 얘기한 교문 지도 정도는 아니었지만 옷차림이나 준비물 점검 같은 품행 평가가 대상이 되기도 했죠."

"학습뿐만 아니라 생활 영역에도 폭넓게 걸쳐 있는 셈이군요."

"그렇죠."

호시노 도시오는 거칠게 내뱉듯이 말했다.

"한마디로 고닌구미 제도(다섯 집씩 묶어 화재, 도둑, 기독교 개종 등에 대해 공동 책임을 지우고 단속했던 에도 시대의 제도—옮긴이)와 비슷한 거라고."

니시 분페이도 한마디 거들었다.

"학교는 의외로 고리타분하잖아."

"〈도쿠가와 이에야스의 가르침〉을 암송시키는 선생님도 있어요."

호시노 도시오의 아버지가 물었다.

"호오, 너희 학교에?"

"아뇨. 우리 학교에 그렇게 교양 있는 선생님은 없어요."

니시 분페이는 그렇게 말하고는 퍼뜩 뭔가를 깨달은 듯 구즈하라 준에게 황급히 사과했다.

"아, 죄송합니다. 학교와 교사를 고발한 중학생의 수기를 읽은 적이 있는데, 거기에 적혀 있었어요. 그때는 외우고 있었는데……."

니시 분페이는 그렇게 말하고 중얼중얼 외우기 시작했다.

"'사람의 일생은 무거운 짐을 지고 먼 길을 가는 것과 같으니, 서두르지 말지어다. 항상 어렵다고 생각하면 부족할 것이 없고…….' 와, 기억하고 있었네."

니시 분페이가 새삼스럽게 감탄했다.

호시노의 아버지가 말했다.

"계속해 봐라, 분페이."

"으음, 그 다음이 '마음에 욕심이 생기면 빈궁한 때를 떠올려라. 인내를 무사태평의 근원으로, 분노를 적으로 여길지어다. 이기는 것만 알고 지는 것을 모르면 그 해가 자신에게 미치…….'"

도중에 소년의 아버지도 함께 외우기 시작했다.

"나를 탓하며 남을 탓하지 말라. 과한 것은 모자라는 것만 못하리니. 제 분수를 알지어다. 풀잎의 이슬도 모이면 떨어지는도다.'"

소년의 아버지와 니시 분페이는 얼굴을 마주 보고 웃었다.

소년의 어머니가 어이없다는 듯이 말했다.

"세상에."

구즈하라 준이 말했다.

"학교에서 별걸 다 외우게 하는구나."

소년의 아버지가 물었다.

"그걸 고발한 중학생은 뭐라고 하던?"

"존경하지도 않는 사람의 가르침을 기리는 것에는 반대한다고 했어요."

"흐음."

"항상 어렵다고 생각하라는 말은 어려운 것을 당연하게 여기란 말이니까, 지배자한테는 유리하겠지만 세상 사람들로서는 이보다 불만스러운 건 없을 거라고요."

"옳은 말이야."

"그 중학생은 분노를 적으로 여기라는 말에도 찬성할 수 없다고 했어요. 분노가 냉정함을 무너뜨리는 것도 사실이지만, 인간에게 분노는 아주 중요한 감정이고 분노가 원동력으로 작용하는 경우도 많다는 거죠."

"맞아, 맞아."

"그 애 말로는, 부정에 맞서 싸우려는 정의감은 분노에서 비롯된

대요. 그 예로, 아시오 광산에서 유독 물질이 흘러나왔을 때 다나카 쇼조를 중심으로 들고일어났던 사람들의 정의감도 처음에는 분노에서 출발했다는 거죠."

소년의 아버지와 구즈하라 준은 얼굴을 마주보았다.

"그 앤 이렇게 말했어요. 결국 이 가르침은 사람들로부터 자유를 빼앗고 분노에서 비롯되는 봉기를 막기 위한 한 가지 수단이라고요."

소년의 아버지가 나직이 감탄 소리를 냈다.

"그 애는 쇼토쿠 태자보다 호류 사를 지은 목수가 더 좋고, 귀에 못이 박히도록 공부하라는 소리만 하는 선생님보다 함께 배우려는 선생님이 더 좋대요."

구즈하라 준은 머리를 긁적거렸다. 정말 할 말 없군, 하고 절실히 생각했다.

"이에야스를 존경하는 건 선생님 자유지만, 그것을 학생들에게 강요하는 것은 잘못이라는 말도 했어요."

니시 분페이는 여기서 잠깐 말을 끊었다. 식은 홍차를 한 모금 마시고는 다시 말을 이었다.

"하지만 중학교 1학년인 자기한테는 선생님 앞에서 이런 말을 할 만한 학력도 담력도 없대요. 저는 이 부분이 중요하다고 생각해요."

호시노의 아버지가 말했다.

"그렇지."

구즈하라 준도 진심으로 말했다.

"대단한 아이구나."

"학생은 교사와 대등하게 이야기를 나눌 수 없으니까요."

호시노의 아버지가 말하자, 구즈하라 준은 고개를 끄덕였다.

'니시 분페이는 역시 대단한 아이야. 독서량도 상당한 것 같고.'

구즈하라 준은 이렇게 생각하며 니시 분페이를 보았다.

니시 분페이가 말했다.

"죄송해요. 아줌마 말씀 중에 끼어들어서."

"괜찮아. 언제든 환영이야. 네가 말한 그 중학생은 정말 대단하구나. 어떤 경우에도 아이라고 얕보면 안 된다는 생각이 들었어. 너도 마찬가지지만. 아줌마는 너랑 얘기할 때면 항상 그런 생각을 한단다."

니시 분페이는 조금 쑥스러운 듯 웃었다.

구즈하라 준은 '어라?' 하고 생각했다. 그렇게 웃고 있는 소년의 모습은 더없이 아이다웠던 것이다.

"가만 있자, 제가 어디까지 얘기했죠?"

"아스카라는 아이가 '꼴찌조'라 항상 벌을 받는다는 데까지요, 아줌마."

"맞아, 그랬지. 그럼 얘기를 계속해도 될까?"

"괜찮죠?"

다른 사람들의 동의를 구하듯이 니시 분페이가 말하자 호시노의 어머니가 말을 이었다.

"상처받기 쉬운 아이는 벌을 받는다는 생각만으로도 견디기 힘든 법인데, 선생님의 화난 목소리까지 그 아이를 짓눌렀죠. '뭐야, 또 너희들이냐? 정말 형편없는 것들이군.' 이라는 말이 되풀이되었던 거예요. 아스카의 정신적인 피로는 점점 한계에 가까워졌어요. 그러던 어느 날……."

호시노 도시오는 몸을 한 번 부르르 떨고는 자세를 고쳐 앉았다.

"걸레질을 하고 있던 아스카의 손이 멈추지 않았어요. 아스카는 넋 나간 사람 같은 눈빛으로 바닥을 닦고 있었고, 뭔가 심상찮은 느낌으로 지켜보던 몇몇 친구들이 교무실로 달려가 아스카가 좀 이상해졌다고……."

니시 분페이가 소리 죽여 깊은 한숨을 내쉬고 있다는 것을 구즈하라 준은 느낄 수 있었다.

"담임 선생님과 친구들이 '아스카, 그만해.' 하고 몇 번이나 말렸지만, 넋 나간 듯한 눈빛과 바닥을 닦는 손길에는 아무런 변화가 없었어요. 사람들이 아스카를 끌어안다시피 해서 겨우 진정시켰죠."

호시노 도시오의 아버지가 팔짱을 꼈다.

"거기서 끝난 게 아니에요."

구즈하라 준이 "넷?" 하고 되묻듯이 고개를 들었다.

"사건은 거기서 끝나지 않았다고요."

두 소년은 어머니를 응시하고 있었다.

"그날 밤, 아스카는 부모님에게 말도 없이 집을 나갔어요. 지금껏 그런 일이 한 번도 없었기에, 부모님은 더욱 당황했죠. 친구네 집을 비롯해서 짐작 가는 곳은 죄다 찾아다녔지만, 아스카는 아무 데도 없었어요. 그러다 문득 부모님은 생각했죠. 그날 귀가 시간이 늦은 것과 이 일이 무슨 관계가 있지 않을까 하고요. 아스카의 어머니가 담임한테 전화를 했어요. 담임은 아무것도 짚이는 게 없었어요. 큰 소동이 벌어졌죠."

니시 분페이가 물었다.

"그래서 어떻게 됐어요, 아스카라는 애는?"

"으응."

고개를 끄덕이고, 호시노의 어머니는 곧 말을 이었다.

"부모님과 선생님이 분담해서 아스카를 찾으러 다녔어요. 하지만 찾을 수 없었어요. 경찰에 실종 신고를 하자는 사람도 있었고 좀 더 상황을 지켜보자는 사람도 있었어요. 부모님은 온몸이 죄어드는 심정으로 최악의 사태를 상상하고 있는데, 녹초가 된 아스카가 유령 같은 모습으로 홀연히 돌아왔어요. 밤 12시가 다 되었을 때라고 해요. 어른들이 캐묻자, 그 아이는 툭 내뱉듯이 말했죠."

니시 분페이가 몸을 조금 앞으로 내밀었다.

"'청소, 했어.' 라고요."

한숨과도 같은 숨소리가 서로의 귓가에 닿아 서로서로 얼굴을 마주 보았다.

"가엾게도, 텅 빈 교실에서 혼자 청소를 하고 있었던 거예요."

호시노 도시오가 중얼거렸다.

"말도 안 돼, 이런 얘기……."

젊은 어머니가 말했다.

"현실이야."

소년의 아버지가 물었다.

"그때 아스카의 부모님은 자초지종을 알고 있었나?"

"아뇨, 부모님은 아무것도 모른 채 어리둥절해했대요. 딸아이가 정신이라도 나갔나 싶었겠죠."

구즈하라 준이 물었다.

"그래서 담임이 낮에 학교에서 있었던 일을 얘기했습니까?"

"네."

중얼거리듯이 구즈하라 준이 말했다.

"충격이었겠군."

"그랬겠죠. 칠흑같이 깜깜했을 학교에서 혼자 복도를 닦는 딸아이의 모습을 상상하며 할 말을 잃었을 거예요, 아마."

소년의 아버지가 말했다.

"가슴 아픈 동시에 무서운 얘기야."

"한 가지 다행스러운 건 있었어요."

소년의 어머니가 남편을 보며 말했다.

"당신 말처럼 아스카의 담임도 이 사건을 무서운 일이라고 생각했어요. 내가 볼 땐 그게 다행스러운 점이에요."

"음."

남편이 고개를 끄덕였다.

"당연하다면 당연한 이야기지만, 그 선생님도 충격을 받고 고민했어요. 교사 생활 10여 년 만에 처음 겪은 사건으로, 가르친다는 일이 얼마나 무서운 일인지 절실하게 깨달은 거죠."

이번에는 구즈하라 준이 고개를 끄덕였다.

"이 선생님은 아스카의 부모님께 정식으로 사과했어요. 조별 경쟁이나 벌주기도 중지했을 뿐 아니라, 반 아이들 모두에게 자기 생각을 밝히고 학급 분위기를 바꾸려고 노력했죠."

소년의 아버지가 구즈하라 준에게 말했다.

"당연한 일인데도 그럴 수 있는 선생님은 많지 않아요."

"선생님이 달라졌다고 해서 아스카의 상태가 금세 호전되었느냐 하면, 얘기는 그렇게 간단하지 않아요."

구즈하라 준은 고통스러운 심정으로 고개를 끄덕였다. 그러리라 짐작했다.

"등교 거부가 시작되었고, 이상 행동도 완전히 사라지지는 않았죠. 이때부터 부모님과 교사의 고난이 시작되었는데, 그래도 의미 있는 것은 이 사람들이 아스카를 끝까지 지켜 주겠다는 과제를 스스로 떠안았다는 점이에요. 나는 부모와 교사의 고난이라고 말했지만, 사실 고난을 겪은 것은 아스카이고 부모와 교사는 아스카의 고통 일부를 짊어졌다는 게 옳죠. 인간에게, 특히 어린이나 성장기의 젊은이들에게 고락을 함께 해 주는 사람이 곁에 있는 것은 절대적으로 필요한 일이라고 생각해요. 그렇지 않으면 아이들은 깊은 상실감에 병들고 말 거예요."

소년의 어머니는 절절한 목소리로 그렇게 말했다.

"아스카는 그리 쉽게 회복되진 못했어요. 다시 등교를 시작한 것이 그로부터 두 달 뒤였으니까요. 하지만 아스카가 빠졌던 위험의

깊이를 생각한다면 두 달은 이례적이라고 할 만큼 짧은 기간이 아니었을까요?"

구즈하라 준이 어두운 목소리로 말했다.

"그럴지도 모르죠."

"이 이야기는 병든 학교가 어린이를 병들게 한 전형적인 예인데, 요즘 학교에서는 이런 일이 일상적으로 벌어지고 있다고 생각하지 않으세요?"

"……."

구즈하라 준은 아무런 대답도 할 수 없었다.

"지식을 마구잡이로 머릿속에 집어넣도록 경쟁시키는 교육은 아이들의 마음을 메마르게 한다고 평소부터 생각하고 있었기 때문에, 우리 애가 내일부터 학교에 안 가겠다고 말했을 때 올 것이 왔구나 싶었지만, 아무런 저항도 못 하는 자식을 둔 것보다는 낫다고 내심……."

남편이 미소를 지으며 말했다.

"스스로를 타일렀다?"

"그랬어요. 어린이는 학교에 갈 권리도, 가지 않을 권리도 있다, 그걸 인정하자고요."

소년의 아버지가 구즈하라 준을 보며 온화하게 말했다.

"나는 좀 다릅니다."

젊은 어머니가 남편에게 양보했다.

"얘기하세요."

"등교 거부를 시작한 뒤로, 이 아이는 학교에 다닐 때보다 마음의 부담을 훨씬 많이 받았을 거라고 생각해요. 사회에서 낙오되지는 않을까 하는 두려움도 있을 것이고, 다시 학교로 돌아가 진학을 하려면 남들보다 몇 배는 더 노력해야 한다는 각오도 필요하겠죠. 또 만약 지금의 학교로 돌아가지 않는다면 앞으로 겪게 될 갖가지 시행착오 역시 보통 일이 아닐 테고요. 즉, 이 애가 혹시 다른 학교로 전학 가기를 원한다면 부모로서 적극적으로 찬성할 수는 없지만, 일단은 스스로 선택한 학교에서 공부하는 것도 괜찮다, 거기서 앞으로 세상을 살아가는 데 필요한 것들을 체득한다면 그걸로 됐다고 생각하는 거죠."

호시노 도시오가 불만스레 따져 물었다.

"일단이란 건 무슨 뜻이에요? 부모로서 자식의 장래는 확실히 관리하겠다는 건가요?"

'도시오는 부모한테도 여간 깐깐하지 않구나.'

구즈하라 준은 생각했다.

소년의 아버지가 말했다.

"녀석, 농담 마."

"장래를 관리하기는커녕 장래를 지켜보는 것조차 나는 못 해."

"그럼, 일단이란 게 무슨 뜻인데요?"

"앞일은 아무도 모른다는 뜻이야."

"아아. 그럼, 됐어요."

호시노 도시오는 자못 건방지게 말하며 고개를 끄덕였다.

구즈하라 준이 호시노 도시오에게 말했다.

"정신의 토양이랄까, 너는 그런 면에서 혜택을 받고 있구나."

"네? 정신의 토양이요?"

"네 부모님은 네가 어떤 말이나 행동을 하든 감정을 앞세우지 않고 이성적이랄까, 지성적이랄까, 아무튼 그런 식으로 받아들이시니까 말이다."

"뭐, 그렇다고 볼 수 있죠."

구즈하라 준이 말했다.

"그건 행운이야."

호시노 도시오는 니시 분페이의 얼굴을 보면서 넉살 좋게 말했다.

"동시에 불행이기도 하죠. 안 그러냐?"

"어째서지?"

"저를 그런 식으로 키우셨으니, 학교 선생님의 어처구니없는 야만적 처사에 적응하지 못하는 비극이 생기는 거잖아요."

"과연 그렇구나……라고 맞장구를 칠 수 없는 게 괴롭구나."

구즈하라 준은 가까스로 그렇게 응수했다.

"부모님의 생각은 들었으니까, 이번에는 네 차례다만……."

"무슨 말을 하면 되는 거죠?"

소년은 기지개를 쭉 켜고는 얼마간 감정을 죽이고 말했다. 도전적으로 비칠 수도 있는 태도였다.

"학교나 교사에 대한 불만도 좋고, 네가 등교를 거부하는 이유나 그 밖에 무슨 말이든 좋아."

"선생님은 그걸 듣고는 어떡하실 거죠?"

젊은 어머니가 나무랐다.

"그런 말이 어디 있니?"

소년이 말했다.

"저는 선생님이라는 존재를 신뢰하지 않아요. 선생님 이야기는 분페이한테 많이 들었지만, 저는 아직 잘 이해할 수 없어요."

"오늘 처음 만났으니까. 그야……."

"그런 뜻이 아니에요."

"……."

"분페이는 선생님께 호의를 갖고 있는 것 같던데, 저는 선생님이 정체불명의 사람 같아요."

"흠, 그래?"

구즈하라 준이 대꾸했다. '이 소년도 여간 예리한 것이 아니네.'

"선생님은 학생들한테 호통치거나 일방적으로 명령하는 선생님이 아니라고요? 수업도 신선하고 교재도 나름대로 많이 연구하신다고 들었어요."

"……."

뭐라고 대답할 말이 없다. 설마 지금 칭찬하고 있는 건 아니겠지?

"마치 혜성처럼 나타난 정의의 사자 같다면서 이렇게 멋진 얘기가 또 있겠냐고, 얼마 전에 분페이가 그러더군요."

구즈하라 준은 거의 바닥이 드러난 홍차 잔에 손을 뻗으며 "이거 참, 난처하군." 하고 중얼거렸다.

젊은 어머니가 미소를 지으며 말했다.
"애가 좀 건방지죠?"
그러나 아들의 건방진 태도에 초조해하거나 눈살을 찌푸리는 기색이 없었다.
구즈하라 준은 이것도 나름대로 바람직한 부모 자식 관계라고 생각했다.
등교 거부라는 말이 주는 이미지는 아무래도 어둡다. 그런데 이 집에는 그런 공기가 없다.
숨통이 트이는 느낌이었고, 새로운 부모 자식 관계를 발견한 듯한 느낌이기도 했다.
그러나 등교 거부 학생의 가정이 대부분 이렇지는 않겠지? 하고 구즈하라 준은 생각했다.
홍차 잔을 내려놓으면서 그는 말했다.
"사실 아무것도 가진 게 없는 교사입니다. 아무것도 가진 게 없는 인간은 아니라고 생각하지만, 자기 내부에 교사로서의 이미지가 없다고 할까요."
소년이 캐물었다.
"하지만 선생님이 되신 건 자신의 의지잖아요?"
"응. 뭐……."
"'뭐'라뇨?"
"으음."
구즈하라 준은 고개를 숙이고 머리를 긁적였다.

어떻게 설명해야 할까?

"사정이 좀 있는데, 그게 어떤 사람의 사생활과 관련된 거라……."

"선생님이 교사가 된 이유가요?"

"음, 뭐……."

니시 분페이가 구즈하라 준을 물끄러미 바라보았다.

소년이 말했다.

"어쩐지 누군가를 대신해서 교사가 된 것 같은걸."

"분페이처럼 너도 내 친구가 되어 주지 않겠니?"

"네?"

"친구가 되면 앞으로 많은 것들을 서로 나눌 수 있을 거야."

소년은 그 말에 직접적으로는 대답하지 않고 말했다.

"역시 선생님은 수수께끼 같은 사람이군요."

젊은 어머니가 도움의 손길을 내밀었다.

"인생은 가지가지, 그게 네 입버릇이잖니?"

소년은 순순히 고개를 끄덕였다.

"응. 분페이 말대로 선생님은 조금 독특하시네요."

"독특한가?"

"독특해요. 교사 유형이 아냐, 안 그래, 분페이?"

니시 분페이는 마음이 놓이는 듯한 얼굴로 장단을 맞춰 주었다.

"맞아."

소년의 어머니가 말했다.

"얘, 그렇게 캐묻지만 말고 선생님이 물어보신 것에도 대답 좀 해

드리렴."

소년의 아버지도 거들었다.

"그래, 엄마 말이 맞다."

"학교 얘기요?"

"그래."

"저어, 그런데……."

구즈하라 준은 잠시 우물거렸다.

"지금 이 자리에서 얼마 되지도 않은 시간 동안 학교에 대한 네 생각을 듣는 것은 별로 바람직한 것 같지 않아. 네가 하고 싶은 말은 분명 현상적이고 사소한 불평불만은 아닌 것 같은데?"

호시노 도시오의 눈이 언뜻 반짝였다.

"네 친구로서 오늘의 목적은 이걸로 충분히 이루었다고 생각한다. 부모님이나 네 성격도 조금 알 수 있었고, 너도 나를 비난하고 싶은 마음은 없다고 보는데, 안 그러니?"

소년이 대답했다.

"그런 마음, 없어요."

소년의 부모님 표정이 조금은 부드러워졌다.

세상에 이상한 아이는 없어

손을 놓고 있으면 놓고 있는 만큼, 그 결과에 대한 책임은 교사에게 철저하게 돌아간다. 교육은 그런 것일지도 모른다.

구즈하라 준은 괴로운 심정으로 학년 주임 스에마쓰 선생의 이야기를 듣고 있었다.

간바라 미치코가 니시 분페이에게 폭력을 휘둘렀단다.

정확하게 말하면, 지나가던 니시 분페이가 건물 뒤편에서 담배를 피우고 있던 간바라 미치코를 보았다. 한동안 옥신각신하던 끝에 폭력 사태로 번졌다.

니시 분페이는 손끝 하나 움직이지 않았다.

폭력을 휘두른 것은 간바라 미치코 한 사람이었지만, 그 아이의 친구 두 명이 옆에서 그 모습을 지켜보고 있었다.

"니시 분페이는 전혀 대응하지 않았습니까?"

구즈하라 준이 물었다.

"그런 모양일세."

스에마쓰 선생은 니시 분페이의 입술이 조금 찢어졌다고 하면서 덧붙였다.

"꼭 담임이 없을 때 이런 일이 생긴다니까."

구즈하라 준이 교원 노조에서 주최하는 환영 모임에 참석해 있는 동안 생긴 사건이었다.

그 모임에서 비행 청소년 시절을 극복하고 저명해진 교육자의 강연이 있었다. 돌아와 보니 이런 꼴이라니 참 공교롭다고 구즈하라 준은 생각했다.

이유가 있을 것도 같고, 또 없을 것도 같았다. 구즈하라 준은 타인에게 성급하게 다가서고 싶지 않다는 생각이 있었다. 하지만 그런 생각으로 비행 청소년이라는 낙인이 찍혀 있을 간바라 미치코를 그대로 내버려 둔다면 교사로서 변명에 지나지 않을 것이다.

전에 학년 주임 스에마쓰 선생이 물은 적이 있었다.

"자네는 예전 담임에게 학생들 이야기를 전혀 묻지 않는 것 같더군. 따로 무슨 생각이 있는 건가?"

구즈하라 준은 애매한 대답으로 그 질문을 피했지만, 실제로 학생들 이야기를 예전 담임에게 묻기는커녕 학생들의 신상이 적힌 서류 한 장 훑어보지 않았다.

있는 그대로의 모습으로 인간을 바라본다는 자신의 생활신조를 어기기 싫었기 때문이다.

교사에게는 학생을 잘 알아야 할 의무가 있는 것이 사실이지만, 어디까지나 자신의 눈과 감각으로 알고 싶다고 구즈하라 준은 생각하고 있었다.

"문제가 생기면, 선생은 뭘 하고 있었냐는 추궁을 듣게 마련이야."

스에마쓰 선생은 그런 얘기도 했다.

교사라는 것과 인간적이라는 것은 양립하기 어려운 문제일지도 모르겠다고 구즈하라 준은 생각했다.

스에마쓰 선생에게 대충 설명을 들은 구즈하라 준은 말했다.

"그렇군요."

스에마쓰 선생이 타박을 놓았다.

"자네 반 학생의 문제야. '그렇군요.' 라는 말이 나오나?"

"이런 경우, 선생님들은 어떻게 하십니까? 가르쳐 주십시오."

'나도 어지간하군.' 하고 구즈하라 준은 생각했다.

"사후 처리를 단단히 하지 않으면 문제가 커져."

"무슨 말씀이신지?"

스에마쓰 선생은 이런 한심한 교사가 있나 하는 표정이었다.

"부모의 화를 풀어 줘야 하네, 우선은."

"부모의 화를 풀어 주려면 어떻게 해야 합니까?"

어이없다는 얼굴로 스에마쓰 선생은 구즈하라 준의 얼굴을 보았다.

"사과하는 것 아니겠나? 피해를 입은 학생의 부모에게."

"부모에게요……."

스에마쓰 선생은 마뜩찮은 얼굴을 했다.

"이런 문제가 생겼을 때 학교 전체가 함께 대처하는 경우는 없습니까?"

답답하다는 듯이 스에마쓰 선생이 말했다.

"학교 전체가 대처해야 할 문제가 있고, 그렇지 않은 문제가 있지."

간바라 미치코의 행동을 항의하러 왔던 남자의 일만 해도, 그러고는 감감무소식이었다.

"학생 개인의 비행을 학교 전체의 문제로 받아들이지 않는 겁니까?"

화가 난 듯 스에마쓰 선생이 쏘아붙였다.

"단계가 있는 것 아니오, 단계가? 우선 담임이 지도를 하고……."

구즈하라 준은 머리를 벅벅 긁었다.

학년 주임을 화나게 한 것은 잘못이었다고 구즈하라 준은 담백하게 인정했다.

'교사의 말이나 행동에 대해 옳고 그름을 따질 수는 있지만, 자신과 생각이 다르다고 해서 괜히 얕잡아 보는 감정을 갖고 상대를 대하는 것은 옳지 않아. 이건 내 단점이야.' 구즈하라 준은 이렇게 생각하며 머리를 긁었던 것이다.

구즈하라 준은 그날로 니시 분페이의 집을 찾았다. 미리 전화는 했지만, 니시 분페이에게 거절당하지는 않을까 내심 걱정되었다.

소년이 받았을 마음의 상처를 생각하면 일단 그냥 내버려 두는 게 좋겠지만, 구즈하라 준은 까닭 없이 니시 분페이가 보고 싶어졌다.

그런 자신의 감정에 교사로서의 의무감 따위는 털끝만큼도 없다고 생각했을 때, 그는 전화기에 손을 뻗었다.

소년은 허락했다.

니시 분페이의 집은 노송나무 대문이 있는 호화 주택이었다.

소년한테 아버지가 없다는 얘기는 시라후지 선생에게 들어서 알고 있었지만, 가정환경 조사서 따위는 들춰 본 적이 없는 구즈하라 준은 소년의 생활 형편에 대해 전혀 아는 바가 없었다.

"호오?"

그는 찬찬히 대문을 바라보았다.

가정부인 듯한 초로의 여자가 얼굴을 내밀었다.

그 사람 혼자인가 했더니, 옆에 니시 분페이가 서 있었다.

구즈하라 준은 미소를 지었다.

"여어."

소년은 인사인 듯 고개를 까딱 하고는 수줍은 표정을 지었다.

"오셨어요, 선생님? 수고가 많으십니다."

여자는 허리를 굽혀 정중히 인사했다.

대문 안으로 들어서자 잘 손질된 넓은 정원이 보였다. 바위와 나무들이 적절히 배치된 잔디 정원은 개방적인 인상을 주었다.

날은 완전히 저물어 있었다. 곳곳에 세워진 수은등 탓인지 정원 전체가 짙은 푸른빛이었다.

구즈하라 준이 말했다.

"마당이 넓구나."

구석에는 수영장까지 있었다.

"이야길 좀 하고 싶은데, 괜찮겠니?"

소년은 고개를 끄덕였다.

구즈하라 준이 쾌활하게 말했다.

"여기는 어때? 넓고 상쾌하군."

소년이 말했다.

"선생님만 괜찮으시다면요."

여자가 눈치껏 앞서 걸어갔다.

"괜찮아, 입술 상처는?"

"별것 아니에요."

"그래."

구즈하라 준은 재빨리 소년을 관찰했다. 소년의 말을 그대로 받아들여도 괜찮겠다고 판단했다.

"그 전에, 네 어머니께 인사를 드려야……."

"괜찮아요, 안 그러셔도."

소년은 꽤 단호하게 말했다.

"그건 좀 곤란해."

구즈하라 준은 조금 허둥거렸다.

방금 전 여자의 모습이 사라졌나 싶더니, 이번에는 두 사람의 그림자가 보였다. 그림자가 이쪽으로 급히 다가왔다.

"아유, 이런 곳에서……. 분페이, 선생님께 실례잖아."

니시 분페이의 어머니였다.

키가 훤칠하고 눈이 시원스레 컸다.

구즈하라 준은 허둥지둥 인사를 했다.

안으로 들어가자고 권했지만, 이유를 말하며 구즈하라 준은 극구 사양했다.

"그럼 분페이하고 얘기가 끝나면 저한테도 선생님을 대접할 시간을 주세요."

소년의 어머니는 이렇게 말하고는 선선히 물러났다.

구즈하라 준은 솔직한 느낌을 말했다.

"인상이 좋으시구나."

소년이 말했다.

"그런가요?"

구즈하라 준과 니시 분페이는 잔디밭에 앉았다.

"이런 시간에 불쑥 찾아와서 미안하다."

소년은 조금 가라앉은 목소리로 말했다.

"아니에요, 신경 쓰지 마세요."

"어쩐지 쓸쓸해져서 말이야."

"……"

소년은 무슨 말이냐는 듯한 얼굴로 구즈하라 준을 보았다.

"내가 좀 이상한 건지는 모르겠지만, 가해자의 이유나 피해자의 주장을 들어 보려는 마음보다는 피차 마음이 편치 않겠지, 대체 일이 왜 이렇게 되어 버렸을까, 둘 다 쓸쓸한 마음일 거야 하는 생각들이 앞서거든."

"……."

"남의 일 같지 않아서."

"……."

소년이 얼굴을 조금 움직였다.

"집사람이 병을 앓고 있어. 인생관도 그렇고, 이것저것 다른 점이 많아서 좀 삐걱거려. 서로 쓸쓸하다는 생각을 할 때가 있지."

조그만 나방이 두 사람 앞으로 소리도 없이 날아갔다.

"누구나 이렇게 살고 싶다 또는 저렇게 살고 싶다, 이런 일을 하고 싶다 또는 저런 일을 하고 싶다고 생각해. 하지만 그게 어디 마음대로 되나. 이유야 사람마다 다르겠지만, 그럴 때 사람들의 생각은 대개 둘 중 하나로 흐르지. 어떻게든 노력하자는 꿋꿋한 쪽과 어차피 그럴 바에는 차라리 나락으로 떨어져 버리자는 자학적인 쪽, 즉 자신과 타인에게 모두 상처를 입히는 생각이지."

소년은 고개를 돌려 가만히 구즈하라 준을 바라보았다.

"집사람의 병은 나의 그런 나쁜 부분이 가시처럼 박혀서, 그래서 증상이 더 깊은 건지도 몰라."

니시 분페이가 어떤 병인지 물어도 되느냐고 조그만 목소리로 물었다.

구즈하라 준이 대답했다.

"신경증이야."

잠깐 침묵이 흘렀다.

"너한테는 미안한 말이지만, 이번 일로 훨씬 더 깊은 쓸쓸함에 빠져 있을 사람은 간바라 미치코일지도 모른다고 나는 생각해."

이번에도 소년은 조그만 목소리로 말했다.

"그럴지도 모르죠."

"그렇다면 간바라 미치코를 먼저 만나러 가지 그랬냐고 말하고 싶겠지만, 나는 그럴 용기가 없어. 한심하지? 어떻게 하면 내가 그 아이와 동등한 입장에 설 수 있는지 도저히 모르겠구나."

한동안 두 사람은 침묵에 잠겨 있었다.

"이번 일에 대해 나한테 하고 싶은 말, 있니?"

"없어요."

"그럴 줄 알았다."

구즈하라 준은 살짝 웃으며 말했다.

"너한테 이것저것 묻는 건 미안하지만, 한 가지 궁금한 게 있다."

"뭔데요?"

"너는 왜 가만히 있었지?"

"……."

소년은 똑바로 앞을 바라보았다. 생각에 잠긴 듯하기도 했고 그렇지 않은 듯하기도 했다.

구즈하라 준이 조금 허둥대며 말했다.

"아, 쓸데없는 걸 물었나 보구나. 대답하기 싫으면 안 해도 돼."

"저는……, 그런 애들한테 열등감을 갖고 있어서……."

구즈하라 준은 거실로 안내를 받았다.

두 면이 통유리로 되어 있는 고급스러운 거실이었다. 그 너머로 나무들이 보였다. 골프 연습용 그물이 쳐져 있었다. 거실의 장식 선반 위에는 추상화 석 점이 아무렇게나 기대 세워져 있었다.

"유이코라고 합니다. 잘 부탁드려요."

니시 분페이의 어머니가 구즈하라 준 앞에 명함을 내밀었다. 대충 훑어보았다. 니시 물산 사장이라는 직함이 박혀 있었다.

"명함은 뭐 하러 꺼내고 그래? 내 엄마로 충분하잖아?"

옆에서 소년이 손을 뻗어 명함을 꾸깃꾸깃 구겨 버렸다.

"얘가 이래요. 예전에는 그나마 귀엽기나 했지. 얘 대체 어떤 어른이 될까요?"

유이코가 말했다.

"이렇게 까다로운 애랑 사는 건 정말 피곤해요. 저는 자식한테 무책임한 편이라서, 하루 빨리 이 애한테 좋은 사람이 생겨 집에서 나가 준다면 속이 후련하겠다고 진심으로 바랄 때가 종종 있답니다."

유이코는 그렇게 말하고 미소를 지었다.

"얼마나 푸념이 많은지 몰라요, 우리 엄마. 남편이 너무 빨리 죽어서 손해를 봤다는 둥 내가 왜 니시 물산의 사장이어야 하냐는 둥, 만날 이런 소리만 해요. 그런 소리를 들어야 하는 자식 입장도 좀 생각해 달라고요."

소년이 유이코의 말을 되받았다.

소년은 쾌활하게 행동하고 있었다. 구즈하라 준은 소년이 자기를 배려하고 있음을 알 수 있었다.

구즈하라 준이 끼어들었다.

"저어……, 이번 일은…… 송구스럽습니다."

그리고 고개를 숙인 채 소년의 입술을 보았다. 조명 아래서 보니까 상처는 역시 안쓰러웠다.

"싸운 거죠, 이 상처?"

유이코가 말했다.

"이 애, 처음에는 조금 풀이 죽어 있었는데, 제가 아무리 캐물어도 귀찮다는 말만 되풀이하고 전혀 설명을 해 주지 않아요."

"그랬군요."

"이 애 성격으로는 한 번씩 싸움이라도 하는 게 차라리 안심이 돼요."

구즈하라 준은 먼저 부모한테 사과하라던 스에마쓰 선생의 말을 떠올렸다.

부모도 여러 종류니까.

홍차가 나왔다.

홍차를 날라 온 여자를 올려다보면서 구즈하라 준이 물었다.

"세 식구세요?"

"네. 이 분은 먼저 간 남편의 먼 친척으로, 다키코 씨라고 해요. 오랫동안 함께 지냈던 다미라는 가정부 할머니가 가 버린 뒤로 이분이 도와주셨죠."

니시 분페이의 표정이 굳어지더니, 웬일인지 눈길을 떨어뜨렸다.

다키코는 구즈하라 준에게 두 번이나 정중하게 인사를 했다. 조용한 성격 같았다.

"세 식구이긴 하지만, 회사 사람들이 워낙 자주 드나드는 편이라 단속이 허술하진 않으니까……."

유이코가 잠시 후에 물었다.

"선생님, 홍차에 브랜디 좀 넣어 드릴까요? 조금 넉넉하게 넣어도 될까요?"

유이코가 그렇게 말했을 때, 소년이 끼어들었다.

"우리 엄마, 아주 술고래니까 선생님도 조심하시는 편이 좋을 거예요."

구즈하라 준은 유이코를 보며 말했다.

"늘 이런 식입니까?"

"네에."

유이코가 미소를 지었다.

"모자 사이가 아니라 남매 사이 같죠?"

"실례지만, 올해 몇이십니까?"

유이코가 장난스레 물었다.

"몇 살로 보이세요?"

"제가 보기에는 아직 젊으신 것 같은데……."

유이코는 나직이 말했다.

"어머."

소년이 다시 끼어들었다.

"그런 말 하면 우쭐거려요."
"어머님의 나이와 회사 사장이라는 직책이 잘 어울리지 않는 것 같아서요."
"그렇죠? 저야 뭐, 얘가 자랄 때까지 잠깐 맡고 있는 것뿐이에요."
소년이 쌀쌀맞게 말했다.
"그런 거, 시대착오야."
"맞아, 시대착오야. 회사의 주식을 조금 얻어서 평생 놀고 지내자고, 이 애랑 얘기하곤 하죠."
재미있는 사람이라고 구즈하라 준은 생각했다. 어디까지가 진심이고 어디까지가 농담인지 잘 알 수 없었다.
"혁명이 일어나면 단두대에 갈 거라고 제게 겁을 준답니다, 이 애는."
그때 유이코에게 전화가 걸려 왔다. 방 한 구석으로 휴대 전화기를 들고 가서 나직한 목소리로 무슨 말인가 했다.
니시 분페이가 유이코 쪽으로 고개를 돌리고 들으라는 듯이 말했다.
"1주일에 골프 두 번, 밤 외출은 밥 먹듯. 아무튼 구제 불능이에요, 우리 엄만. 애인도 두세 명쯤 있을 거야."
구즈하라 준이 유이코 편을 들어 주었다.
"이야, 그거 정말 부러운데."
소년이 흘기듯이 쳐다보았다.
"말씀 한 번 잘하시네요, 선생님."

유이코가 돌아와 자못 들뜬 목소리로 말했다.

"선생님, 한잔해요. 괜찮죠?"

소년이 말했다.

"정말 못 말리죠, 우리 엄마?"

"선생님, 전 기뻐요. 분페이가 선생님과 함께라니, 그것도 우리 집에서."

구즈하라 준은 대답이 궁해서 중얼거렸다.

"아니, 뭐……."

"학교에서 마음의 문을 꽁꽁 잠그고 사는 애라, 선생님은커녕 한두 명을 제외하면 친구들도 데려오지 않는답니다."

소년이 다시 끼어들었다.

"그런 말은 뭐 하러 해? 진짜 수다쟁이야."

"그게 어때서?"

유이코가 가볍게 받아넘겼다.

"선생님이 담임을 맡으신 뒤로 식사 때 이따금 학교 얘기를 꺼내기도 해요. 학교 얘기라고 해 봤자 대개는 구즈하라 준 선생님이 무슨무슨 말을 했다는 식이라서 아무래도 이 애의 관심이 선생님께 쏠려 있는 듯한……."

"왜 그런 식으로 말해? 저질이야."

소년은 발을 쾅쾅 굴렀다. 학교에서는 볼 수 없던 어린애다운 몸짓이었다.

미리 귀띔해 두었던지, 다키코가 간단한 요리를 들고 거실로 들어

왔다.

"차린 건 없지만 좀 드세요."

유이코가 맥주병을 땄다.

"이럴 땐 어떻게 해야 하니, 분페이? 좀 가르쳐 줄래?"

구즈하라 준은 난처한 듯 말했다.

"신참인데다 교사로서 지켜야 할 규칙에 깜깜한 사람이지만, 학부형 댁에서 향응을 제공받는 것은 사회 상식에 어긋나는 일이 아닐까 싶은데."

"자선 사업 하신다고 생각하고 드시면 어떨까요?"

"뭐, 자선 사업?"

"쓸쓸한 모자를 위로해 주시는 셈 치시라고요."

구즈하라 준이 어이가 없다는 표정으로 말했다.

"말주변이 좋구나, 너도."

유이코가 웃으며 맥주를 따랐다.

유이코가 소년에게 물었다.

"분페이, 캄파리 소다(쓴 오렌지 껍질로 만드는 칵테일의 일종—옮긴이) 한 잔 만들어 줄까?"

소년이 일어섰다.

"됐어. 내가 할게."

구즈하라 준은 조금 당황스러웠다.

"아, 잠깐, 잠깐. 너도 지금 술을 마시겠다고?"

유이코가 말했다.

"알코올은 전혀 입에 대지 않지만, 유독 캄파리 소다만은 마셔요. 두 잔 정도 마셔도 얼굴이 멀쩡하니, 집안 내력인지도 모르죠. 저 애 아버지도 술이 아주 센 사람이었거든요."

잔 속의 얼음을 딸그락거리며 소년이 돌아왔다.

"그거, 좀 떫지 않아?"

특이한 음식을 좋아하는구나 싶어서 구즈하라 준이 그렇게 묻자, 유이코가 말했다.

"이 애는 떫은 음식을 좋아해요. 여주라고, 혹시 아세요, 선생님?"

"오키나와 지방에서는 고야라고 부르는, 표면이 울퉁불퉁한 오이 말입니까?"

"네, 그걸 좋아해요, 얘. 정말 이상하죠?"

그러자 소년이 말했다.

"엄마가 학교 선생님이었다면 학생들이 불행했을 거야."

"왜?"

"세상에 이상한 아이는 없어. 여주를 좋아하는 애는 여주를 좋아하는 애일 뿐이야."

구즈하라 준은 웃었다.

"세상에 이상한 아이는 없다는 말, 참 좋구나."

유이코가 말했다.

"역시 이상해요, 이 얘."

유이코가 다 같이 건배를 하자고 했지만, 다키코는 사양했다.

캄파리 소다를 한 모금 마시고 소년이 말했다.

"도시오네 집에 비하면 우리 집은 너무 엉망이죠?"

"저마다 특색이 있어서 재미있어."

구즈하라 준은 솔직하게 대답했다.

"어머, 참. 너, 도시오네 집에 비디오 갖다 준다고 하지 않았니?"

"참, 맞다."

소년이 시계를 보았다.

"8시까지 간다고 했던 것 같은데?"

비겁하다고 소년이 푸념했다.

"비겁하다니, 뭐가?"

"나 없는 사이에 선생님한테 이러쿵저러쿵 일러바치려고 그러지, 내 얘기?"

"그게 어때서? 모처럼 좋은 기회잖니?"

"아무리 부모지만, 남 앞에서 자식을 발가벗겨도 되는 거야?"

"걱정 마. 덮어놓고 다 말할 생각은 없으니까. 선생님께서 알고 계시는 게 좋겠다 싶은 것만 말할 거야."

"하지만 그건 내 인생에 관한 거잖아?"

"그럴지도 모르지. 하지만 엄만 네 기분을 존중해 줬다고 생각해. 네가 학교 선생님들한테 등을 돌리고 있는 동안, 엄마도 네 편을 들었잖니? 굳이 학교를 찾아가지도, 담임 선생님과 상담을 하지도 않았으니까."

"그건 인정해."

"엄만 결코 무리하지 않았어. 부모는 아무리 애를 써도 자식의 인생을 좌지우지할 수 없고, 내가 네 엄마인 건 틀림없지만 네 인생은 네 거니까 네 뜻대로 하라고, 이제야 겨우 그렇게 마음먹을 수 있게 되었다고."

"그래서?"

소년은 고집을 꺾지 않았다.

"선생님, 죄송해요."

유이코가 사과했다.

구즈하라 준이 말했다.

"괜찮습니다. 계속 얘기 나누세요."

유이코는 다시 소년에게 고개를 돌렸다.

"너도 부모가 되어 보면 이해하겠지만, 부모 자식이라도 서로 다른 자기 인생이 있다는 걸 알면서도 자식과 희로애락을 함께 나누지 못했다고 생각하는 순간, 부모는 말할 수 없이 쓸쓸해지는 법이야. 네가 그걸 알아?"

"그걸 어떻게 알겠어? 난 부모가 아니라고."

"너, 상상력은 있겠지?"

소년은 건방지게 말했다.

"남들만큼은."

"그럼 알겠네."

"내가 졌어."

소년은 이렇게 말하고는 겸연쩍은 웃음을 보였는데, 뭐랄까 떼를 쓰고 있는 자기 자신에 대한 웃음 같기도 했다.

"선생님, 얘기 좀 해도 괜찮을까요?"

"네. 어머님이 괜찮으시다면."

"죄송해요. 한잔 드세요."

유이코는 맥주를 권했다.

"브랜디로 드시겠어요?"

"이걸로 됐습니다."

소년은 뒤로 물러나 소파에 몸을 기댄 채 유이코를 노려보았다.

"어릴 때부터 쭉 반듯한 아이였어요."

소년은 손에 든 유리잔을 흔들어 얼음을 달그락거렸다.

"애 아빠가 세상을 떠난 건 워낙 어릴 때라, 그때는 별로 큰 충격이 없었을 거라고 생각해요. 지금의 이 아이를 보면 상상도 할 수 없겠지만……."

유이코는 소년을 보았다.

소년은 눈길을 외면했다.

"고분고분하고 억지 한 번 쓰지 않던 착한 아이로……."

소년이 끼어들었다.

"아무튼……. 부모란 원래 어리석어서 자기 자식이 타고난 착한 아이인 줄 안다니까. 타고난 착한 아이는 없어. 착한 척하고 있을 뿐이라고."

유이코도 지지 않았다.

"그래, 착한 척하느라 피곤했겠구나?"

"당연하지. 착한 아이가 죽을 때까지 착한 아이란 법은 없잖아. 착한 아이가 있으면 부모도 선생님도 아이의 장래를 위해 빨리 착한 아이 짓을 그만두라고 말할 의무가 있다고 봐."

"으음."

구즈하라 준은 신음했다. 유이코의 얼굴을 보자 쓴웃음이 나왔다.

"그때 넌 정말 귀여웠어. 한눈에 반해 버릴 만큼……."

"바보."

소년은 화를 냈다.

구즈하라 준은 웃음을 터뜨리고 말았다.

"지금은 이 모양이 되어 버렸지만."

유이코도 웃었다.

"너, 이제 그만 가."

소년은 유리잔에 든 붉은 액체를 꿀꺽 삼켰다. 그러고는 시계를 보며 말했다.

"조금만 더 감시할 거야."

"선생님, 전혀 드시지 않네요. 좀 드세요."

유이코가 술을 권했다.

"초등학교 3, 4학년 때까지는 문제가 전혀 없었다고 기억해요. 적어도 겉으로는요. 이 애가 착한 아이는 피곤하다고 농담처럼 말하곤 했지만, 그땐 알아차리지 못했어요."

그럴지도 모른다고 구즈하라 준도 생각했다.

"이렇게 부잣집에서 살면서 무슨 배부른 소리냐고 생각하실지 모르지만, 자식 교육에서만큼은 평등하다는 게 얼마나 중요한지 몰라요. 남들보다 가난한 것도 물론 괴로운 일이겠지만, 지나치게 환경이 좋은 것도, 그러니까 물질적으로 풍요로운 것도 아이한테는 슬픔의 씨앗이 되는 경우가 있답니다."

유이코는 잠시 눈길을 떨어뜨렸다.

"친구가 놀러 오면 정성껏 대접을 했어요. 그때는 가정부 할머니가 함께 살고 있었죠. 그 할머니 탓을 하는 건 아니지만, 아무래도 이 애가 딱하고 가엾다 보니⋯⋯."

구즈하라 준이 되물었다.

"딱하고 가엾다뇨?"

"아버지가 안 계시다는⋯⋯."

구즈하라 준은 고개를 끄덕였다.

"분페이와 사이좋게 지내 줬으면 하는 마음이 지나친 대접으로 이어져⋯⋯."

그때 소년이 말했다.

"정말 그런 얘기까지 말할 거야?"

유이코가 말했다.

"네가 싫다면 관둘게."

"됐어, 좋을 대로 해. 엄마가 구즈하라 선생님한테 마음을 열었다는 뜻으로 받아들일 테니까. 하지만 난 갈래."

니시 분페이가 말했다.

"선생님, 천천히 말씀 나누세요. 도시오네 집은 자전거로 10분쯤 걸리니까 30분이면 돌아올 수 있어요. 그 사이 쓸쓸한 우리 엄마를 상대하시는 게 좀 힘드시겠지만."

"말하는 것 좀 봐 ." 하고 유이코는 말했고, 구즈하라 준은 "그래, 기다리고 있으마." 하고 대답했다.

나가려는 니시 분페이에게 구즈하라 준이 물었다.

"도시오는 어때?"

"뭔가 심경의 변화가 있는 것 같아요."

"어떤 변화일까?"

"그 녀석, 곧 학교에 나오지 않을까 싶어요."

"호오."

"뭐랄까, 전투적으로 변한 것 같더라고요."

그렇게 말하고 소년은 집을 나섰다.

"정말 죄송해요, 선생님. 혹시 바쁘신 건 아니세요? 선생님의 소중한 시간을 우리 때문에 써 버려서······."

진지한 얼굴로 유이코가 말했다.

"아닙니다. 어차피 집에 돌아가도 밥 먹고 자는 게 일인걸요. 신경쓰지 마세요."

"선생님······. 우리 두 사람의 대화를 들으면서 뭔가 부자연스럽다고 생각하지 않으셨어요?"

유이코는 얼굴이 붉어졌다.

"아뇨, 별로."

구즈하라 준은 뜻밖의 질문을 받은 기분이었다.

"꾸밈없고 대등하고, 저는 좋은 느낌을 받았는데요, 무슨······?"

"저 애, 뭐랄까, 무지 애쓰고 있다는 느낌 못 받으셨어요? 노력하고 있다는 느낌 말이에요."

'아아.' 하고 구즈하라 준은 중얼거렸다.

"그런 뜻이었습니까? 이상한 말이지만, 이번 일로 의기소침해 있을 분페이를 제가 교사로서 위로해 주러 온 것이 아니라, 마치 입장이 바뀐 것 같다고 할까, 그 애가 저를 배려해 주고 있구나 하는 느낌은 들었습니다만."

"그렇죠……."

유이코는 나직이 한숨을 내쉬고 말했다.

"저 애는 지나치게 남을 의식하는 성격이에요. 그걸 들키지 않으려고 일부러 고약한 척 굴거나 악담을 하기도 하지만, 사실 알고 보면 남들 앞에서 바른 자세로 있으려고 하는 어린아이처럼 고지식한 면을 갖고 있죠. 때로는 그 모습이 너무 안쓰럽답니다."

"그렇습니까? 그럴지도 모르겠군요."

구즈하라 준은 중얼거리듯이 말했다.

자기 자식을 바라보는 어머니의 섬세한 눈 역시 안쓰러울 정도라고 생각하며 구즈하라 준은 약간의 감동을 느꼈다.

"하던 얘기를 마저 하죠. 아무튼 많은 친구들이 찾아왔어요. 분페이네 집에는 수영장이 있다느니 분페이네 집에 가면 점심 때 비프스테이크가 나온다느니 하는 소문이 돌아서, 온갖 아이들이 드나들었어요."

"분페이가 몇 학년 때 얘깁니까?"

"초등학교 4, 5학년 때예요. 옆에서 보기에도 금세 알 수 있었어요. 친구들이 돌아가고 나면 녹초가 되어 버렸지요. 어린것이 제 딴에는 얼마나 신경을 많이 썼던지. 그런 초등학생이 또 있을까요?"

"드세요." 하고 권하면서 유이코는 구즈하라 준의 잔에 맥주를 따랐다.

"자신의 우월한 입장을 등에 업고 친구들을 부리거나 반대로 그런 입장 때문에 친구한테 위협당했다면, 물론 좋은 일이라곤 할 수 없어도 전혀 이해할 수 없는 일은 아니겠지만……."

"그런 일은 없었습니까?"

"네, 없었던 것 같아요. 그 애가 때때로 어두운 얼굴을 하게 된 것은 그 무렵부터였어요. 혼자 멍하니 있거나……."

"사람들에게 둘러싸여 있으면서도 고독을 느끼는 경우가 종종 있으니까요."

"그렇죠. 그것도 그렇고, 요즘이야 전적으로 그 애한테 맡겨 두고 있지만, 당시에는 가정교사를 둘이나 붙이고 학원까지 다니게 했으니, 부담이 만만찮았을 거예요."

전형적인 부잣집에서 흔히 있는 일이라고 구즈하라 준은 이해했다.

"지금 생각하면 참 어리석었지만, 그때는 곧잘 '너는 앞으로 니시 물산을 이어받을 아이니까 공부 열심히 해.' 하고 격려하는 마음으로 말하곤 했어요."

'보통은 그렇겠지.' 하고 구즈하라 준은 생각했다.

"다미 할머니도, 그 가정부 할머니 말이에요, '너는 장차 사장님이 될 사람이니까.'라는 말을 입버릇처럼 했죠."

구즈하라 준은 크게 한 번 한숨을 내쉬었다.

"그 애 나름대로 기대에 부응하려고 무진 애를 썼을 거예요. 남한테 약점을 보이지 않으려고도 노력했고요. 당시의 담임 선생님한테 들은 얘긴데, 아버지 얘기는 한마디도 하지 않을뿐더러 글로도 쓴 적이 없다면서 '그 애 마음속에 무슨 생각이 들어 있을까요?' 하고 묻더군요. 그때 저는 가슴이 무너져 내리는 것 같았어요. 어린애가 너무나 무거운 짐을 짊어지고 살고 있는데, 과연 이대로 좋을까 하는 생각이 들었죠."

"그렇군요."

한숨을 내쉬듯 구즈하라 준이 말했다.

가냘픈 몸매와 감수성 예민해 보이는 눈빛을 가진 소년을 머릿속에 떠올리고 있었다.

병실에서는 조선소의 크레인들이 보였다. 하지만 병원 마당의 무성한 녹나무들 너머에 있어서 그리 스산해 보이지는 않았다.

슈코는 내내 말이 없었다.

"병원을 빠져나가 구로다한테 가는 것은 별로 바람직하지 않아. 그 친구도 바쁘니까, 우리 두 사람 일로 폐를 끼치고 싶지 않아."

구즈하라 준은 부드럽게 말했다.

그러고는 들고 온 딸기 찹쌀떡의 포장지를 펼치며 좀 먹겠느냐고 슈코에게 물었다.

슈코는 보지도 않고 고개를 저었다.

"넘어가지가 않아……."

슈코가 말했다.

"여전히 식욕이 없어? 링거는?"

"여전해. 1주일에 두 번."

"영양은 음식으로 섭취하지 않으면 소용이 없어."

슈코가 한숨을 쉬며 말했다.

"나도 알아."

구즈하라 준은 하는 수 없다는 기분으로, 찹쌀떡 하나를 집었다.

"가나자와에서 사 먹었던 팥빵, 기억나?"

"기억나."

슈코는 고개를 숙인 채 조그만 소리로 대꾸했다.

겉보기에는 분명 팥빵이었는데 먹어 보니 찹쌀떡이었던 독특한 음식을 발견하고, 슈코는 깔깔깔 웃으며 좋아했다.

"이렇게 유머 있는 음식도 있구나."

스무 개나 사서 친구들한테 선물로 주겠다고 했다.

딸기 소를 넣은 찹쌀떡을 처음 발견했을 때는 딱 두 개만 포장해 달래서 입원해 있는 친구에게 들고 갔다.

"하나는 문병 선물. 하나는 내 거. 너, 살찌면 안 되잖아."

그런 말을 했다. 10년 전의 일이다.

슈코의 그런 어린애 같은 성격은 병을 앓고부터 싹 사라져 버렸다. 마음의 병을 앓으면 인격까지 변하기도 한다는데, 슈코도 그런 지경에 이른 건지도 모른다고 구즈하라 준은 생각하고 있었다.

이런 생각이 항상 그의 마음 어딘가를 동요시켰다. 공포심이라고 해도 좋았다.

슈코는 어떻게 되는 걸까?

구즈하라 준은 입맛을 잃고 떡을 도로 내려놓았다.

슈코는 그 공포심과 하루하루 싸우고 있는 걸까?

"내가 구로다 씨한테 갔던 일, 얘기하고 싶지, 당신? 그렇지?"

골똘히 생각에 잠긴 표정으로 슈코가 말했다.

"구로다한테 너무 폐를 끼치는 건 좋지 않다고 말한 것뿐이야."

귀를 쫑긋 세우고 있는 듯한 옆 환자들이 구즈하라 준은 마음에 걸렸다.

"내가 구로다 씨를 찾아간 데는 엄연히 이유가 있어."

아무래도 이야기가 심각해지겠다 싶어서 구즈하라 준은 마음의 준비를 했다.

"즉흥적인 생각으로 그런 거 아냐."

"……."

"나, 당신이란 사람, 잘 모르겠어……."

이 말을 벌써 몇 번째 듣는 걸까 하고 구즈하라 준은 생각했다.

"당신한테 나와 함께 산다는 건 뭐니? 응, 뭐야?"

다소 실망스러운 목소리로 구즈하라 준은 대꾸했다.

"어려운 질문이군, 그건……."

"어려운 질문? 그게 어려운 질문이야?"

"어렵다고 생각하면 어려운 거고, 단순하게 생각하면 단순한 거겠지. 부부 관계란 건."
"일반적인 얘기를 하고 있는 게 아니잖아. 당신하고 내 얘기야."
"……."
'나는 당신을 종잡을 수가 없어. 결혼한 뒤로 지금껏 내내 그랬어. 당신은 줄곧 혼자 살아왔어. 나 같은 거하곤 관계없이……."
"당신, 구로다한테 그렇게 추상적인 말을 한 거야?"
"추상적? 추상적이지 않아."
슈코는 낙담한 듯이 말했다.
"이거, 읽어 봐."
슈코는 종이 한 장을 구즈하라 준에게 내밀었다.
"뭐야, 이게?"
구즈하라 준은 재빨리 읽어 내려갔다.
'아무리 생각해도 인간의 자립과 사물에 대한 무심은 관계가 있는 것 같아. 그 궁극은 생사에 대한 무심이겠는데, 참 어려운 일이지.
지금 내가 걷고 있는 길은 인간에 대한 집착과 무심의 경계선이야. 이제야 그중 어느 쪽으로든 갈 수 있는 마음이 되었어.
타인이나 나 자신에게 상처를 주면서까지 집착하지도, 그렇다고 인생이 쓸쓸해질 정도로 무심에 얽매이지도 않게 되었다고 할까?
일에 대한 욕심, 물욕, 성욕에 대해서도……라고 말해 버리면 너무 적나라하지만, 아마도 일상의 모든 것을 포함하겠지.'
슈코가 말했다.

"기억나? 당신이 쓴 글인데."

구즈하라 준은 한동안 생각을 더듬었다.

"방송국을 그만둘 때, 당신이 구로다 씨한테 보낸 편지의 한 대목이야."

듣고 보니 그런 편지를 구로다한테 보냈던 것 같다고 구즈하라 준은 생각했다.

다시 한 번 읽어 보았다.

'마치 인생의 진리를 터득한 듯이 써 놓았군.'

구즈하라 준은 쓴웃음이라도 짓고 싶은 심정으로 생각했다.

젊을 때일수록 이런 글을 쓰고 싶어 하는 건지도 모른다.

"구로다가 왜 이걸 당신한테 보여 줬지? 이걸 보여 주면서 구로다가 뭐라고 해?"

"……."

슈코는 말이 없었다.

침묵을 견디지 못해 구즈하라 준이 말했다.

"뭐, 나쁘지 않은 글이군."

얼마 뒤, 슈코가 말했다.

"구로다 씨는 역시 당신 친구더라?"

"당연하지."

"그런 뜻이 아냐."

"……."

"당신 역성을 들더라는 얘기야."

"뭐랬는데, 구로다가?"

"그 편지의 글처럼 세상 이치를 깨친 사람이니까, 당신 때문에 신경 곤두세우지 말래."

'뭐, 그렇게밖에는 말할 수 없었겠지.' 하고 생각했지만, 입 밖에 내지는 않았다.

"당신, 내 편지에서 그 부분을 베껴 온 거야?"

"……."

자기 마음에 걸리는 부분을 굳이 옮겨 적어 오는 것 자체가 병적인 것일까?

설사 그렇더라도 그녀는 나름대로 자신의 생각을 호소하고 있는 거니까 받아 줄 수밖에 없다고 구즈하라 준은 마음을 다잡았다.

"결혼하면 두 사람이 함께 인생을 꾸리며 살 거라고 생각했어."

"……."

"연애 시절에 당신, 말한 적 있지?"

"……."

"결혼은 서로 편하기 위해 하는 거라고. 살면서 하고 싶은 일이 너무 많고, 결혼도 그중 하나라고 생각한다고."

이런 이야기를 옆자리의 환자들이 듣고 있다는 것이 어쩐지 창피했다.

구즈하라 준은 얼마간 냉정을 잃었다.

"그때는 그 말이 참 멋있다고 생각했는데, 이제야 그게 당신의 인생관이라는 걸 알았어. 정말 쓸쓸하다."

슈코는 구즈하라 준을 물끄러미 보았다.

구즈하라 준은 하는 수 없다는 듯 말했다.

"그래서, 계속해 봐."

"결혼한 뒤로 말이야, 둘이 함께 뭔가를 해서 만족감을 느끼거나 정말 좋았다고 생각한 적, 나는 한 번도 없었어."

"……."

한 환자가 슬며시 밖으로 나갔다.

"당신은 당신 일을 하고 나는 내 일을 하고, 당신은 당신 인생을 살고 나는 내 인생을 살고 있어. 내내 그런 느낌이었어."

슈코는 지금 처음으로 이런 말을 꺼내는 것이 아니었다.

서로의 사고방식이 다르다는 생각은 결혼하자마자 구즈하라 준도, 슈코도 느끼기 시작했다.

구즈하라 준은 깨우쳐 주듯 말했다.

"나와 살면서 당신이 나한테 불만이 많다는 거 잘 알아. 하지만 대화를 하자는 거라면, 이야기를 구체적으로 하지 않으면 별 의미가 없어."

"그래?"

슈코는 냉담하게 말했다.

"그럼, 하나 물을게. 직업이란 생활을 꾸려 나가는 데 아주 중요한 거라고는 생각하는데, 당신이 방송국을 그만두고 구로다 씨와 일하기로 했을 때도, 그리고 이번에 학교에 나가겠다는 말을 꺼냈을 때도, 내 생각을 충분히 들었다고 떳떳하게 말할 수 있어? 둘이서 진지하게 대화를 나누었다고 할 수 있냐고."

"당신은 같이 얘기를 나누고 싶었나?"

"그런 말이 어디 있어?"

"내 성격일지도 모르지만, 그런 건 어쩐지 너무나 남자답지 못하다고 여겨져. 기분이 그래. 단순하게 생각하면 돼. 그래, 애들한테 흔히들 말하잖아. 남한테 기대려 하지 말고 자기 스스로 하라고 말이야."

"우리 둘은 함께 살고 있어."

"그래, 우리 두 사람의 일이니까, 물론 의논하는 거잖아."

"두 사람의 일이 여지껏 한 번이라도 있었다고 생각해, 당신?"

"……."

듣고 보니, 슈코가 말하는 두 사람의 일은 무엇 하나 없었다는 느낌이 들었다. 함께 밥을 먹고 때로는 손님과 술을 마시고 또 가끔은 서로를 안기도 했지만, 그것이 두 사람의 일 전체라고 할 수는 없겠지. 구즈하라 준은 막연히 그런 생각을 했다. 그리고 중얼거리듯이 말했다.

"당신한테 어려운 질문을 받고 있는 기분이야."

"자기 식으로만 살아갈 거면 결혼 따윈 할 필요가 없다고 생각해. 이기적이야, 그런 거."

"그게 정답이겠지."

"남의 일처럼 말하지 마. 당신은 한 인간으로서는 훌륭하다고 생각해. 모든 면에서 우수하고, 자기 생각이 뚜렷하고, 실천력도 대단하고…….”
 구즈하라 준이 말을 잘랐다.
 "됐어, 그만. 하던 얘기나 계속하자."
 "그런 훌륭한 점이 남한테 상처를 주고 남의 영역을 짓밟는데도, 당신은 거기에 눈을 돌리려고 하지 않아."
 잠깐 생각하고 구즈하라 준이 말했다.
 "그걸 좀 구체적으로 말해 주겠어?"
 "예를 들면…….”
 "…….”
 한동안 침묵이 흘렀다.
 "학교에는 왜 나가는 거야?"
 슈코가 뭔가 새로운 말을 하지 않을까 기대했던 구즈하라 준은 조금 실망해서 대꾸했다.
 "말했을 텐데?"
 "교사가 되겠다는 이유가 추상적이야, 당신의 경우…….”
 구즈하라 준은 지친 듯이 말했다.
 "그런가……. 아무튼 좋아, 당신 생각을 계속 들어 보자고."
 "오늘날의 교육 현장이나 왜곡된 사회의 뿌리에 대해 알고 싶다거나 교육계에서 자신의 가능성을 시험해 보고 싶다거나 하는 이유? 이유는 훌륭하지만 현실감이 희박해. 보통 사람들이 그런 이유로 직업을 고를까? 무엇보다 너무 오만해, 그런 건."
 "대학을 갓 졸업한 사람이 직장을 구하는 게 아니니까, 그런 이유는 딱히 이상하지 않다고 보는데?"
 "아니, 이상해. 인생도, 직장도 그렇게 경솔하게 이쪽저쪽 옮겨 다니는 거 아니라고 생각해."
 "인간에게는 도전 정신도 필요해."
 "도전이란 자신의 전부를 거는 거 아냐? 하지만 당신은 자신의 재능으로 조금씩 다른 세상을 맛보고 있는 듯한 느낌이야."
 "그렇지 않아."
 구즈하라 준은 아내의 말에 반박하면서도 꼭 그렇게 단언할 수만은 없는 뭔가가 내 안에 있는지도 모른다고 마음 한 구석으로 생각하고 있었다.
 "준."
 슈코가 뜬금없이 구즈하라 준의 이름을 불렀다.
 "뭐야, 갑자기."
 연애 시절, 그들은 서로를 준, 슈 하고 부르곤 했다.
 "당신 참 고독한 성격이야."
 그렇게 말하고 슈코는 덧붙였다.
 "방랑자 같아, 당신은 늘……."
 구즈하라 준이 될 대로 되라는 심정으로 내뱉었다.
 "인간은 모두 방랑자 같은 존재니까."
 갑작스럽게 슈코가 물었다.
 "당신, 학교에 계속 나갈 생각은 아니지?"
 "……."

"학교가 어떤 세계인지 알고 나면 또 당장에 직업을 바꿀 거지?"
조금 당황해하며 구즈하라 준이 대꾸했다.
"앞일은 모르는 거니까."
"내가 몸담고 싶었던 세계를 당신한테 빼앗긴 것 같아서……."
무슨 말인가 꺼내려던 구즈하라 준을 가로막듯이 슈코가 말했다.
"나……, 당신이 밉다고 생각할 때가 있어."

참 쓸쓸한 규칙

체육 시간이었다.

전체 반 아이들이 체육복으로 갈아입었는데, 간바라 미치코만 여전히 사복을 입고 있었다.

학급 위원인 시마무라 류지가 말했다.

"준비 체조 하고 있으래. 가와이 선생님이 오늘 휴가라서, 모리 선생님이 대신한대."

이다카 마사토가 '히익' 하는 이상한 소리를 냈다.

체육과 주임인 모리 선생은 학생들한테 가차없다.

"이봐, 간바라. 오늘 수업은 '복어'라고. 어쩔 셈이야?"

시마무라 류지가 간바라 미치코에게 말했다.

복어는 모리 선생의 별명으로, 걸핏하면 가시를 세우고 화를 내기 때문에 붙은 별명이다. 하긴 생김새에서 오는 느낌 탓도 없지는 않지만. 복어라는 별명은 시모자와 도루가 붙인 것이다.

간바라 미치코는 코웃음을 치는 듯한 얼굴을 했다.

시마무라 류지가 말했다.

"난 모른다."

시마무라 류지가 구령을 붙이며 준비 체조를 시작했지만, 따라서 하는 아이는 얼마 없었다. 바닥에 주저앉아 있는 아이도 있었다. 몸싸움을 하는 아이들도 있었다. 몇몇은 나무 그늘에 진을 쳤다.

"너희들, 진지하게 안 할 거야? 자꾸 이러면 나도 책임 못 져!"

시마무라 류지가 화를 냈다.

"시끄러워, 이 범생아!"

가지 요시오가 으르렁댔다.

구즈하라 준에게 요주의 인물로 찍겠다는 말이냐고 덤벼들던 아이였다.

에비스 미키오가 큰 소리로 시마무라 류지를 불렀다.

"야, 류지."

'이번엔 또 뭐야?' 하는 얼굴로, 시마무라 류지는 그 말을 무시했다.

"그런 구닥다리 맨손 체조는 집어치우고 에어로빅 좀 해 봐. 선생이 시키는 대로 하다가는 시대에 뒤처진다고."

허리를 구부리며 시마무라 류지가 대꾸했다.

"그딴 걸 내가 어떻게 해?"

"내가 요가 가르쳐 줄까?"

시마무라 류지가 에비스 미키오를 노려보았다.

"미키오, 너 할 줄이나 알고 그러는 거야?"

"그거 하자."

"류지, 요시오 시켜."

그런 소리가 튀어나왔다.

시마무라 류지는 두 손 들었다는 얼굴로 준비 체조를 중단했다.

"미키오, 요가 해 봐."

"복어 오려면 아직 멀었을 거야."

에비스 미키오가 성큼성큼 앞으로 나서며 말했다.

에비스 미키오는 싱글싱글 웃으며 아이들 앞에서 가부좌를 틀었다. 그러더니 '이얏' 하고 기합을 넣으면서 오른쪽 발바닥을 하늘로 향하며 요가 자세를 잡았다. 재미있어 보였는지, 제법 많은 아이들이 에비스 미키오를 따라 했다.

"집게손가락과 엄지손가락을 딱 마주 붙여. 기가 나올 거야."

야마다 미키오가 느릿느릿 물었다.

"기가 뭐냐?"

에비스 미키오가 깔보듯이 말했다.

"초능력이지."

"이런 걸 한다고 초능력이 생겨?"

"암. 학교 체육은 백날 해 봤자 헛일이야. 힘들기만 하고."

"그렇구나."

어리숙한 야마다 미키오는 완전히 속아 넘어갔다.

"손은 그대로 무릎에 얹는다. 눈을 감고. 몸을 앞뒤, 좌우로 가볍게 흔들다가 가장 안정적인 지점에서 멈춰. 멈췄어?"

"응." 하고 대답하는 목소리가 들렸다.

"그 자세에서 조금 뒤로 물러나. 그게 요가에 딱 좋은 자세야."

모두들 에비스 미키오가 시키는 대로 따랐다.

"옴, 나무, 옴, 나무, 옴, 나무……."

에비스 미키오는 경을 외기 시작했다.

"뭐냐, 그건?"

"인도의 경전이야."

"인도 경전은 왜 외는데?"

"정신 통일을 위해서지."

그 말에 다들 수긍했다.

"옴, 나무, 옴, 나무, 옴……."

진지하다고 할 수는 없었지만, 다들 그럭저럭 소리를 맞추어 경을 외었다. 킥킥거리는 아이도 있었다.

에비스 미키오가 자못 진지하게 말했다.

"다음은 명상."

"명상은 어떻게 하는 거야?"

"가장 편안하게 숨을 쉰다. 눈을 감고 코끝을 본다는 느낌으로……."

"무념무상이냐?"

"그래, 무념무상."

이번에도 다들 대충 알아들었다.

"좋아. 가만히 눈을 뜨고……."

우쭐해하는 에비스 미키오에게 시노즈카 마사루가 투덜댔다.

"자식, 멋은 혼자 다 부리고 있네."

"그럼 네가 해라, 뭐."

에비스 미키오가 대꾸하자, 시노즈카 마사루는 쑥 들어갔다.

"다음은 심호흡이다. 숨을 들이마셔서 폐로 공기를 가득 보낸다. 다음은 내뱉고, 다시 내뱉고."

세 번 되풀이했다.

"이번에는 배를 돌린다. 배로 원을 그리듯이, 이렇게……."

에비스 미키오가 시범을 보였다.

"원은 크게 그릴수록 좋아."

과연 에비스 미키오의 배가 구무럭구무럭 움직였다. 인간의 몸이 저렇게 유연하다니.

"자, 눈을 감고 시작해."

그때, 모리 선생이 나타났다.

먼저 눈치를 챈 몇몇이 옆 사람에게 신호를 보내고는 있었지만 아이들 대부분이 에비스 미키오의 '준비 체조'에 열중한 탓에, 전체적으로는 모리 선생을 무시한 꼴이 되었다.

모리 선생은 팔짱을 낀 채 한동안 학생들의 모습을 가만히 지켜보고 있었다.

"좋아. 다음……, 눈을 뜨고……."

그제야 아이들이 모리 선생을 보았다.

"양팔로 발목을 잡는다. 등뼈를 앞뒤로 움직인다. 자, 빨리빨리."

에비스 미키오가 시범을 보였다.

모리 선생은 에비스 미키오 뒤에 서 있었기 때문에 에비스 미키오는 아무것도 알아채지 못했다.

"후우, 하아, 후우, 하아."

얼굴이 온통 시뻘개지고 콧구멍까지 벌름벌름하며, 에비스 미키오는 열띤 시범을 펼쳤다.

모리 선생은 그 모습을 언제까지나 지그시 내려다보고 있었다. 아이들이 신호를 보내려 해도 에비스 미키오가 눈을 감고 있었기 때문에 손쓸 도리가 없었다.

열띤 시범을 끝낸 에비스 미키오가 심호흡을 한 뒤에 말했다.

"알겠냐?"

에비스 미키오는 눈을 뜨고 모두를 보았다.

친구들의 손가락 몇 개가 자기 쪽을 가리키며 부산스레 움직였다.

"응?"

에비스 미키오가 뒤돌아보았다.

모리 선생이 비로소 입을 뗐다.

"지금 뭐하는 거야?"

좀 쑥스러웠는지, 에비스 미키오가 씩 웃으며 일어섰다.

"뭐 하고 있었어?"

"요가요."

에비스 미키오는 엉덩이를 털면서 대답했다.

"누가 이런 걸 하라고 했어?"

말이 통하지 않겠다 싶어서 에비스 미키오는 아이들의 줄 속으로 들어갔다.

들어가자마자 시마무라 류지에게 태연한 목소리로 말했다.

"준비 체조, 교대."

시마무라 류지는 허둥지둥 아이들 앞으로 나서 준비 체조를 시작했다. 흥이 깨진 아이들은 마지못해 시마무라 류지를 따라 느릿느릿 몸을 움직였다.

그때 나무 그늘에 앉아 있던 몇몇 학생이 뛰어왔다.

"뭐야, 이 자식들?"

다다 신이치가 사과했다.

"죄송해요. 조금 늦었어요. 죄송해요."

"뭐? 늦었어요?"

"죄송해요."

"수업 시작종이 울린 지 10분이나 지났어. 뭐가 조금 늦었다는 거야?"

"죄송해요."

함께 나무 그늘에 있었던 아리마 고타가 참다 못한 듯이 말했다.

"다다, 죄송하단 소리 좀 그만해."

"뭐야!"

모리 선생이 눈을 부릅떴다.

"10분이나 늦은 건 선생님이잖아요. 우릴 나무랄 자격이 있습니까?"

모리 선생의 눈에 핏발이 섰다.

"너, 제법 성깔 있는데?"

아리마 고타에게 얼굴을 바짝 들이댔다.

"선생님께 이런 말을 하려면 용기가 필요하긴 하죠."

아리마 고타도 주눅 들지 않고 모리 선생의 얼굴을 똑바로 쳐다보았다.

모리 선생이 으름장을 놓듯이 말했다.

"좋다."

아리마 고타가 당돌하게 물었다.

"뭐가 좋다는 겁니까?"

"이번 일의 흑백을 가리겠다."

"흑백이라뇨?"

모리 선생은 그 말에 대답하지 않고, 아리마 고타를 비롯해서 늦게 온 학생들 네 명에게 명령했다.

"거기 서 있어."

이번에는 성큼성큼 걸어가 에비스 미키오 앞에 섰다.

"너도 아직 처리가 안 끝났어. 이리 나와."

"왜요?"

"잔말 말고 나오라면 나와."

모리 선생은 에비스 미키오의 멱살을 잡아 줄 밖으로 끌어냈다.

"폭력을 쓰시는 겁니까?"

"입 닥쳐."

끌려가면서 에비스 미키오가 경멸스러운 듯 내뱉었다.

"저질."

"뭐야!"

모리 선생은 손찌검 대신 에비스 미키오를 거칠게 밀어뜨렸다. 분위기가 순식간에 살벌해졌다.

시마무라 류지가 준비 체조를 멈췄다.

모리 선생이 호통을 쳤다.

"왜 멈춰!"

"다 했어요."

시마무라 류지가 부루퉁하게 대꾸했다.

모리 선생은 학생들을 노려보며 명령했다.

"앉아!"

"일어서!"

간바라 미치코는 가만히 자리에 앉은 채 모리 선생을 노려보았다.

"일어서라는 말 못 들었나!"

간바라 미치코가 어기적어기적 일어섰다.

"옷 꼴이 그게 뭐야!"

"……."

"너, 학교가 우습게 보여?"

"……."

"엉?"

"생리한단 말예요. 체육 못 해요."

갑자기 모리 선생의 손바닥이 간바라 미치코의 뺨으로 날아왔다. 기분 나쁜, 둔탁한 소리가 났다.

"왜 때려요!"

모리 선생이 큰 소리로 꾸짖었다.

"너는 체육 시간마다 생리라고 둘러대지? 가와이 선생은 그냥 넘어갈지 모르지만 나는 달라."

"남자가 뭘 알아!"

"다시 한 번 말해 봐!"

"귀머거리예요?"

"뭐야!"

다시 한 번 손이 날아가려는 순간, 날카로운 목소리가 귀에 꽂혔다.

"폭력은 삼가해 주세요."

미즈타니 레이코였다.

"선생님은 학생들에게 폭력을 일삼으시는데, 폭력이 교육인가요?"

미즈타니 레이코는 파랗게 질려 있었다.

모리 선생이 미즈타니 레이코를 빤히 보았다.

"너, 예전에도 나한테 그런 말 한 적 있지?"

"몇 번이고 할 거예요. 선생님이 폭력을 안 쓰실 때까지요."

"그래? 맘대로 해. 말해 두지만, 나는 학생들한테 알랑거리는 선생하고는 질적으로 달라. 너희의 나약한 정신, 옳고 그른 것도 구별할 줄 모르는 방종과는 철저하게 맞설 생각이다. 그게 교육이야. 너, 방금 폭력이 교육이냐고 했는데, 교육에 엄격함이 사라졌기 때문에 학생들이 아무렇지 않게 학교나 집에서 폭력을 쓰게 된 거야."

그때였다. 모든 사람한테 들릴 만큼 큰 소리로 "무슨 말이에요, 토끼 씨?" 하고 말한 사람이 있었다.

"방금 농담한 녀석이 누구야!"

관자놀이에 퍼런 핏발을 세우며 모리 선생이 고함쳤다.

"이리 나와!"

니시 분페이가 일어섰다.

"이리 나와!"

니시 분페이가 걸어가기 시작했다.

"너, 바보냐, 분페이?"

"분페이, 나가지 마, 나가지 마."

그런 소리가 들렸다.

니시 분페이는 모리 선생 앞에 섰다.

손바닥이, 모리 선생의 손바닥이 그야말로 가차없이 날아갔다.

니시 분페이는 저만치 나가떨어져 쓰러졌다.

분통을 터뜨리며 아이들이 저마다 외쳐 댔다.

"폭력 반대!"

"깡패는 물러가라!"

"죽어라, 복어!"
모리 선생은 바위처럼 버티고 섰다.
"불만 있는 녀석은 앞으로 나와!"
교사와 학생들이 서로 노려보았다.
니시 분페이가 느릿느릿 일어섰다.
얻어맞은 뺨을 어루만지며 노래하듯이 말했다.
"무슨 말이에요, 토끼 씨, 무슨 말이에요, 토끼 씨."
"이 녀석이 아직 덜 맞았나!"
벌컥 화를 내는 모리 선생을 니시 분페이는 똑바로 쳐다보았다.
니시 분페이가 말했다.
"맞는 것은 싫지만, 저는 어떤 경우에도 유머를 잃지 않는 것을 좋아합니다."
결국 3학년 C반 전체가 운동장 스무 바퀴를 돌게 되었다.
미즈타니 레이코가 물었다.
"이건 체육 수업입니까, 벌입니까?"
"벌이다."
모리 선생이 대답했다.
아이들은 저마다 "무슨 말이에요, 토끼 씨, 무슨 말이에요, 토끼 씨." 하고 외치며 운동장을 돌았다. 간바라 미치코도 함께였다.

구즈하라 준은 아이들로부터 자초지종을 들었다.
다 들은 뒤에 아이들에게 말했다.

"얘기해 줘서 다행이야. 고맙다."

손자국이 선명하게 남아 있는 니시 분페이의 뺨을 보고, 구즈하라 준은 얼마나 마음이 아팠던가.

아이들 이야기를 듣고 맨 처음 느낀 감정은 분노였다. 그러나 분노의 감정으로 일을 처리하는 것은 좋지 않다고 가까스로 자제했다.

구즈하라 준은 점심도 거른 채 팔짱을 끼고 오랫동안 생각에 잠겨 있었다.

수업이 끝난 뒤, 구즈하라 준은 모리 선생을 찾아갔다.

"할 얘기가 있습니다만."

"아아."

모리 선생은 고개를 끄덕였다. 딱히 당황하는 기색도 없었다.

"오늘 일이겠지요?"

"네. 뭐, 일단은 그렇습니다."

구즈하라 준과 모리 선생은 거의 동년배였다.

"부탁이 있습니다."

"부탁이요?"

"네."

"뭡니까, 부탁이란 게?"

"오늘 일을 선생님과 저뿐만 아니라, 학생들도 참석한 자리에서 함께 얘기하고 생각해 봤으면 합니다. 교장 선생님, 교감 선생님, 학생 지도에 관심 있는 선생님, 누구나 참석할 수 있는 대화의 자리를 마련하는 거죠. 어떻습니까, 그래 주시겠습니까?"

"무슨 말이죠?"

모리 선생은 살피는 듯한 눈초리로 구즈하라 준을 보았다.

"인민재판을 열자는 겁니까?"

"인민재판이요?"

"그렇잖습니까? 학생들 앞에서 그런 짓을 했다간 자기들을 때렸다고 규탄하며 선생들 머리 꼭대기에 기어오르려고 할 겁니다."

이 사람은 학생을 때린 행위를 어떻게 생각하고 있는 걸까 의심스러웠지만, 구즈하라 준은 그렇게 묻고 싶은 마음을 가까스로 억눌렀다.

"학생을 처벌하신 선생님께서 하실 말씀이 있다면……."

"하실 말씀이라."

모리 선생은 구즈하라 준을 도전적으로 바라보았.

처벌이라는 말을 썼지만, 아이들의 말이 사실이라면 그건 처벌이 아니라 단순한 폭력이라고 말하고 싶은 것을 구즈하라 준은 꾹 눌러 참았다.

"학생들도 틀림없이 하고 싶은 말이 있을 테니까요."

"도대체 무슨 말인지 모르겠군."

모리 선생은 말했다.

"교사는 학생을 지도하는 입장이에요. 교사가 의연하지 못하면 학생들은 학교나 교사를 얕잡아 봐요."

이런 사고방식을 가진 선생님이 많은 걸까?

객관적으로 보더라도 교사의 논리와 학생들의 주장은 인간적인 면에서 큰 차이가 있다는 것이 확연했다.
 구즈하라 준이 말했다.
 "학생들의 말을 듣더라도 의연할 수 있다고 생각합니다만."
 모리 선생은 구즈하라 준의 미끼에 말려들었다.
 "물론이죠. 선생님네 반 학생들 앞이든 어디든 가자고요."
 "그렇게 해 주시겠습니까?"
 구즈하라 준은 되도록 감정을 죽이고 말했다.
 일전에 신임 교사 환영 모임이 있었다.
 구즈하라 준을 환영하고 친목을 꾀하자는 술자리였는데, 그 자리에서 모리 선생은 지극히 인간적이었다.
 격식이나 차별 없이 술을 따르고, 술잔을 비웠다.
 노래방에도 갔고, 술주정을 하는 동료의 어깨를 부축해 주기도 했다.
 아이들을 대할 때는 왜 그렇게 달라지는지 구즈하라 준은 이유를 알 수 없었다.
 구즈하라 준의 생각을 실현하기 위해서는 관문이 하나 더 남아 있었다.
 "그런 선례가 남으면 곤란합니다."
 교장 선생이 그렇게 말했던 것이다.
 교감 선생이 교장실로 불려 갔다.
 "그게 사실입니까? 모리 선생과 구즈하라 선생, 두 사람이 원하는 거라고 하던데?"

교감 선생이 모리 선생에게 물었다.
"이봐, 모리, 어떻게 된 건가?"
구즈하라 준도 전부터 깨닫고 있었지만, 이 학교에는 교감 선생과 곧잘 이야기를 나누는 교사와 그렇지 않은 교사가 있고, 양쪽을 대하는 교감 선생의 태도에 미묘한 차이가 있었다.
구즈하라 준은 늘 '구즈하라 선생'이었지, '구즈하라'로 불리는 일은 결코 없었다.
모리 선생이 말했다.
"저는 제안을 받아들인 것뿐입니다."
"그럼, 구즈하라 선생이 제안한 겁니까?"
교감 선생이 구즈하라 준을 보았다.
"구즈하라 선생, 학교에는 질서란 게 있잖소."
교감 선생은 교장 선생과 생각이 같다고 봐도 무방한 듯했다.
"교육적 배려가 담긴 교사의 언행을 가지고 학생들까지 끌어들여 일일이 집단 토의를 해서는 모범이고 뭐고 없어요."
난폭한 표현이라고 구즈하라 준은 생각했다.
교육적 배려인지 아닌지 생각해 보자고 제안하는 것이니, 교감 선생은 의도적으로 문제를 얼버무리려 한 셈이고, 학생들은 이미 이번 사건의 주체인 상태이므로 끌어들이는 것도 아닐뿐더러 교사의 의지로 어떻게 할 수 있는 성질의 문제가 아닌 것은 누가 봐도 명확한데, 대체 무슨 말을 하는 것인가?
인민재판이니 집단 토의니 하는 말을 아무렇지 않게 쓰는 것에도 기가 찼다. 도대체가 학생들은 안중에도 없는 발상이라고 구즈하라 준은 생각했다.

"교감 선생님의 말씀에 대해서는 저 나름대로 드릴 말씀은 있지만 그 문제는 일단 접어 두기로 하고, 제가 바라는 것은 무엇보다 학생들의 의견을 들어 달라는 것입니다. 그런다고 학교의 질서가 흐트러질 거라고는 생각하지 않지만, 그 점이 정 걱정이시라면 표면적으로는 학급 회의 형식을 빌리거나 해서, 아무튼 걱정하시는 질서 유지에 영향을 미치지 않도록 하면 되니까요."

"하지만 구즈하라 선생."

교감 선생은 물러설 성싶지 않았다.

구즈하라 준은 마지막 수단을 쓰기로 했다.

"모리 선생님, 니시 분페이라는 학생을 아십니까?"

"물론 압니다."

"니시 분페이의 어머님은 매우 냉철한 분이세요. 니시 분페이가 처벌을 받은 일을 그냥 보아 넘길 분이 아니에요. 납득을 하신다면 몰라도, 그렇지 않다면 문제삼을 겁니다, 분명히."

"나는 학부모의 눈치를 살피는 교사가 아닙니다."

모리 선생은 어깨를 쭉 폈다.

"3학년 C반 니시 분페이의 어머님은 대기업의 경영자시지?"

교장 선생이 끼어들었다.

그런 말까지 꺼낼 마음은 없었지만, 교장 선생이 그렇게 말하기에 구즈하라 준은 그렇다고 대답했다.

"학부모의 눈치를 살필 필요는 전혀 없지만, 이번 일은 모리 선생님과 교감 선생님이 말씀하신 대로 교육적 배려에서 나온 행동이므로, 그 점을 학생들에게 납득시킬 의무는 있다고 생각합니다. 이대로 두면 학생들은 단순히 얻어맞았다고만 생각할 뿐, 모리 선생의 뜻과는 달리 교육적 효과는 전혀 없을 거예요. 그건 모리 선생님의 의도가 아니잖습니까?"

"자네, 말주변이 아주 좋구먼."

비아냥대듯 교감 선생이 말했다.

이튿날 방과 후, 3학년 C반 학급 회의가 열렸다.

모리 선생과 교감 선생이 표면상 손님으로 참석했다.

"오늘 회의는 어제 일을 얘기하기 위해 연 것인데요, 혹시 또 다른 의견 있습니까? 없으면 오늘 의제는 이것 하나로 하겠습니다."

회의 첫머리에 시마무라 류지가 이렇게 말했고, 모두들 그의 말에 찬성했다.

그때 발언인지 야유인지 알 수 없지만, 가지 요시오가 넉살을 떨며 말했다.

"얘기를 하자니, 뭘 얘기하잔 말이야? 우린 피해자라고. 그쪽도 쥐어터지고 운동장 돌라고 해."

가지 요시오는 금방이라도 미끄러져 떨어질 듯한 불량한 자세로, 엉덩이를 의자에 살짝 걸치고 있었다.

"저런 말도 괜찮으니까 아무튼 활발하게 발언해 주세요."

시마무라 류지는 섣불리 가지 요시오한테 말려들지 않고, 아이들에게 그렇게 말했다.

"사회자님."

기우치 리카가 손을 들었다.

"모리 선생님께 묻고 싶습니다. 선생님은 학생들에게 폭력을 휘두르는 것을 좋은 일이라고 생각하십니까?"

시마무라 류지가 모리 선생의 얼굴을 보았다.

"그렇지 않다."

"그럼, 왜 저희에게 폭력을 휘두르셨습니까?"

"불가피했기 때문이다."

"왜 불가피했습니까?"

"잘한다, 기우치!" 하는 소리가 터져 나왔다.

기우치 리카는 선생에게 대들거나 따지는 법이 없는 온순한 학생이었다.

그 아이 나름대로 화가 났던 것이리라.

"간바라 미치코는 체육 수업을 받은 적이 있나? 나는 너희 반 체육 담당은 아니지만, 담당인 가와이 선생한테서 간바라 미치코가 안하무인으로 행동한다는 말을 늘 듣고 있어."

간바라 미치코는 낯빛 한 번 바꾸지 않은 채 시선을 창밖에 꽂아 두고 있었다.

"왜 체육 수업을 받지 않느냐고 물으면 늘 오늘은 생리라고 하지. 체육 교사가 생리 주기도 모르는 줄 아나? 학교는 무법 지대가 아니야. 그 애를 때린 것은 불가피한 조치였어."

시마무라 류지가 말했다.

"미치코, 너……."

시마무라 류지는 얼른 말을 고쳤다.

"간바라 미치코, 할 말 있습니까?"

간바라 미치코는 대답하지 않았다. 무시하는 태도로 일관했다.

시모자와 도루가 손을 들었다.

"에비스 미키오와 니시 분페이는 어떤 불가피한 경우였는지 설명해 주세요."

"그걸 꼭 설명해야 아나?"

시모자와 도루가 차갑게 말했다.

"설명해 주십시오."

"선생을 우롱했잖아!"

"과연 그럴까?"

시모자와 도루는 모두에게 똑똑히 들리도록 중얼거렸다.

"저는 미키오 바로 옆에 있었기 때문에 분명히 들었는데, 그 애는 선생님한테 끌려 나가면서 '저질'이라고 말했습니다. 그러자 선생님이 미키오를 밀쳤습니다. 미키오는 선생님을 우롱한 게 아니에요. 비판한 거예요, 선생님의 행동을."

"저질이라는 말을 듣고 화가 안 나는 사람이 어디 있나? 그것이 학생으로서 교사에게 할 말인지 아닌지, 너, 잘 생각해 봐."

"선생님, 이상한 말씀을 하시네요?"

시모자와 도루는 지극히 침착했다.

"뭐?"

"아무리 선생님이라도, 저질 같은 행동을 하면 저질이라고 비난받는 것이 민주주의 아닌가요? 설마 학생은 선생님을 절대 비난하면 안 된다고 말씀하시려는 건 아니겠죠?"

"……."

"그때 미키오를 그토록 거칠게 밀칠 이유는 없었어요."

"그건 네 주관일 뿐이야."

"그럴까요?"

학생들 사이에서 중얼중얼 불만의 목소리가 높아졌다.

시모자와 도루는 딱 잘라 말했다.

"저는 없었다고 생각합니다. 이유도 없이 폭력을 썼기 때문에, 미키오가 저질이라고 한 겁니다. 그런 미키오를 거칠게 밀친 선생님에게 불가피한 이유 같은 게 있을 리가 없잖습니까? 말도 안 되는 얘기예요."

시모자와 도루의 얼굴이 붉어졌다. 억눌렀던 감정이 한순간에 치밀어 오른 듯했다.

"그럼, 니시 분페이의 경우는 어땠다고 생각하나?"

모리 선생이 도전적으로 말했다.

"'무슨 말이에요, 토끼 씨.'라고 한 건 어떻게 생각하느냐는 말이다."

"사회자님."

니시 분페이가 손을 들었다.

"말씀하세요."

시마무라 류지가 니시 분페이를 지명했다.

니시 분페이가 일어섰다.

"저는 선생님을 놀렸습니다."

일제히 니시 분페이에게 시선이 쏠렸다.

'니시 녀석, 무슨 말을 할 셈이지?' 하는 눈빛이었다.

"말하자면 저는 일부러 선생님께 얻어맞았습니다."

"……."

"그때 저희는 비교적 얌전히 준비 체조를 하고 있었습니다. 그것은 에비스가 저희에게 요가를 가르쳐 주고 있었기 때문입니다. 요가는 선생님께서 저희에게 지시했던 준비 체조와는 달랐지만, 스트레칭을 하는 운동이니까 원래 목적과 크게 동떨어진 것은 아니라고 생각합니다."

'호오, 아는 것도 많군.'

구즈하라 준은 생각했다.

"다들 즐거워했습니다. 얼마 뒤에 선생님이 오셔서 한동안 미키오의 등뒤에 선 채 가만히 계셨기 때문에, 처음엔 선생님이 우리가 어떤 운동을 하고 있는지 흥미롭게 지켜보고 계신 줄 알았습니다. 하지만 그게 아니었어요."

모리 선생도 교감 선생도, 니시 분페이를 빤히 보고 있었다.

구즈하라 준은 '어?' 하고 생각했다.

간바라 미치코가 니시 분페이 쪽을 바라보고 있었던 것이다.
"제 느낌으로는, 마치 갑자기 덮치는 듯한 느낌이었어요."
"맞아, 맞아."
"진짜로 그랬어."
"교감 선생님도 잘 들으셔야 돼요, 이 부분."
아이들이 저마다 한마디씩 했다.
모리 선생은 니시 분페이에게 말했다.
"느낌 따위로 말하지 마, 어?"
니시 분페이는 침착했다.
"그 '어?' 란 말은 어쩐지 저희들을 위협하는 것처럼 들립니다. 삼가 주세요."
모리 선생이 구즈하라 준 쪽으로 고개를 돌리며 화가 잔뜩 난 목소리로 말했다.
"구즈하라 선생. 여기가 학생들의 불만을 들어 주는 자립니까?"
구즈하라 준은 의연하게 말했다.
"모리 선생님도 잘 아시잖습니까? 선생님과 저는 이 교실에 같이 들어왔습니다. 학생들은 이제 막 회의를 시작했을 뿐이에요. 분페이, 괜찮으니까 계속해."
"그럼, 계속하겠습니다. 모리 선생님, 그렇다면 '갑자기 덮치는 듯한' 이라는 것을 구체적으로 말하겠습니다. 선생님은 에비스에게 '지금 뭐 하는 거야?' 와 '누가 그런 걸 하라고 했어?' 라는 말을 하셨습니다. 그 뒤에도 '이 자식들' '너, 제법 성깔 있는데' '흑백을 가리겠다' '거기 서 있어' '입 닥쳐'와 같은 일방적인 말씀뿐이셨죠. 선생님은 또 이런 말씀도 하셨어요. 나는 학생들한테 알랑거리는 선생하고는 질적으로 다르다고요. 우리 학생들이 그런 난폭한 말에 뭐라고 대꾸할 수 있을까요? 화가 난 아이들이 '물러가라' '죽어라, 복어'라는 말을 했지만, 선생님께 대항하려다 보니 저희 입에서 고작 그런 말들밖에는 나오지 않았던 거죠. 저는 그게 싫어서 '무슨 말이에요, 토끼 씨.' 하고 말했던 겁니다."

여기저기서 박수가 일었다.

"'무슨 말이에요, 토끼 씨.' 라는 말을 해서, 저는 얻어맞았어요. 하지만 제가 그렇게 말했을 때, '무슨 말이에요, 분페이 씨.' 라고 되물으며 저희의 의견을 들어 주시는 선생님은 이 학교에 안 계신가요?"

박수 소리가 커졌다. 발을 구르는 학생도 있었다.

스즈키 다이스케는 너무나도 감탄한 듯이 말했다.

"야, 너, 그 말, 진짜 멋지다!"

교감 선생이 처음으로 입을 열었다.

"니시 분페이라고 했나?"

'네 기분도 충분히 알겠다. 허나 선생님들마다 개성이 있고 다양한 학생 지도 방법이 있어. 그 점도 잘 생각해 봐."

"그 점이라면 잘 생각하지 않아도 충분히 알 수 있습니다. 선생님은 물론 다양하고, 다양한 것은 좋지만, 선생님에게만 다양함을 허락하고 학생들에게는 허락하지 않은 채 폭력을 쓰는 선생님이 싫다는 겁니다."

조금 떨떠름한 표정으로, 교감 선생은 입을 다물어 버렸다.
"사회자님."
기우치 리카가 다시 손을 들었다.
"질문을 계속해도 될까요?"
"네, 하세요."
질문을 허락하는 시마무라 류지의 목소리가 어쩐지 활기찼다.
"좀 전에 선생님은 간바라에게 폭력을 쓴 것은 불가피한 일이었다고 하셨습니다. 폭력으로 말을 듣게 할 수는 있겠지만, 그것이 마음에서 우러나온 것이 아니라면 무슨 소용이 있을까 싶은데, 모리 선생님은 이 점을 어떻게 생각하십니까?"
"규칙을 지키지 않는 사람이 있다면 우선 그것을 지키도록 해야 한다. 왜 그것이 먼저냐 하면, 규칙을 지키는 사람도 있고 지키지 않는 사람도 있다면 질서가 유지될 수 없으니까. 개개인이 납득하느냐 못 하느냐는 그 다음 문제라는 것이 내 생각이다."
"개인보다 규칙이 중요하다는 건가요?"
"그런 말이 아니야. 개인을 존중하기 위해서는 개인의 방종이나 무법은 추궁해야 한다는 말이다. 그렇지 않으면 개인의 자유는 없어."
구즈하라 준은 좀이 쑤셨다. 규칙이니 개인이니 자유니 하는 말을 끌어다 붙인다면 이쪽도 할 말은 얼마든지 있다고 생각했지만, 묵묵히 참아 냈다.
'끼어들지 마, 아이들을 믿는 거야.'
구즈하라 준은 주문을 외듯 연거푸 마음을 다잡았다.

기우치 리카가 고개를 갸웃했다. 얼마 뒤에 자신 없는 목소리로 조심스럽게 물었다.

"자기가 하고 싶은 것을 하는 것이 방종인가요?"

주저 없이 모리 선생이 대답했다.

"다른 사람에게 폐를 끼친다면 그렇지."

기우치 리카가 말했다.

"어쩐지 참 쓸쓸하네요."

"쓸쓸하다니, 무슨 뜻이지?"

"다른 사람에게 폐를 끼쳐서는 안 되니까, 하고 싶은 것도 못 하고 살아야 한다는 건 어쩐지 쓸쓸해요."

그 말을 들으니, 구즈하라 준은 기우치 리카가 안쓰러웠다.

"규칙이란 참 쓸쓸한 거네요."

그 아이는 그렇게 말하고 자리에 앉았다.

모리 선생이 말했다.

"무슨 생각을 하는 거야?"

벌컥 화가 난 듯이, 시모자와 도루가 손을 들고 신경질적으로 말했다.

"'무슨 생각을 하는 거야?' 라뇨? 기우치는 학교 규칙이 우리를 행복하게 해 주는지 아닌지 진지하게 생각하고 있는 거잖아요. 규칙으로 얽매여 있는 인간관계는 평등하지 않으니까, 기우치는 쓸쓸하다고 한 거라고요. '무슨 생각을 하고 있는 거야?' 는 우리 쪽에서 할 말 아녜요?"

호통을 치듯 모리 선생이 말했다.

"규칙 앞에서든 어디서든, 인간은 평등해."

"말은 좋네. 평등하긴 뭐가 평등해요?"

야유가 날아들었다.

"말꼬리를 물고 늘어지는 것 같아서 안 하려고 했는데, 평등이라는 말이 나왔으니까 말인데요."

모리 선생은 역시 도전적으로 말했다.

"말해 봐."

"선생님은 선생님을 우롱했다면서 미키오를 밀치고 분페이를 때리셨어요. 우롱이라는 것은 남을 깔보고 업신여긴다는 뜻이죠. 그렇다면 우리야말로 선생님들한테 우롱당하고 있다고요."

교감 선생이 물었다.

"예를 들면?"

"산더미처럼 많아요."

시모자와 도루가 말을 하는 도중에 "많아요, 많아요." "맞아요." "얼마든지 있습니다." 하는 말이 터져 나와 교실이 소란스러워졌다.

비아냥거리듯 시모자와 도루가 말했다.

"기분이 좋을 때는 모르는 것을 부끄러워하지 말라고 해 놓고, 기분 나쁠 때는 똑같은 선생님의 입에서 '이런 것도 모르냐, 너 저능아야?' 하는 말이 나와요. 그 선생님의 이름, 댈까요?"

에비스 미키오가 일어나서 말했다.

"수업 중에 선생님의 질문에 대답하지 못해서 우물쭈물하면, 모르는 걸 모른다고 말할 줄도 모르냐고 모욕을 주고요."

뒤쪽에서 스지모토 요시라는 학생이 큰 소리로 외쳤다.

"화가 나면, 네 부모 얼굴이 보고 싶다면서 부모님까지 모욕해요. 너도 언젠가는 부모가 되겠지, 앞으로 태어날 네 애가 불쌍하다고도 했어요. 상관 말라고 해요, 선생님한테 폐 안 끼칠 테니까."

수습이 안 될 낌새였다.

시마무라 류지가 큰 소리로 말했다.

"손을 들고 발언해 주세요."

시모자와 도루가 나섰다.

"나, 발언 중이야."

시모자와 도루는 말을 이었다.

"아무리 모욕을 당해도 우리는 학생을 우롱했다고 선생님을 때릴 수 없어요. 이게 평등한가요?"

교감 선생의 얼굴이 일그러졌다.

"대답하실 필요는 없지만, 다음 교직원 회의 때 모든 선생님께 이 말을 꼭 전해 주세요, 교감 선생님."

그렇게 말하고 시모자와 도루는 자리에 앉았다.

"선생님."

미즈타니 레이코가 손을 들었다.

모리 선생이 힐끗 보았다.

"모리 선생님과 교감 선생님께 여쭤 볼 게 있습니다."

"음, 말해 봐."

교감 선생은 애써 태연한 척 말했다.

"모리 선생님은 저희 반에 선입견을 갖고 계십니까?"

"뭐, 선입견?"

"솔직히 말씀드리면, 어제 선생님은 저희 반에 수업을 하러 온 것이 아니라 싸움을 걸러 왔다는 느낌이었습니다. 니시 분페이가 일방적이라고 표현했는데, 제 생각도 마찬가지예요. 간바라 미치코의 경우도 뭐랄까, '오늘 너 잘 걸렸다, 손 좀 봐 주마.' 하는 느낌이었고요. 선생님께서는 간바라 미치코를 비롯해서 저희 반에 뭔가 특별한 감정을 갖고 계시는 것 같습니다."

"너희의 근성이 삐뚤어진 탓이야."

툭 내뱉듯이 모리 선생이 말했다.

미즈타니 레이코는 동요하지 않았다.

"선생님께선 '나는 가와이 선생하고는 달라.'라고 말씀하셨죠? 그건 무슨 뜻입니까?"

"무턱대고 학생들의 응석을 받아 주지 않는다는 뜻이다."

"그럼 가와이 선생님은 무턱대고 학생들의 응석을 받아 주는 선생님인가요?"

"말꼬리 잡지 마. 나는 학생들을 엄격하게 지도하고 있다는 뜻일 뿐이야."

"저는 가와이 선생님이 평범한 선생님이라고 생각합니다. 학생들을 나무랄 때 망설이거나 고민하시지 않으니까요."

미즈타니 레이코는 지금 비꼬고 있는 건지도 모른다.

"나는 가와이 선생하고 다르다는 말에도 특별한 감정이 담겨 있다고 봅니다. 모리 선생님께선 처음부터 우리 반을 혼내 주겠다는 마음을 갖고 계셨던 거예요."

미즈타니 레이코는 날카롭게 지적했다.

"선생님은 말끝마다 지도, 지도 하시는데, 정말로 지도를 하실 생각이라면 저희들이 배워서 변화할 수 있도록 생각하거나 행동할 수 있는 세계를 만들어 주세요. 일방적인 말이나 감정을 앞세워 학생을 때리는 것이 무슨 지도란 말인가요? 엄격하게 지도하는 것이 학생을 때리는 일인가요?"

일이 이쯤 되자, 교감 선생도 모리 선생도 반박할 말이 없었다.

"교감 선생님께 여쭤 보겠습니다. 선생님들은 모두 헌법과 교육 기본법을 배우고 선생님이 되시지요?"

"물론이다."

무슨 말을 꺼내려는 거지? 하는 얼굴로 교감 선생이 미즈타니 레이코를 보았다.

"사회 선생님인 시게노부 선생님 말씀이, 헌법과 교육 기본법을 줄줄 욀 정도로 공부하지 않으면 교사 임용 고시에 붙을 수 없으니까 대충 넘어가지 말고 지금부터 꼼꼼히 읽어 보라고 하셔서, 저도 몇 번 읽었습니다."

구즈하라 준은 미즈타니 레이코의 옆얼굴을 보았다.

'그런 얘기, 오늘 처음인데?'

"헌법에도, 교육 기본법에도 사람은 누구나 그 능력에 따라 동등하게 교육받을 권리가 있다고 씌어 있었습니다. 어떤 이유로도 교육에서 차별을 받지 않는다고도 씌어 있었습니다. 맞습니까?"

교감 선생은 무겁게 고개를 끄덕였다.

미즈타니 레이코는 모리 선생을 보고 말했다.

"모리 선생님께선 어제 체육 시간에 저희에게 운동장 스무 바퀴를 돌라고 하셨습니다."

"……."

"그때 제가 '체육 수업입니까, 벌입니까?' 하고 물었을 때, 선생님은 벌이라고 대답하셨죠?"

"그게 어쨌다는 거야?"

"벌을 받느라 한 시간이 다 가 버렸습니다. 저희는 체육 수업을 받을 권리가 있는데도, 헌법과 교육 기본법을 지켜야 할 선생님은 저희한테서 그 권리를 빼앗으셨어요. 전원에게 명령하셨으니까, 선생님은 차별도 하신 셈입니다. 책임지세요."

소녀의 기세에 압도당한 듯, 교실 안이 쥐 죽은 듯 조용해졌다.

"저희만 벌을 받고, 명백한 잘못을 저지른 선생님은 책임을 회피하는 것은 불공평합니다. 교감 선생님, 어떻게 생각하십니까?"

교감 선생은 거북스레 말했다.

"교사가 학생에게 벌을 주는 것은 징계권이라는 법에 따른 행위이기도 해."

"어떤 법률입니까?"

"학교 교육법(우리나라의 초·중등 교육법에 해당한다.—옮긴이) 제11

조에 있어."

구즈하라 준이 손을 들자 시마무라 류지가 말했다.

"네, 선생님."

"단, 체벌을 가할 수는 없다고 씌어 있을 텐데요?"

교감 선생은 떨떠름한 얼굴을 했다.

구즈하라 준은 넉살 좋게 말을 이었다.

"참고로, 체벌이란 육체적 고통을 수반한 모든 것을 말하죠. 그리고 지각한 학생을 교실에 들이지 않아 수업을 못 받게 하는 일은 아무리 짧은 시간이라 해도 의무 교육에서는 허용되지 않습니다. 수업 시간에 떠들거나 태만한 학생을 교실 밖으로 내모는 일 역시 허용되지 않고요. 그렇죠, 교감 선생님?"

미즈타니 레이코가 말했다.

"그럼, 우리 학교 선생님들은 법에서 금지한 일을 하고 계신다는 건가요?"

뒤쪽에서 누군가가 야유를 보냈다.

"법률 위반이야, 법률 위반."

미즈타니 레이코가 마지막으로 통렬한 야유를 퍼부었다.

"교감 선생님. 건방진 말 같지만, 부디 선생님들께 헌법과 교육 기본법을 지키라고 말씀해 주세요. 모리 선생님은 무법자는 용서하지 않겠다고 하셨는데, 무법자란 법을 지키지 않는 사람을 말하니까, 얘기가 좀 이상해지는 거 아닌가요?"

무슨 생각에서인지, 모리 선생이 갑자기 당당한 태도로 말했다.

"너희가 한 행동에 대한 반성은 대체 어떻게 되는 거지? 그건 언제 할 거냐?"

시마무라 류지가 딱 잘라 말했다.

"선생님이랑 교감 선생님이 가시고 나면요."

"옳소."

"잘했어, 시마무라 류지."

학생들은 박수로 시마무라 류지를 지지했다.

"속이 다 후련하다."

"응, 후련하다, 후련해."

"미즈타니 레이코, 너 제법이던데?"

"그 두 사람, 거의 아무 말도 못 하더라."

"무슨 말을 하겠냐, 논리도 근거도 아무것도 없는데."

두 사람이 나가자, 교실은 한동안 소란스러웠다.

구즈하라 준이 손을 들었다.

시마무라 류지가 소리쳤다.

"얘들아, 좀 조용히 해. 자, 조용히 해 주세요. 구즈하라 선생님이 손을 드셨잖아."

어느 정도 잠잠해지자, 구즈하라 준이 말을 꺼냈다.

"방금 누가 속이 후련하다고 했는데, 속이 후련한 걸로 끝내지 말고 다들 이번 경험을 잘 살리기 바란다. 내가 교감 선생님과 모리 선생님을 이리로 데려온 것은⋯⋯. 음, 표현이 좀 나빴구나. 두 분을 모서 온 것은 두 분을 규탄하기 위해서가 아니었다."

아이들은 조용히 듣고 있었다.

"너희한테 어제 일을 전해 듣고, 솔직히 나는 머리에 피가 솟구쳤다. 맨 먼저 든 생각은 담임으로서 모리 선생님에게 항의해야겠다는 거였어. 이것은 나의 감정 문제일까? 그렇지 않다."

아이들의 눈이 빛났다.

"과연 교사가 학생들 앞에서 해도 될 말인지 망설여지는 것도 사실이지만, 한 선생님으로부터 이런 얘기를 들었다."

아이들의 눈이 한결 더 빛났다.

"폭력을 일삼는 교사는 분명 있다. 물론 좋은 일은 아니지만 학교 질서를 위해서, 여기서 학교 질서란 교내 폭력이 일어나거나 일부 학생 때문에 수업을 망치는 일이 없도록 하는 것이겠는데, 이 학교에는 교사의 폭력을 일종의 필요악으로서 인정하는 분위기가 깔려 있다는 것이다. 이 얘기를 해 준 선생님은 그것이 더 큰 문제라고 했다."

시모자와 도루가 손을 들었다.

"얘기 도중에 죄송하지만……."

"아니, 괜찮아. 무슨?"

"선생님의 폭력은 선생님의 문제이지 학생의 문제는 아니잖아요. 어떤 선생님이 그런 말씀을 하셨는지는 몰라도, 그렇다면 그 선생님은 학교에서 교사가 폭력을 휘두르는 것을 왜 막지 않는 거죠? 옳지 않은 일이라고 왜 교직원 회의에서 말하지 않는 거죠?"

"옳은 지적이다."

구즈하라 준은 말했다.

"교사에게는 자신에 대한 엄격함이 부족한지도 몰라. 그러나 내가 말할 수 있는 것은 교사의 폭력을 저지하는 것만이 문제 해결이 아니라는 점이다."

"무슨 뜻입니까?"

시모자와 도루는 불만스러운 얼굴이었다.

"그건 교사의 교육관에 관계된 문제야. 폭력은 사라졌다 해도 교육 내용이 폭력을 휘두를 때와 똑같다면 아무 소용이 없으니까."

시모자와 도루가 말했다.

"그건 이해하겠어요."

"폭력을 휘두르는 교사의 교육관을 근본적으로 바꾸기 위해서는 학생의 존재가 훨씬 더 중요하다고 나는 생각한다."

"……."

"아무리 교사들끼리 이러니저러니 토론을 하고 연수를 받아도, 거기에는 한계가 있어. 나는 교육자로서는 풋내기지만 그건 어쩐지 알 수 있을 것 같아."

"그럼, 선생님은 어떻게 하는 게 좋다고 생각하세요?"

"아이들에게 배운다, 학생들에게 배운다, 이 방법밖에 없지 않을까? 요즘, 아이들에게 배운다고 해 놓고는 게으름을 피우는 선생님이 아주 많은 것 같으니까……."

학생들이 피식 웃었다.

"말로만 이래서야 아무 의미가 없지. 비뚤어진 교육을 강요하면 아이들도 비뚤어져. 이건 필연이야. 아이들이 생기가 넘친다면 그 교육에는 진실이 담겨 있어. 아이들에게 큰 변화가 보인다면 그 교육은 진짜야. 아이들을 유심히 살펴볼 일이야."

얼마 전부터 알아차렸지만, 간바라 미치코가 자신을 보고 있었다. 그 눈은 이야기를 듣고 있는 눈이었다. 그저 이론을 늘어놓고 있는 것뿐인데도 저 아이는 왜 반응을 보이는 것일까? 왜?

구즈하라 준은 골똘히 생각했다.

"이번 일도 그 생각을 잘 활용해 보자는 뜻에서 추진한 거야. 물론 너희에 대한 믿음도 있었지. 첫 수업 때, 너희는 저마다 활발하게 자신의 의견을 말해 주었어. 너희를 믿기에 충분하다고 생각했어."

"그럼, 오늘도 믿기에 충분하셨어요?"

시모자와 도루가 살짝 웃으며 물었다.

"물론이야."

구즈하라 준의 입가에 미소가 번졌다.

"본질적이었어. 모리 선생님이 수업에 늦게 온 것은 분명 잘못인데도 그 점을 꼬투리 삼아 토론하지 않은 것에 감탄했어. 때리는 것은 나쁘다고 말해 버리면 그것으로 끝이지만, 그런 식으로도 말하지 않았고. 나는 3학년 C반 어록이라도 만들고 싶을 정도야. '규칙이란 참 쓸쓸한 거네요.' 나 '맞는 것은 싫지만, 어떤 경우에도 유머를 잃지 않는 것을 좋아합니다.'는 광고 카피 뺨치는 명문구였어. 독특하고 상상력이 있어."

니시 분페이와 기우치 리카는 둘레의 아이들한테서 "여어." "이야." 하고 놀림을 받았다.

"레이코, 너도 정말 굉장한 말을 하더구나."

구즈하라 준이 새삼스레 말했다.

"네?"

미즈타니 레이코는 모르는 일이라는 듯 시치미를 뗐다.

"교사의 체벌을 헌법 위반이라고 말한 사람은 아마 우리나라에서 네가 처음일걸?"

"헌법 위반이라고 말한 적 없어요."

"말한 거나 다름없어. 아무튼 많이 배웠다."

구즈하라 준은 머리를 긁적였다.

"지각생 지도니 뭐니 하면서 교문을 닫는 바람에 교문 틈에 머리가 끼어 죽은 여학생이 있었지."

"으아아, 진짜 심하다."

"비슷비슷한 짓을 해요, 많은 학교에서."

학생들은 바로 반응을 보였다.

"그 사건을 두고 교육자와 평론가들이 많은 얘기를 했지만, 누구 하나 교육받을 권리를 빼앗은 행위라고 말하는 사람은 없었어. 레이코처럼 헌법 위반이라고 명쾌하게 말해야 한다고 나는 생각해."

구즈하라 준의 목소리가 조금 바뀌었다.

"아무튼 너희는 훌륭했다. 그런데 말이다."

구즈하라 준은 의미심장하게 웃으며 말했다.

"훌륭한 말을 하면, 그 말이 고스란히 자신에게도 돌아오거든. 그게 피곤한 거야. 모리 선생님이 말한, 너희의 행동에 대한 반성은 이제부터 할 생각이겠지? 그럼 나는 이쯤에서 물러가마."

구즈하라 준은 재빨리 공책을 접고 자리에서 일어났다.

미즈타니 레이코가 비난하듯 말했다.

"선생님."

"응, 왜?"

"선생님, 약았어요."

미즈타니 레이코의 눈이 웃고 있었다.

아이의 불행은 아이 탓이 아니다

간바라 미치코의 집을 찾아가 보기로 한 구즈하라 준은 마음이 조금 복잡했다.

일단 부딪쳐 보자며 달려갈 만큼 절실한 마음이 없다는 것이 어쩐지 양심에 찔렸다.

간바라 미치코에게 변화가 있었다. 교실에서 분명히 자신의 이야기를 듣고 있었다. 그것을 구실 삼아 간바라 미치코를 찾아가 보려는 자신한테 조금 화가 나기도 했다.

간바라 미치코를 만나 보려는 내 마음은 과연 어떤 것인지 구즈하라 준은 자문했다.

솔직히 니시 분페이에게 느꼈던 친밀감이 그 아이에게서는 느껴지지 않았다.

　교사로서의 의무감일까?

　그것도 아니라고 할 수 있다.

　아직까지 자신이 교사라는 자각이 없다.

　타인에 대한 호기심일까 싶기도 했다. 이것도 조금은 작용하고 있을지 모른다. 그러나 자신의 내면을 움직여 행동으로 나서게 할 정도로 강하다고는 도저히 생각할 수 없다.

　그럼, 대체 뭐란 말인가?

　간바라 미치코가 자꾸 신경 쓰인다. 마치 목에 걸린 가시처럼.

　자신이 간바라 미치코에게 위화감을 느낀다면 그건 곤란하다고 생각했다.

　거기까지 생각하다가 구즈하라 준은 자신이 아무 대책도 없음을 인정할 수밖에 없었다.

　교사에게 타인의 감정에 점점 무뎌지는 경향이 있다면, 그것은 자기 방어에서 비롯된 것일 거야, 분명히. 그런 교사를 비판할 자격이 나에겐 없는 것 같아. 역시 일단 부딪쳐 보는 수밖에 없는 걸까?

　그는 고통스럽게 생각했다.

　구즈하라 준은 역 앞을 빠져나갔다. 요란하게 치장한 이 주변이 그로서는 도무지 탐탁치 않았다.

　몇 년 전에 대기업이 진출해 역 앞의 모습을 완전히 바꿔 버렸다.

　번잡하지만 소박한 분위기를 풍기던 친숙한 역 주변의 느낌은 찾아볼 수 없었다.

선술집이나 어시장을 마치 너절한 장난감 치우듯 거대한 빌딩 속으로 몰아넣어 버렸다.

역 건물과 백화점이 한데 들어선 빌딩은 대리석으로 둘러싸인 화려함으로 사람들의 시선을 붙잡았다.

편리해지기는 했지만, 서먹한 느낌을 지울 수 없었다.

역 앞을 빠져나가 육교 하나를 지나면 전통 깊은 상가가 있었다.

이곳에는 아직 높은 건물이 없고, 오락실이나 음식점들이 복작거릴 뿐이었다.

어이가 없을 만큼 옆 앞과 대조적이었다.

구즈하라 준은 이쪽이 체질에 맞았다. 결코 깨끗한 거리라고는 할 수 없지만, 가게들도 사람들도 서로를 의지하며 살아가는 듯한 분위기에서 친근감이 느껴졌다.

안타깝게도 역 앞의 상가에 손님을 빼앗겨 한산한 편이었다.

구즈하라 준은 두리번거리며 상가를 걸었다. 학교 주변 지역이었지만, 처음 와 보는 곳이었다.

머릿속에 새겨 넣은 약도에 의지해 이정표인 약국을 찾았다. 돈가스집 옆에 '히구치'라는 약국이 있었다.

약국을 끼고 오른쪽으로 돌자 좁은 길이 보였다. 현관 앞에 화분을 가지런히 놓은 집들이 처마를 맞대고 있었다.

'간바라'라는 문패가 달린 집은 금세 찾을 수 있었다.

사람을 불렀지만 대답이 없었다.

네다섯 살쯤 된 여자 아이가 쭈그리고 앉은 채 구즈하라 준을 바라보고 있었다.

구즈하라 준이 물었다.

"이 집에 아무도 없니?"

여자 아이는 말없이 보고만 있었다.

"꼬마야, 혹시 이 집에 사는 미치코라는 학생을 아니?"

되도록 허물없는 말투로 물었다.

"밋짱?"

여자 아이의 얼굴이 밝아졌다.

"응, 그래. 밋짱."

"밋짱은요……."

여자 아이는 생긋 웃으며 말했다.

"……없어요."

"응. 없구나. 어디 갔을까?"

"몰라요."

귀여운 아이였다.

"기다릴까?"

그렇게 말하고 구즈하라 준은 현관 앞의 시멘트 바닥에 앉았다.

"기다릴 거예요?"

"응, 기다릴 거야."

아이가 구즈하라 준 앞으로 다가왔다.

"야스코는요……."

아이의 이름이 야스코인 듯했다.

"밋짱 기다리고 있었어요."

"그래? 야스코도 밋짱을 기다리고 있었어?"

아이가 고개를 까딱 했다.

"야스코도 밋짱한테 볼일이 있니?"

"볼일 아냐."

아이가 말했다.

"그럼, 왜?"

"밋짱이랑 놀려고."

"호오?"

구즈하라 준은 아이의 얼굴을 보았다.

"밋짱이 야스코랑 잘 놀아 줘?"

"응."

"보통 뭐 하면서 놀아?"

"많아요."

내가 잘못 물었구나 하고 구즈하라 준은 생각했다.

"밋짱이랑 뭐 하고 놀 때가 가장 재미있어?"

"있잖아요, 밋짱은 만화 읽어 줘요."

아이는 환한 얼굴로 구즈하라 준을 보았다.

"으응, 만화?"

"또……."

"또?"

이 아이와 얘기하고 있으니까 저절로 미소가 번지는군. 이 아이와

함께 있을 때 간바라 미치코는 아마 학교에서는 보인 적이 없는 표정을 짓고 있겠지.

"그리고 또?"

구즈하라 준은 여자 아이를 재촉했다.

"또 같이 도와주고……."

"도와줘?"

"고기, 꼬치에 꿰는 거."

"흐음." 하고 말은 했지만 무슨 뜻인지 구즈하라 준은 잘 알 수 없었다.

"어디 닭 꼬치 집을 둘이 같이 도와줘?"

"야스코 집."

"아, 너네 집이 닭 꼬치 집이야?"

"응."

여자 아이는 까딱 하고 고개를 끄덕였다.

"밋짱은……."

"응."

"팬케이크도 사 줘."

"어, 팬케이크도 사 줘?"

"야스코는 딸기 팬케이크가 좋아."

"딸기잼 발라 주는 거?"

"응."

이 여자 아이는 간바라 미치코를 친언니처럼 따르는 모양이었다.

구즈하라 준이 물었다.

"야스코는 형제가 없니?"

여자 아이가 고개를 끄덕였다.

"밋짱은 상냥해?"

여자 아이는 이번에도 고개를 끄덕였다. 그것도 아주 크게.

구즈하라 준은 문득 마음이 바뀌었다.

여자 아이에게 물었다.

"야스코네 집이 닭 꼬치 집이라고 했지? 야스코네 집에 아저씨 좀 데려가면 안 될까?"

여자 아이는 살짝 고개를 갸우뚱했다.

여자 아이가 경계하는 듯해서, 구즈하라 준은 얼른 둘러댔다.

"닭 꼬치 말이야. 아저씨, 닭 꼬치 사 먹으려고."

여자 아이가 말했다.

"밋짱이 돌아오면 어떡해?"

"그렇구나. 닭 꼬치 사서 돌아오면 되잖아."

"응."

그제야 마음이 놓이는 모양이었다.

길을 걸으며 여자 아이가 물었다.

"아저씨, 누구야?"

"아저씨?"

"밋짱 친구야?"

"아저씨는 밋짱네 학교 선생님이야."

"흐음."

아이는 고개를 떨어뜨렸다.

"왜 그래?"

"……."

아이는 여전히 고개를 떨어뜨린 채였다.

"왜 그러니?"

구즈하라 준은 상냥하게 물었다.

아이는 얼마쯤 머뭇거리다가 말했다.

"밋짱, 학교 선생님 싫어해."

"그러니? 밋짱은 학교 선생님이 싫대?"

"응."

아이는 여전히 고개를 숙이고 있었다. 아이 나름대로 낯선 사내에게 마음을 쓰고 있는 듯했다.

구즈하라 준은 미소를 지었다.

"아저씨는 밋짱이랑 친구가 되고 싶어."

"흐음."

아이가 돌아보며 생긋 웃었다.

이 아이는 틀림없이 간바라 미치코를 사랑하고 있으리라.

구즈하라 준은 어쩐지 가슴이 죄어 왔다.

여자 아이의 집은 시장 입구에서 두어 집 떨어진 곳에 있었다.

닭 꼬치 집이라기에 술집인가 했더니, 포장 판매만 하는 집이었다. 두 평 남짓한 조그만 가게였다.

가게는 조용했고 고기를 굽는 낌새도 없었다.

가게 안쪽에서 한 여자가 묵묵히 닭고기를 꼬치에 꿰고 있었다.

"계십니까?" 하고 구즈하라 준이 가게 안으로 들어갔다.

"아직 문 안 열었어요."

여자는 고개도 들지 않은 채 무뚝뚝하게 말했다.

낯빛이 조금 파리했다. 눈매가 서늘하고 반듯한 얼굴이었다.

젊다. 아직 20대인 듯했다.

어딘지 간바라 미치코와 닮았다고 구즈하라 준은 생각했다.

"밋짱네 학교 선생님이래."

아이가 말했다.

여자가 고개를 들었다.

"무슨 일이죠?"

감정이 담기지 않은 목소리로 물으며 구즈하라 준을 보았다.

"얼마 전에 새로 부임해 온 구즈하라 준이라고 합니다."

여자는 살짝 고개를 숙였다. 일손은 멈추지 않았다.

"간바라 미치코를 보러 왔는데, 집에 없더군요."

여자는 묵묵히 손을 움직이고 있었다.

"이 가게에서 이따금 일을 거든다고요, 그 애가."

"……."

"야스코한테 들었습니다."

"……."

"얘기 좀 해도 될까요?"

역시 손을 쉬지 않은 채 여자가 냉담하게 대꾸했다.

"무슨 얘기죠?"

"아주머니도 역시 학교나 교사에게 반감을 갖고 계십니까?"

"······."

여자는 처음으로 손을 멈추었다. 구즈하라 준의 얼굴을 보았다. 여자가 물었다.

"정말 학교 선생님이세요?"

구즈하라 준은 내심 쓴웃음을 지었다.

교사라면 분명 이런 식으로 말을 꺼내지 않으리라. 자신에게는 아직도 방송 관계자의 피가 흐르고 있나 보다고 생각했다.

"간바라 미치코의 담임인 건 틀림없지만, 그 아이는 아직 저한테 마음을 열지 않고 있는, 그런 관계입니다."

여자는 다시 닭고기를 꼬치에 꿰기 시작했다.

"밋짱은 학교 선생 누구한테도 마음을 열지 않을 거라고 생각합니다."

"이유가 뭐죠?"

"이유가 뭐냐고요?"

여자는 발끈해서 구즈하라 준을 보았다.

"······."

"그것은 선생님 스스로 생각해야 되는 것 아닌가요?"

구즈하라 준은 한 번 심호흡을 했다.

"옳은 말씀입니다. 다만······."

"다만, 뭐죠?"

"변명 같지만······."

그때 여자 아이가 조그만 의자를 가져왔다.

"아저씨, 이거."

"고맙다."

구즈하라 준은 미소를 지었다.

여자는 아이에게 아무 말도 하지 않았다.

아이는 발돋움을 하고 서서 작업대 위의 닭고기를 꼬치에 꿰기 시작했다.

역시 여자는 아이에게 아무 말도 하지 않았다.

"야스코는 정말 착한 아이예요. 아주머니의 교육법이 궁금하군요."

여자는 대꾸가 없었다.

"저는 이 나이에 교사가 되었습니다. 교사인 이상 학교가 아이들에게 미치는 영향과 무관할 수는 없겠지만, 만약 학교 교육 자체가 아이들에게 상처를 주고 있다면 구체적으로 알고 싶습니다. 지금 제 마음은 그렇습니다."

"그걸 알게 되면 교사가 자기 자신을 바꿀까요? 그런 선생은 거의 없어요."

"저는 노력할 생각입니다."

담담한 목소리로 여자가 되물었다.

"그렇습니까?"

손님이 왔다.

"아줌마, 5시 반쯤부터 구울 거예요."

단골손님인지, 여자는 그렇게 말했다. 아주 자연스러운 느낌이었다.

"죄송합니다."

구즈하라 준이 사과했다.

"네?"

여자는 의아한 표정을 지었다.

"제가 일을 방해하고 있는 것 같아서요."

여자가 말했다.

"신경 쓰지 마세요. 손을 놓고 있는 건 아니니까요."

구즈하라 준이 말했다.

"죄송합니다. 그럼, 그렇게 알고……."

"밋짱은 몸이 약한 아이였던 모양이에요."

여자는 그렇게 말을 꺼냈다.

구즈하라 준의 됨됨이에서 뭔가를 느낀 듯했다.

"교실에 앉아 있는 시간보다 양호실에 있는 시간이 더 많았을 정도였다니까요."

"지금은 건강한 것 같더군요."

"네. 몸이 약하거나 공부를 못하거나 집이 가난한 것은 아이 탓이 아니라고 저는 생각합니다."

"그렇죠."

"딱히 가엾게 봐 달라는 건 아니지만, 적어도 그런 아이가 안고 있는 슬픔쯤은 헤아릴 줄 아는 사람이 학생들을 가르쳤으면 해요."

"……."

"학교는 그런 아이를 귀찮은 짐으로 여기죠."

"……."

"따돌리거나 괴롭히거나……."

구즈하라 준은 가슴이 답답해졌다.

"선생까지 한통속이 되어, 그런 짓을 하니……."

구즈하라 준이 말했다.

"괜찮다면 구체적으로 말씀해 주십시오."

"밋짱 얘긴데……."

여자는 문득 아이 쪽을 돌아보고 주의를 주었다.

"야스코, 고기랑 양파를 번갈아 꿰어야지."

"아, 참!"

아이는 천진스레 말했다.

"손님한테 팔 거잖아."

"응, 응."

아이가 고개를 끄덕였다.

"미안해요, 얘기 도중에. 밋짱 얘긴데……."

여자는 말을 이었다.

"빈혈로 쓰러져서 의사한테 주사를 맞았는데, 담임 선생이 '이 애, 좀 둔한 것 아닙니까?' 하고 큰 소리로 의사한테 물었다고 해요."

"아이 앞에서 말입니까?"

"네, 밋짱 앞에서요."

"밋짱이 몇 살 때 얘깁니까?"

"초등학교 1학년 때였다더군요. 어른들은 흔히 애들은 아무것도 모른다고 생각하죠."

"네에."

"그 사람은 그야말로 아이를 바보로 아는 선생이었어요. 밋짱은 지금도 억울한 듯 말해요. '나, 그때 꾹 참았어. 몸에 주사 바늘이 꽂히는 게 어린아이한테 얼마나 공포스러운 일인데. 하지만 버둥거리거나 울거나 하면 의사 선생님이랑 담임 선생님한테 미안하다 싶어서, 나 정말 꾹 참았어.' 하고……."

"그랬군요."

구즈하라 준은 무거운 목소리로 중얼거렸다.

"밋짱은 지금도 억울하대요. 그 선생한테는 지난 일인지 모르지만, 밋짱한테는 지금도 그 상처에서 피가 뚝뚝 흐르고 있어요."

"……."

듣기 괴로운 이야기라고 구즈하라 준은 생각했다.

"몸이 약한 아이일수록 그 아이에게 맞는 운동을 찾아 주고 조금이라도 건강해질 수 있도록 도와주는 것이 교사의 의무일 텐데, 그 선생님은 체육 시간마다 항상 밋짱한테 말했대요."

"무슨 말을?"

"'너는 몸이 약하니까, 다른 아이들과 똑같이 운동을 했다가 만에 하나 무슨 일이 생기면, 다 내 책임이야.' 라고요."

"초등학교 1학년한테 말입니까?"

"네, 초등학교 1학년한테요. 정말 지독한 선생이죠. 자기 한 몸 무사할 수 있다면 애들은 어떻게 되든 상관없다는 말인가요?"

여자가 전혀 냉정을 잃지 않았다는 것은 꼬치를 꿰는 동작으로 알 수 있었다.

구즈하라 준은 나직이 한숨을 내쉬었다.

"항상 외톨이로 지내는 어린아이의 뒷모습은 정말 견딜 수가 없어요."

"네."

구즈하라 준은 몸이 오그라드는 것 같았다.

"그런데 차라리 아무도 상대해 주지 않으면 좋으련만, 아이들은 겁쟁이, 겁쟁이 하고 놀리질 않나, 신발이나 가방을 숨기질 않나, 지렁이나 벌레를 목덜미에 집어넣질 않나. 어린아이니까 그럴 수 있다손 치더라도, 감싸 주는 선생님이나 위로해 주는 친구가 있다면 그나마 다행인데……."

당연한 이야기라고 구즈하라 준은 생각했다.

"학년이 올라갈수록 더욱 지독한 일들이 되풀이되었죠. 물건이 없어지면 그 아이가 범인으로 몰렸어요. 그런 일이 있으면 바로잡아야 할 선생은 그 애를 지독하게도 빈정거렸죠. '얘, 간바라, 너 4학년 때 수학 성적이 미였니? 양이었니?' 설령 수업 시간에 선생이 묻는 말에 대답하지 못했기로, 그렇게 심한 말을 하는 교사를 용서할 수 있습니까?"

"믿을 수 없군요."

어이없다는 듯 구즈하라 준이 중얼거렸다.

"학교에서는 믿을 수 없는 일이 늘 벌어지죠."

구즈하라 준은 문득 생각했다.

내 앞에 있는 이 여성도 지난날 학교에서 지독한 꼴을 당한 사람이 아닐까?

다소 무표정하고 차가운 느낌을 주는 것은 여자의 그런 저항감 때문인지도 몰라. 지나친 생각일까?

"요즘 학교에서는 상대 평가를 하고 있어서 아무리 공부를 해도 최고 점수를 받을 수 있는 아이는 아주 적어요. 암울한 경쟁뿐이죠. 선생들까지 그런 분위기에 물들어, 대개 선생들은 어둡고 음습해요. 애들이 그걸 무슨 수로 견디겠어요?"

"날카로운 비판이시군요. 저는 교사인데도 그런 실감을 하지 못해서 그저 남의 일처럼 듣고 있지만, 몇 년씩 교사 생활을 해 온 사람이 들었다면 비참할 거예요, 틀림없이."

"밋짱한테 들은 얘기는 이런 것들뿐이에요. 제 생각도 물론 그렇고요."

여자가 말했다. 그러고는 조그만 목소리지만 또박또박 덧붙였다.

"미안합니다. 이제 꼬치를 구울 시간이에요."

"죄송합니다."

구즈하라 준은 조금 허둥댔다.

"야스코한테 닭 꼬치를 사겠다고 했습니다. 첫 번째 꼬치가 익을 때까지 여기 있어도 괜찮을까요?"

괜찮다고 여자가 대답했다.
"그동안 얘기를 해도 괜찮을까요?"
"그러시죠."
여자는 그렇게 대꾸하고는 처음으로 웃었다.
"선생님은 매우 조심스러운 성격이시군요."
"아, 죄송합니다."
구즈하라 준은 당황해서 말했다.
여자가 숯을 날라 왔다.
"숯불에 굽습니까?"
"네."
"그럼, 닭고기도……."
"네, 놓아 기른 닭이에요."
"별로 돈벌이는 안 되겠군요?"
"……."
"죄송합니다, 주제넘는 말을 해서."
여자가 훗 하고 웃었다.
"야스코와 둘뿐이니까 많이 안 벌어도 괜찮아요."
"네?"
구즈하라 준은 그만 말문이 막혔다.
"그렇군요." 하고 대꾸하고는 머리를 벅벅 긁었다.
"이혼은 아니에요."
선수를 치듯이 여자가 말했다.

"선생님, 폭주족 좋아하세요?"

갑자기 여자가 물었다. 지극히 차가운 눈빛이었다. 순간 구즈하라 준은 움찔했다.

"스물한 살의 폭주족과 사랑에 빠져 야스코를 낳았고, 폭주족은 경찰 차에 쫓기다 스물두 살의 나이로 죽었습니다. 그거 개죽음인가요, 선생님?"

구즈하라 준은 허둥대며 여자 아이 쪽을 보았다.

아이는 모르는 척하고 있었다.

아이는 분명 모르는 척하고 있다고 구즈하라 준은 생각했다.

"잔인할지도 모르지만, 저 아이에게 제 아버지의 죽음이 개죽음인지 아닌지 생각해 보게 하는 게 제 교육법이에요."

구즈하라 준은 할 말이 없었다. 숨이 멎는 느낌이었다.

"그런 인간을 길러 낸 것이 이 나라의 교육이니까요."

"교육은 중요해요." 하고 감정이 깃들지 않은 목소리로 여자는 무서운 말을 했다.

"아저씨. 밋짱, 돌아왔을지도 몰라요."

아이가 말했다.

"그렇구나. 돌아왔을지도 모르겠다."

"가요?"

"으음, 어떡할까?"

"가요."

"음."

아이는 단숨에 공기를 환하게 바꿔 놓았다.

구즈하라 준에게는 그렇게 느껴졌다.

"야스코 어머니와 좀 더 얘기하고 싶지만……."

"으응."

아이는 고개를 떨어뜨렸다.

구즈하라 준은 그런 아이가 말할 수 없이 애처로워 보였다.

"남 탓하는 건 좋아하지 않지만, 밋짱은 학교의 희생자예요."

'그럴지도 모르죠.'

구즈하라 준은 그 말은 입 밖에 내지 않았다.

여자는 부채로 숯불을 피웠다. 탁탁 소리를 내며 불꽃이 일었다. 이윽고 탄내가 났다.

구즈하라 준으로서는 오랫동안 잊고 지냈던 그리운 냄새였다.

인생이란 참 가지가지구나. 숯불을 피우고 있는 젊은 여자의 등을 바라보며 새삼 그런 감회에 젖었다.

주위를 둘러보면 사람들은 저마다 나름의 행복을 느끼며 평범하게 사는 듯 보이지만, 사실은 꼭 그렇지도 않다.

겉보기에는 너나없이 엇비슷한 행복을 누리며 사는 것 같아도 진정한 행복은 내면으로 감춰지면서 복잡해진 것이 요즘 세상이니까.

"저는 누군가를 사랑했던 만큼 강해질 수 있었지만, 밋짱은 남을 사랑하기에는 너무 어렸어요."

여자는 꼬치를 불 위에 올렸다. 이내 연기가 나고 고기 익는 고소한 냄새가 주위로 퍼졌다.

구즈하라 준이 물었다.

"가정은 그 애 마음이 쉴 만한 곳이 못 됩니까?"

"남의 집 사정은 별로 말하고 싶지 않은데요."

"죄송합니다, 알겠습니다."

구즈하라 준은 말했다.

여자가 말을 이었다.

"밋짱도 홀어머니와 살지만, 우리와 다른 점은 경제적으로 몹시 쪼들린다는 것이죠."

"아아."

"저는 그런 데 관심이 없어서 잘은 모르지만, 밋짱의 아버지는 할당량을 반드시 채워야 하는 증권 회사 직원이었는데 굉장히 힘들었던 모양이에요."

구즈하라 준은 얼마 전에도 주가 폭락이 신문에 크게 보도되었던 것을 떠올렸다. 어느 때고 주가는 오르락내리락하고 사람들은 그로 인한 금전적인 득실만을 문제 삼는다. 하지만 그 때문에 가정이 붕괴되는 일은 무수히 많으리라.

"남의 집 사정을 굳이 꺼낸 이유는 그것이 결코 어린애 탓이 아니라는 말을 하고 싶었기 때문이에요."

"이해합니다."

구즈하라 준은 말했다.

"아이의 불행은 어느 것 하나 그 아이 탓이 아닌데도, 그런 일이 일어나죠. 철이 들면서 아이가 어른에게 반항하는 것도 당연한 일 아닐까요, 선생님?"

"아주머니는 사회에 대한 확고한 비판 의식을 갖고 계시군요."

"그럼 안 되나요?"

여자는 탁자 위에 있는 새 꼬치를 가지러 와서 말했다.

"아뇨, 훌륭하다고 생각합니다. 저는 아주머니 나이 때에 그렇게까지 말하지는 못했어요. 그런데 한 가지 마음에 걸리는 것이 있습니다."

"뭐죠?"

"어느 시대든, 아마 앞으로도 마찬가지겠지만, 어린이만이 유토피아에서 살 수는 없습니다. 사회 자체가 유토피아가 아닌 이상, 어린이나 젊은이도 불행에 맞설 용기와 힘을 갖고 있어야 한다고 봅니다."

"그건 당연한 얘기죠. 세상을 제대로 바라볼 수 있게 되면 비판하거나 때로는 반항해야 할 일이 이 사회에는 수두룩하니까요. 그러면서 젊은이들은 살아가는 힘을 얻는다고 생각해요. 저도 예전에는 비행 청소년이란 말을 들었지만, 지금 이렇게 그럭저럭 살아가고 있어요. 돈 몇 푼 벌자고 병든 소나 닭을 팔지는 않아요."

익은 닭 꼬치에 양념을 바르고 다시 불 위에 올렸다. 달콤한 냄새가 감돌았다.

"야스코는 사회의 약자로 취급받지 않는 강한 아이로 기를 거예요. 학교는 반면교사(삶에 대한 깨달음을 주기는 하되 '어떤 경우에도 저렇게 살아서는 안 되는구나.' 라는 역설적인 깨우침을 주는 대상을 이르는 말—옮긴이)로 충분합니다. 선생님한테는 미안한 말이지만."

"아뇨……."

구즈하라 준은 머뭇거리며 말했다.

"아주머니께는 고맙다는 말을 하고 싶은 기분입니다. 미치코에게 아주머니 같은 친구가 있다는 것이 얼마나 다행인지 모르겠어요. 학교에서 느끼는 그 아이의 고독감은 교사인 제가 고민할 문제입니다. 오늘 여기를 찾아온 덕분에 뭔가 실마리를 얻은 느낌이에요. 그리고……."

구즈하라 준은 여자에게 말했다.

"별로 돈벌이가 안 된다는 그 닭 꼬치를 제게도 좀 팔아 주시겠습니까?"

구즈하라 준은 여자 아이와 함께 간바라 미치코의 집을 다시 찾았다. 그러나 간바라 미치코는 아직 돌아와 있지 않았다.

진정한 자유

　교직원 회의 때, 등교 거부를 하던 호시노 도시오의 이름이 거론되었다.
　교감 선생이 물었다.
　"언제부터 등교하기 시작했습니까?"
　호시노 도시오의 담임인 다나카 선생이 대답했다.
　"이번 주 초부터입니다."
　누군가가 중얼거렸다.
　"왜 갑자기 마음이 바뀌었지?"
　처음에는 그렇게 잡담 같은 대화가 오갔다.
　미네기시라는 젊은 선생이 손을 들었다.

교감 선생이 지명하자 미네기시 선생이 일어나서 말했다.

"학교의 입장을 듣고 싶은데요."

"무슨 말인가?"

"그 아이는 아직 머리를 기르고 있더군요."

"으음."

교감 선생은 떫은 얼굴이었다.

"그 아이는 분명히 상고머리에 반대해서, 그러니까 학교 규칙에 항의하느라 등교 거부를 시작한 걸로 아는데요?"

"그래서 하고 싶은 말이 뭔가?"

교감 선생은 몹시 곤혹스러워했다.

공개적으로 문제 삼고 싶지 않다는 마음이 얼굴에 역력히 드러나 있었다.

미네기시 선생이 거들먹거리는 태도로 말했다.

"규칙을 지키지 않고 항의한다는 것은 그야말로 규칙에서 벗어난 행동이라고 생각합니다만, 대체 학교의 입장은 뭡니까?"

"젊은 자네가 그렇게 말하는 것은 자네 나름의 정의감이겠지만……."

"정의감이든 뭐든 상관없지만, 그런 돼먹지 않은 짓에 눈을 감고 계시면서, 우리 교사들에게 학생들을 어떻게 지도하라는 건지 묻고 싶습니다."

"그걸로 됐지 않나?"

"무슨 말입니까, 그걸로 됐다니요?"

"자네는 규칙은 반드시 지켜야 한다고 했으니, 그 생각을 학생들에게 심어 주면 된다, 그 말일세. 그것이 지도 아닌가?"

"호시노 같은 학생의 행동을 인정하신다는 겁니까?"

"인정하고 안 하고의 문제가 아니야. 어디까지나 애정을 갖고 지도해야 한다는 말일세."

"주제에서 빗나가는 것 같지만, 말뿐인 교육은 요즘 아이들한테 통하지 않습니다. 요즘 아이들이나 젊은이들을 만사에 흥미와 의욕이 없는 세대라고들 하지요. 안타깝게도 우리 젊은 교사들도 그 세대입니다. 뭐, 말하자면 남의 일 따위 어떻든 상관없다는 태도예요. 그것이 모든 악의 근원이겠죠."

'무슨 말을 하려는 거지?'

구즈하라 준은 그 젊은 선생의 얼굴을 보았다.

"그것을 깨부술 수 있는 것은 열정뿐입니다. 학생들과 진지하게 온몸으로 부딪치는 수밖에 없어요. 그런데 학교 방침이 애매하다면, 우리가 무슨 수로 교육을 합니까?"

구즈하라 준은 맥이 빠졌다. 추상적이고 엉성한 논리라서 너무나 유아적이라는 느낌이었다.

정해진 방침이 없으면 아무것도 못한다는 말도, 태도에서 느껴지는 단호함과는 반대로 영 미덥지 못했다.

교장 선생이 말했다.

"미네기시 선생의 열정은 매우 중요합니다. 부디 그 점을 발전시켜 주세요. 무슨 일이든 자각이 중요합니다. 문제는 자각이 없는 데서 생기지요. 선생한테 기대가 커요."

교장 선생은 미네기시 선생을 격려할 셈이리라.

"의견 있습니다."

구즈하라 준이 손을 들었다.

"미네기시 선생님, 호시노 학생의 말을 들어 보는 데 그 열정을 쏟을 수는 없습니까?"

"네? 무슨 말씀이신지?"

"선생님이 열정을 강조하시니까, 문득 그런 생각이 들었어요. 저는 호시노 학생의 가족을 만나 여러 가지 재미있는 이야기를 듣고, 많은 것을 배웠어요. 저는 아직 신참 교사라 이건 단순한 저의 감상일 뿐이지만, 학생을 지도하는 일이 우선시된다면 그 아이의 인간성은 거의 알지 못하는 것이 아닐까 하는……."

교감 선생은 벌레 씹은 얼굴을 했다. 교장 선생의 볼이 씰룩씰룩 움직였다.

교감 선생이 말했다.

"선생, 그런 말투는 실례 아니오?"

"그런가요? 단순한 저의 감상이니까 부디 마음에 담아 두지 마십시오."

모리 선생이 손을 들었다.

"구즈하라 선생에게 질문이 있습니다."

구즈하라 준은 온화하게 말했다.

"네, 하시죠."

"호시노의 담임은 다나카 선생일 텐데요?"

"그렇죠."

"무슨 관계죠? 선생이 왜 호시노의 집을 찾아간 겁니까? 월권이에요!"

"그렇습니까?"

" '그렇습니까' 라니!"

화가 치민 듯한 말투였다.

"당신은 임시 교사라 아무것도 모르나 본데, 그게 바로 학교 질서를 파괴하는 월권 행위라는 걸 알아야지."

한순간 교무실에 어색한 공기가 흘렀다.

구즈하라 준은 순순히 말했다.

"잘 알았습니다."

다들 허를 찔린 듯한 얼굴로 그를 바라보았다.

"여러분께 여쭤 볼 것이 있습니다. 아니, 가르쳐 주십시오."

구즈하라 준이 조용히 말했다.

"학생이 '짧은 머리가 싫다, 그건 내 자유다.' 라고 하면, '안 돼, 가서 깎고 와.' 라고 말해야 합니까?"

구즈하라 준의 말뜻을 이해하지 못한 선생들이 서로 얼굴을 마주 보았다.

"모리 선생님, 말씀해 주십시오."

모리 선생이 내뱉듯이 말했다.

"지도를 해야지, 지도를."

"어떤 식으로요?"

"장발이나 난잡한 옷차림에서 비행이 비롯되는 거라는 말도 할 수 있는 것 아니오."

"'내 자유다.'라는 학생의 주장에 대해서는 아무 말씀도 안 해 주셨는데요?"

"거기에 대답할 필요는 없을 텐데요."

"어째서죠?"

"학생들한테 자유를 무제한으로 줄 수는 없잖소."

"그럼 어느 정도로 제한해야 된다고 생각하십니까?"

"그런 것까지 일일이 대답해야 합니까?"

"이상하군요. 인간의 자유를 제한하는 것은 아주 중대한 일이니 반드시 상당한 이유가 있어야 하지 않을까요? 상당한 이유라는 것은 모든 학생이 납득할 수 있는 이유여야 한다고 생각합니다만."

교장 선생이 끼어들었다.

"구즈하라 선생, 나는 선생이 무슨 말을 하고 싶어 하는지 잘 모르겠군요."

"그렇습니까? 죄송합니다."

구즈하라 준은 온순하게 말했다.

"짧은 상고머리에 반대하는 학생이 한 명이라도 있다면, 그 문제를 교사들이 서로 의논해 보았으면 합니다. 짧은 상고머리가 과연 옳으냐 그르냐 하는 것은 물론이고, 거기에 반대하는 학생들의 의견까지 모두 포함해서 말입니다."

"규칙이란 게 그런 것일까요, 구즈하라 선생?"

"네. 그랬으면 합니다."

"이상적으로는 그렇겠죠. 하지만 인간 생활의 가장 효율적인 지혜를 규칙이라고 생각한다면, 어릴 때부터 규칙을 지키는 습관을 들여야 합니다."

"일반론으로서는 그런 견해도 가능하겠지만, 짧은 상고머리에도 과연 그런 견해를 적용할 수 있을까요?"

"나는 그렇다고 생각합니다만."

"그래요? 하지만 짧은 상고머리는 규칙이 아니잖습니까?"

"맞아요, 규칙은 아닙니다. 학교 재량이죠. 더 나은 생활 태도란 무엇인가라고 했을 때, 짧은 상고머리도 그중 하나라는 학생들의 자주적인 판단을 바탕으로 결정한 것입니다."

"말씀 잘 들었습니다. 세상 사람들이나 학생들이 그 부분을 꽤 오해하고 있군요. 강제적인 규칙이라고 말입니다."

"지도는 하지만 강제하지는 않아요. 구즈하라 선생, 선생은 신임이라 잘 모르겠지만, 원래가 그런 거예요. 그렇게 이해하세요."

"잘 알겠습니다. 아무래도 각 가정에 배포한 안내문, 그러니까 가정의 협력을 구하는 생활 지도 안내문에 장발은 인정되지 않는다거나 어떤 머리 모양은 금지되어 있다는 표현이 그 오해의 바탕인 듯싶군요. 회의를 거쳐 수정하는 방향으로 생각해 볼 수는 없습니까?"

교장 선생이 무슨 말을 하기 전에, 중년의 여선생이 손을 들었다.

"야마와키 선생님, 말씀하시죠."

야마와키 선생이 일어섰다.

"구즈하라 선생님의 말씀도 이해는 하겠지만, 중학생의 짧은 상고머리에 무슨 거창한 이유가 있을까요?"

구즈하라 준은 조금 당황했다.

"이유 말입니까?"

맥빠진 듯 대꾸했다.

"심신을 청결히 하고 공부에 힘쓰자는 데에는 아무도 반대하지 않을 거예요."

"네."

구즈하라 준은 마지못해 대답했다.

이 정도 수준의 사고방식으로 날마다 학생들을 대하고 있는 걸까?

구즈하라 준은 문득 미즈타니 레이코의 얼굴을 떠올렸다.

"미네기시 선생님의 성실함에 찬물을 끼얹는 듯한 발언은 좀 그렇다고 생각합니다."

와카야먀 선생은 그렇게 말하고 자리에 앉았다.

역시 그 말이 하고 싶었군, 하고 구즈하라 준은 생각했다.

"점수 따고 있군."

구즈하라 준과 비스듬히 마주 보고 앉아 있던 요네다 선생이 비아냥거리듯이 말했다.

"조금 걸리는 게 있는데……."

불만스럽게 중얼거리며 모리 선생이 다시 손을 들었다.

"구즈하라 선생은 생활 지도 안내문을 수정하자고 했지만, 그건 교직원 회의에서 충분한 토의를 거쳐 교장 선생님이 승인한 내용이에요. 이제 와서 한 교사의 요청으로 어떻게 할 수 있는 게 아니란 말입니다. 교장 선생님, 안 그렇습니까?"

"으음."

교장 선생은 못마땅한 표정이었다.

교감 선생이 말했다.

"저도 모리 선생의 의견에 찬성입니다. 구즈하라 선생, 선생의 말은 조금 당돌하군요. 좀 더 시간을 두고 학교에 대해서 알아 나가기 바랍니다. 선생도 학교가 혼란스러워지는 것을 바라지는 않겠죠?"

다소 과격한 어조로 구즈하라 준이 말했다.

"하나 묻겠는데요, 그 안내문은 충분히 토의를 거쳐 모든 항목을 인정하고 모든 선생님의 찬성을 얻은 뒤에 배포되었습니까?"

교감 선생은 빠른 말씨로 그렇게 대답했다.

"토의니까 그야 찬성도 있고 얼마간 반대 의견도 있지요. 그런 의견들을 하나로 집약하는 것이 민주주의 아닙니까? 안 그러면 학교는 성립될 수 없어요."

"그렇군요. 그러니까 마치 규칙인 듯 보이는 것으로 학생들을 얽어매는 것에 반대하는 선생님도 있다는 말씀이군요."

"구즈하라 선생님."

한 선생이 말했다. 서른을 갓 넘긴, 시다라는 선생이었다.

"구즈하라 선생님. 학교의 관리 체제에 관한 지식은 있으신지요?"

"아뇨. 표면적인 사항 이외에는 모릅니다."

"학교는 교육 위원회의 지도랄까, 관리를 받고 있습니다."

"네에."

"교육이 부당한 지배를 받지 않고 공정한 민의에 의해 이루어지도록 법적으로는 보장되어 있지만, 교육 위원 선출이 임명제로 바뀐 뒤로는 그때 그때 정치권력의 뜻에 따라 관리나 지도를 받고 있습니다."

"네에, 그렇군요."

구즈하라 준도 그 정도 지식은 있었지만, 장단을 맞춰 주며 이야기를 재촉했다.

교장 선생은 한결 떨떠름한 표정이었고, 교감 선생은 당황해서 뭔가 말하려다 그만두었다.

"예를 들어 우리가 아무리 민주적인 토론을 통해 어떤 결론을 이끌어 냈다 하더라도 그것이 교육 위원회의 뜻에 어긋날 경우, 결정권은 교직원 회의가 아니라 교장에게 있기 때문에 유야무야되는 경우가 있는 거예요."

교감 선생이 소리쳤다.

"선생, 그건 정치적 발언이오!"

시다 선생은 다소 공격적으로 대꾸했다.

"저는 설명하고 있을 뿐입니다."

"학생 지도의 대전제는 중학생은 중학생답게 규율, 규범에 따라야 한다는 것이므로, 아무리 다양한 의견을 내놓아도 그 전제에 어긋나면 결국 거부당하거나 흐지부지해져 버리죠."

구즈하라 준이 태연스럽게 말했다.

"모든 선생님들 앞에서 그런 말씀을 해 주시다니, 시다 선생님은 매우 용기 있는 분 같군요."

시다 선생은 쓴웃음을 지었다.

"흐음, 글쎄요?"

"설사 상황이 이렇더라도 학생들의 목소리에 귀 기울이고, 학생들이 배우고 변화할 수 있는, 아, 우리 반 아이들이 바라는 것이 바로 '배우고 변화' 할 수 있는 세상인데, 그러기 위한 방법이나 방향을 모든 선생님이 함께 생각해 볼 수는 있지 않을까요?"

"그렇게 생각하십니까?"

"그렇게 생각하지 않으면 교사는 패배주의에 빠져 버릴 겁니다."

"패배주의에 빠진 교사는 이미 너무 많아요."

"그것도 아이들에게는 불행이죠."

"그럴지도 모르죠."

"현상을 조금씩 바꿔 나가는 것이 전혀 불가능하지는 않다고 생각하는데요."

"저는 구즈하라 선생님만큼 낙천적이질 못합니다, 안타깝게도."

"그렇게 생각하는 가장 큰 이유는 뭐죠?"

"인간이니까요."

"인간이요?"

"교사라는 인간 말입니다."

"무슨 뜻인지?"

"권력에도 물욕에도 너무 약하거든요."

"그게 어디 교사뿐이겠습니까?"

"교사만이 성인으로 남아 있을 수는 없겠지만, 욕망에만 너무 치우치면 아이들이 불행해진다는 생각은 교사에게 필요하겠죠."

"물론이죠. 그런 생각도 없습니까?"

"없는 선생님이 많아요."

참다못한 교감 선생이 말했다.

"그런 얘기는 둘이서 따로 하시죠."

"맞습니다. 여기는 조합이 아니오."

모리 선생의 목소리가 들렸다.

"맞아. 혼자 정의로운 척하지 말라고." 하고 노골적으로 말하는 교사도 있었다.

그러자 다른 한편에서 "언론 탄압이야, 언론 탄압."이라는 비난이 일었다.

아예 관심을 끊고 장부를 펼쳐 뭔가를 계속 쓰고 있는 교사, 시험 점수를 매기느라 여념이 없는 교사도 있었다.

구즈하라 준이 둘러보니, 3분의 1은 '무관심파'라고 보아야 할 듯했다.

"이야기를 처음으로 돌려도 괜찮겠습니까?"

3학년 주임인 스에마쓰 선생이 말했다.

마침 잘됐다는 듯이 교감 선생이 말했다.

"그러시죠."

"호시노를 이대로 둬도 괜찮을까요, 다나카 선생님?"

"글쎄요."

다나카 선생은 나이가 꽤 지긋했다.

"여전히 머리를 기르고 있으니까요. 학교로서도 마냥 내버려 둘 수는 없으니……, 뭔가 조치를 취해야 한다고는 생각합니다만."

"고교 진학에도 지장이 생길 테고요."

"그렇죠. 생활 기록부에도 반영이 되니까요."

교장이 끼어들었다.

"당사자에게 그 점을 충분히 설명했습니까?"

"네, 설명했습니다."

구즈하라 준이 손을 들었다.

교감 선생은 노골적으로 언짢은 얼굴을 했다.

"머리를 길러도 상관없다는 발상은 할 수 없는 겁니까?"

"의제 이외의 발언은 삼가 주게."

"아니, 그러니까 발상의 전환은 매우 중요합니다. 금지 사항이 있으니까 문제가 생기는 거예요. 한번 학생들을 믿고 금지 사항을 모두 없애 버립시다."

구즈하라 준은 끈기 있게 말했다.

"무책임한 말 마세요."

"무책임한 말이 아닙니다. 제가 이렇게 말하는 데는 근거가 있습니다. 우리 반 아이들이 말하더군요. 규칙을 지켜야 하는 것도 싫지만, 이렇게 사소한 것까지 지도해야 할 만큼 선생님들이 우리를 믿지 못한다고 생각하면 암담한 기분이 든다고요. 교사가 곰곰이 곱씹어 봐야 할 말이라고 생각하는데, 여러분 생각은 어떻습니까?"

"……."

"학생들은 심지가 깊습니다."

"그렇다면 교사의 주체성은 어떻게 되는 거요?"

자리에 앉은 채 모리 선생이 호통 치듯 말했다.

모리 선생은 구즈하라 준에게 깊은 반감을 갖고 있는 듯했다.

"교사의 주체성이라니, 무슨 말씀이십니까?"

"교사의 신념과 교육 이념 말이오. 학생들에게 알랑거리는 짓은 위선이야. 우리 학교에도 그런 선생이 몇몇 있지만 말이오."

시다 선생이 끼어들었다.

"선생님, 말씀이 지나치십니다. 그렇게 주관적으로 함부로 말하지 마세요."

"주관적인 생각이 아닐세. 증거도 있어."

"증거요?"

"학생에게 헌법이나 교육 기본법을 가르치는 선생이 있다는 말이오."

"학생에게 헌법이나 교육 기본법을 가르치는 것이 뭐가 나쁩니까? 바람직한 거 아닙니까?"

"편리한 부분만 따와서 궤변을 늘어놓는 게 나쁘다는 얘기요."

"그게 무슨 말이죠? 좀 더 구체적으로 말해 주십시오."

"구즈하라 선생한테 물어보시오."

구즈하라 준은 일어나지 않았다.

설명해 봤자 이 자리에서는 미즈타니 레이코의 참뜻을 전달할 수 없다고 생각했다. 전달은커녕 미즈타니 레이코의 발언이 모욕당할 것 같은 기분이 들었다.

젊은 오가와 선생이 말했다.

"저는 구즈하라 선생님이 말씀하신, 학생들에게 온전한 자유를 주는 일은 망설여집니다. 아니, 반대합니다. 학생들은 미숙하고 아직 완성되어 있지 않습니다."

오가와 선생은 눈을 내리깔고서 구즈하라 준을 보았다.

구즈하라 준은 오가와 선생에게 기탄없이 말해 보라는 뜻으로 말했다.

"오가와 선생, 계속 말씀해 보세요."

"중학생들은 아직 자신을 완전히 통제할 수 없는 나이이므로, 적당한 틀을 정해 주고 그 안에서는 얼마든지 자유롭게 행동할 수 있도록 하는 것이 이상적이지 않을까요? 그 적당한 틀이 바로 규칙이라고 생각합니다. 구즈하라 선생님께는 죄송하지만."

오가와 선생은 역시 눈을 제대로 들지 못한 채 구즈하라 준을 보았다.

구즈하라 준은 웃으며 재촉했다.

"오가와 선생님, 계속 말씀해 보세요."

"구즈하라 선생님 반 아이들은 발표력은 좋지만, 저는 무질서하다는 느낌을 받습니다. 그래서 저는 구즈하라 선생님의 말씀이 옳다고는 생각할 수 없습니다. 죄송합니다."

오가와 선생은 이마에 땀을 흘리고 있었다. 사람은 좋은 듯했다.

오가와 선생과 동년배인 교사가 손을 들었다.

"시게노부 선생, 말씀하세요."

교감 선생이 발언을 허락하자, 시게노부 선생이 일어섰다.

"나는 그렇게 생각하지 않아요. 오가와 선생은 좀 전에 자유를 준다는 식으로 말했는데, 자유는 모든 인간 속에 있는 것이지 누가 주거나 허용할 수 있는 것이 아니라고 생각해요. 어떤 책에서 읽었는데, 자유에는 이를테면 사람을 죽일 자유도 있……."

오가와 선생이 고개를 갸웃거렸다.

"자, 끝까지 들어 보세요. 사람을 죽일 자유도 있지만, 진정한 자유의 의미를 이해하고 있는 자는 결코 살인 따위는 하지 않는다고요."

구즈하라 준은 시게노부 선생의 얼굴을 새삼스레 보았다.

"굉장한 말이라고 생각했어요. 참으로 많은 생각을 떠올리게 하는 함축적인 말이에요. 사람들은 살인할 자유가 어디 있느냐, 사람을 차별할 자유가 어디 있느냐고들 하죠. 폭력, 비행, 등교 거부 모두 마찬가지예요. 그런데 아무한테도 그럴 자유는 없다, 이렇게 단정적인 생각이 점점 확대되어 우리는 언제부턴가 학생들의 자유를 빼앗는 쪽에 서 있는 것이 아닐까요?"

오가와 선생의 낯빛이 조금 창백해졌다.

"나도 사람을 죽일지 모릅니다. 나도 남을 차별할지 몰라요. 비행이나 등교 거부도 이처럼 자신의 문제로 생각해 보면, 진정한 자유의 의미를 안다는 것이 어떤 것인가 하는 문제나, 일방적으로 이래야 한다 저래야 한다고 혀끝으로만 학생들을 깨우쳐도 되는가 하는 문제들이 당연히 제기된다고 생각합니다."

몇몇 선생님이 시게노부 선생을 응시하고 있었다.

"나는 아직 교사가 된 지 얼마 되지 않았지만, 교사라는 직업에는 인간을 성직자로 만들어 버리는 마약과 같은 구석이 잠재해 있다는 생각을 지울 수가 없습니다. 이것이 저의 솔직한 심정입니다."

나의 고백이라고 생각하고 들어 주세요, 하고 시게노부 선생은 말을 이었다.

"자유나 평화를 입에 올리면서 수십 명이나 되는 학생들 앞에 섰을 때의 은밀한 우월감, 인간으로서 이런 행동은 옳지 않다고 학생들을 타이를 때의 숨기기 힘든 우쭐함, 그것은 모든 인간의 약점이라고 생각합니다."

시게노부 선생은 손수건을 꺼내 입 언저리를 닦았다.

"이런 말이 기분 나쁘게 들리시겠지만, 나는 교사가 된 뒤로 교사라는 직업에 조금은 절망하고 있습니다."

채점이나 서류 정리 등을 하던 교사들이 손을 멈추고 시게노부 선생을 보았다.

"윗사람 지시에는 그저 따르는 게 최고라는 식의 무사 안일주의에 빠진 교사도 있습니다. 젊은 나이에 출세 지향주의에 빠진 교사도 있지요. 자동차나 집, 해외여행밖에 흥미가 없는 듯한 선생님도 있습니다. 요즘 교사들 문제 있다고 생각하며 나를 되돌아보면, 나는 차도 있고 해외여행도 뻔질나게 다니고 있습니다. 구즈하라 선생님이 말씀하신 생활 지도 안내문 문제도 그래요. 입으로는 그런 세세한 규칙은 필요 없다고 말하면서도 다수결 원칙에 따라 내 의지와 반대되는 결과가 나와도 어쩔 수 없는 일이라며 학생들에게 그 안내문을 나눠 주는 교사가 바로 나예요. 다른 교사에게 절망할 자격 따위 나한테는 없습니다."

시게노부 선생은 또 입 언저리를 닦았다.

"사실 누구에게도 교사의 자격은 없습니다. 남에게 뭔가를 가르칠 자격, 그런 거 없어요. 하지만 교사는 필요합니다. 나는 계속해서 아이들을 가르치겠죠."

웬일인지 교장 선생이 큰 헛기침을 한두 번 했다.

"나의 유일한 양심이라면, 나는 학생들보다 한 단계 위에 서 있는 사람이니까 명령을 해도 된다는 우쭐한 생각만은 갖지 말자는 소극적인 것뿐입니다."

그렇게 말하고 시게노부 선생은 천천히 자리에 앉았다가 다시 벌떡 일어나서 말했다.

"구즈하라 선생님 반 학생들에게 헌법과 교육 기본법을 잘 읽어 보라고 한 사람은 접니다."

3학년 C반 국어 수업이었다.

"교과서 47쪽이지? 미리 읽어 온 사람 있나?"

구즈하라 준이 묻자, 대부분의 아이들이 손을 들었다.

"몇 사람은 아직 읽지 못한 것 같으니까, 그 사람들은 조용히 읽도록. 나머지는 가와이 마사오 씨의 글을 잘 들어 봐. 또 다른 느낌을 받을 수도 있으니까. 누가 한 번 읽어 볼까?"

아이들의 손이 올라갔다.

몸을 앞으로 쭉 내밀고 손을 들고 있던 아리마 고타가 맨 먼저 읽었다.

"인간은 문화를 가진 동물이라고들 한다. 분명 문화는 인류 사회의 특징이며 문화 없는 인류 사회는 생각할 수도 없다. 그러나 동물에게 문화 현상이 전혀 없다고 단언할 수 있을까? 이 문제에 명확한 해답을 내린 것은 일본의 영장류 학자였다.

아라시야마나 고시마의 일본원숭이는 새 알을 훔쳐 먹는다. 그러나 다카사키야마나 쇼도시마의 원숭이들은 새 알을 먹지 않는다. 새 알을 주면, 아예 무시하거나 슬쩍 건드려 볼 뿐이다."

"음, 거기까지. 다음은 시미즈가 읽어 볼까?"

시미즈 게이코가 일어났다.

"고지마의 원숭이는 사철나무 열매를 먹지만, 야쿠지마 서북 해안의 벼랑에서 사는 원숭이는 먹지 않는다."

세 번째는 이즈쓰 준이치였다.

"우리나라 사람은 해삼을 먹지만 유럽 사람들은 먹지 않는다. 이 현상을 음식 문화의 차이라고 말하면, 아무도 이상하게 생각하지 않는다. 더 나아가 밥 문화권, 빵 문화권이라는 표현까지 있다. 이렇게 볼 때, 앞의 예를 일본원숭이의 음식 문화의 차이라고 하면 왜 안 되는가?"

"됐어. 그쯤에서 다음 사람에게 넘겨 줄까?"

구즈하라 준이 그렇게 말하자, 에비스 미키오가 손을 들고 항의했다.

"그렇게 짧게 끊어 읽으면 너무 산만해요, 선생님."

"아, 그런가?"

당장에 시모자와 도루가 끼어들었다.

"인마, 선생님은 되도록 많은 애들이 읽을 수 있도록 배려하시는 거야. 눈치 좀 있어라."

"아니야. 미키오의 말도 맞아. 그럼 이제부터는 조금 길게 읽도록 하자."

미소노 에쓰코가 네 번째로 읽었다.

"문화란 학습에 의해 사회적으로 전승되는 생활양식이라고 정의된다. 새 알을 먹는 행동은 옛날 한 원숭이로부터 비롯되었을 것이다. 그리고 그 행동이 점점 다른 원숭이한테 퍼져 무리의 식습관으로 정착되었다. 그 식습관은 세대를 넘어 사회적으로 전승되면서 무리의 식생활로 일반화되었다. 반대로 쇼도시마의 원숭이 무리에서는 '새 알을 먹지 않는' 식습관이 정착되어 있는 것이다. 이 현상을 문화의 한 양식이라고 해석한 것은 대단한 발견이었다. 이보다 더 중요한 것은 문화를 인간 고유의 현상이라고 한정했던 과거의 사고방식에서 벗어나 동물과 인류 공통의 차원에서 파악할 수 있게 됨으로써 원숭이에서 인간으로 진화된 과정을 생각하는 데 큰 공헌을 했다."

구즈하라 준은 학생들의 책 읽는 소리를 들으면서 이 반은 발표력은 좋지만 무질서하다는, 어제 오가와 선생이 교직원 회의에서 했던 말을 떠올리고 있었다.

이것은 교과서를 사용한 일상적인 수업이다. 교과서 읽기는 아마 어느 교실에서나 이루어지고 있으리라.

구즈하라 준은 그렇게 생각했다.

교실을 둘러보니, 거의가 진지하게 수업을 받고 있는 것 같았다.

두세 명이 딴 곳을 보고 있었고, 두 명은 잡담을 나누고 있었다.

여전히 교과서를 펴지 않은 간바라 미치코를 셈에 넣더라도 이 정도면 딱히 한심한 수업 태도라고 할 수는 없으리라.

교과서 읽기가 대충 끝나자, 수업에 눈곱만큼도 관심이 없는 가지 요시오에게 구즈하라 준이 물었다.

"가지, 어때? 너는 이 글에 관심이 있나?"

"어우, 관심은 무슨."

가지 요시오가 어린아이가 응석을 부리듯이 말했다.

"네 감상을 듣고 싶은데?"

"이 따위······."

구즈하라 준은 가지 요시오를 똑바로 쳐다보았다.

"툭하면 한자를 쓰라거나 뭐라는지 도통 못 알아들을 말만 잔뜩 하고는 어느 하나에다 투표를 하라는 둥 하는 거, 재미없어요."

"흐음, 그렇군. 그래서 너는 덮어놓고 수업을 거부하는 거냐?"

"재미없는 건 재미없는 거니까요."

"그건 그렇지. 누구든 재미없는 건 재미없는 거니까."

구즈하라 준은 장단을 맞춰 주었다.

"그럼, 이 글은 어떠냐? 같은 저자의 글이다. 모두에게 소개해 주고 싶어서 갖고 왔는데, 일단 너한테 먼저 선물하마."

구즈하라 준은 책 한 권을 꺼냈다.

"《학문의 모험》이라는 가와이 마사오 씨의 새 책이다. 제목에 '학문'이라는 말이 있긴 하지만, 일단 한 번 들어 봐. '산 속의 두목'이라는 부분을 읽을 거니까."

구즈하라 준은 책을 읽기 시작했다.

"두목이라는 말은 이제 죽은 말이 되어 버린 것일까? 아니면 '짱'과 같은 운치 없고 시시한 말에 밀려나 버린 것일까. 나는 두목이라는 말이 더없이 그립다. 옛날 어른들은 흔히 '망나니'라는 말로 아이들을 나무라곤 했다. '망나니'라는 말 속에는 '손쓸 도리 없는 장난꾸러기'를 꾸짖는 동시에 아이들의 천진난만한 자유로운 세계를 인정하는 관대함과 어른들의 따뜻한 눈길이 있었다. 아이들은 자유를 구속하는 어른에 대항하여 패거리를 만들고 분방한 놀이 속에서 자유를 구가했다."

"선생님."

"뭐냐?"

"분방은 뭐고, 구가는 뭐예요?"

구즈하라 준은 가지 요시오를 보고 싱긋 웃었다.

"분방이란 규율이나 틀을 무시하고 제멋대로 행동하는 것을 말한다. 구가란 소리 내어 칭송하고 노래하는 것이지. 자, 그럼, 계속 읽으마. '두목은 자유로운 어린이 세계의 두령이다.'"

"두령은 뭐예요?"

또 물었다.

"우두머리, 두목을 말하지. 산적 두령이란 말, 하잖아."

"아, 그거요?"

가지 요시오도 고개를 끄덕였다.

"계속하마. '쨩' 하고는 비교도 할 수 없다. 두목은 전제 군주적인 면만 부각되어, 요즘은 그 존재 자체가 용납되지 않는다. 물론 자기가 원하는 것을 빼앗거나 자기 마음에 들지 않는 녀석을 괴롭히는, 만행도······.'"

가지 요시오는 "만행은······." 하고 또 물으려다가, 도중에 "아녜요. 그냥, 됐어요." 하고 황급히 손을 내저었다.

어렴풋이 이해한 듯했다.

"'그 때문에 아이들은 두목에게 마음에도 없는 아부를 하거나 알랑거리거나 거짓말을 하기도 하고 때로는 상대가 안 되는 줄 알면서도 기세 좋게 덤볐다가 얻어터지기도 한다.'"

누군가가 킥킥 웃었다.

경험이 있는 아이였으리라.

"'생각해 보면, 이것은 나쁜 일이라고 무조건 비난할 일이 아니라, 누구든 사회에 나가면 맞닥뜨릴 수밖에 없는 '불쾌한 일'을 돌파하기 위한 훌륭한 예행 연습이 아닐까? 세상의 불쾌한 일과 그 해결책을 직접적으로 가르쳐 주는 것은 학교도 가정도 아니다. 어린이는 어린이 나름의 고통과 번뇌를 체험하며 시련을 헤치고 나아갈 필요가 있다. 그것을 경험하게 해 주는 가장 좋은 교사는 다름 아닌 두목과 그 패거리라고 나는 생각한다.'"

구즈하라 준은 거기서 잠깐 한숨을 돌렸다.

"이 글을 쓴 가와이 마사오 씨는 두목에게 많은 것을 배웠고, 자신도 역시 두목이었다는구나."

"뭐, 그랬겠죠."

시모자와 도루는 이렇게 말했고, 다른 아이들도 대개 고개를 끄덕였다.

"그런데 이 두목은 몸도 약하고 공부도 못하는, 말하자면 지진아였다고 한다."

"무슨 말이에요?"

"그럴 수도 있어요?"

이런 질문이 나왔다.

"계속 읽을 테니까 들어 봐. '나도 어린 시절 두목에게 놀이를 배웠다. 물놀이를 갈 때도 두목이 무리를 이끌었다. 두목이 함께 있는 한 물에 빠져 죽는 사고는 생기지 않았다. 힘만 세다고 두목이 될 수 있는 것은 아니었다. 삶의 지혜를 잘 아는 것이 중요한 조건이었다. 위험을 무릅써야 할 때를 아는 것, 또 위험을 교묘하게 피할 줄 아는 것도 두목의 특기였다.'"

아이들은 귀 기울여 듣고 있었다. 이번에는 한 사람도 빠짐없이.

시간은 금세 흘러갔다.

읽기가 끝나고, 구즈하라 준이 가지 요시오에게 물었다.

"어떠냐?"

가지 요시오는 씩 웃고는 열없이 머리를 긁적였다.

음 하고 구즈하라 준은 연방 고개를 끄덕였다.

구즈하라 준이 반 아이들에게 물었다.

"가장 공감이 가는 부분이 어디였냐?"

"너무 많아요, 이 글은."

시모자와 도루가 말했다.

고개를 끄덕이는 아이들이 많았다.

"선생님."

에비스 미키오가 손을 들었다.

"인간이 진심으로 뭔가를 하고자 할 때, 과거에 즐거웠던 추억을 많이 갖고 있는 것은……, 어, 그 다음이 뭐였더라……."

"고난을 극복하기 위한 에너지의 근원이 된다."

시모자와 도루가 도와주었다.

"응. 그 말, 멋졌어요. 부모님이랑 선생님들한테도 읽어 주고 싶어요."

구즈하라 준은 쓴웃음을 지었다.

"선생님."

"음, 아다치, 말해 봐."

"이 사람이 가장 하고 싶었던 말은 자연의 소중함이에요."
"음, 그래."
"이 사람은 어릴 때 부모님한테 공부하라는 소리를 듣지 않았기 때문에, 어린 시절 자연 속에서 마음껏 놀면서 자랄 수 있었다고 했어요. 그래서 부모님께 감사한다고요. 자기 고향의 풍토와 풍요로운 자연이 고맙다고도 했고요. 그런데 우리에게는 두 가지 다 없는 거나 마찬가지잖아요. 공해에 찌든 도시에서 이해심이라곤 없는 부모 밑에서 자라니까."
"어이, 아다치, 제법인데?"
웃음바다가 되었다.
"웃을 일이 아냐, 이건."
역시 웃으면서 구즈하라 준이 말했다.
"그런데 나는 좀 전에 가지와 대화하면서 중요한 점을 깨달았다."
아이들이 구즈하라 준의 얼굴을 쳐다보았다.
"가와이 마사오 씨의 글은 아주 재미있는데도 교과서에 실렸다는 사실만으로 너희가 거부감을 느낀다는 거야."
"선생님."
니시 분페이가 손을 들었다.
"그건 어쩔 수 없는 일이라고 생각해요."
"어째서지? 설명해 주겠나?"
"교과서에 실린 글은 재미나 감동을 주기 위한 것이 아니라고 다들 생각하고 있으니까요."

"그게 아니라면?"

"점수를 얻기 위한 재료죠."

"흐음."

"그것은 우리가 나빠서가 아니에요. 그런 식으로밖에 다루지 않아요, 학교에선."

"흐음, 그렇군."

니시 분페이가 물었다.

"혹시 누구, 참고서 있어? 우리 학교 교과서 걸로."

이내 미즈타니 레이코가 참고서 한 권을 니시 분페이에게 건넸다.

"좀 전에 우리가 읽었던 짧은 글로 이렇게 많은 문제를 만들어 놨어요."

책장을 넘겨 구즈하라 준에게 보였다.

"어디 보자."

그는 재빨리 눈으로 훑었다.

"영장류, 해석, 자원, 공헌을 한자로 고쳐 쓰시오. '그러나' '그리고' '분명히'로 빈 칸을 채우시오. '문화'의 의미를 글 속에서 찾으시오. 여기서 말하는 '이 문제'란 어떤 문제인가……. 흐음."

"선생님, 그 정도로 충분해요. 문제는 대충 그런 식이에요."

"정말 그렇구나."

스즈키 다이스케가 말했다.

"선생님, 학교에서 안 잘려요? 그런 걸 보고 '정말 그렇구나.' 하고 말하면?"

아주 느긋한 말투였기 때문에 오히려 유쾌하게 느껴졌다. 몇몇 아이들이 웃었다.

"같은 글을 읽어도 머릿속에 이런 문제가 끊임없이 떠오른다면, 가지 말대로 정말 재미없겠구나."

이다카 마사토가 말했다.

"그게 냉엄한 현실이에요."

"그래, 입시 제도 때문이지. 그런 냉엄한 현실은 이해하지만 일단은, 아니 '우선은'이라고 해야 할까? 현실을 잊고, 마음을 비우고 글을 읽어 봐. 자신의 즐거움을 위해서 말이야. 좀 전에 가지와 내 대화에서도 알 수 있듯이, 글을 이해하려다 보면 모르는 게 생기게 마련이야. 그때 누구한테 묻거나 사전이나 책을 찾아보는 습관을 들이면, 이런 식의 시험 문제쯤은 절반 아니라 절반 이상도 자연스럽게 맞힐 수 있을지 몰라."

"흐음, 그런가?" 하고 야마다 미키오가 중얼거렸다.

"안 그러면 너희만 손해야."

몇몇 아이들이 고개를 끄덕였다.

"뭔가를 이해하기 위해서는 반복 연습이 반드시 필요한 경우도 있어. 읽기나 쓰기처럼 말이야. 예를 들어 한자를 술술 쓸 수 있게 되려면 어느 정도 인내가 필요하지. 그 점은 분명히 각오해야 돼."

스즈키 다이스케가 특유의 억양으로 느릿느릿 말했다.

"선생님처럼 그렇게 말해 주면, 우리도 별로 반발하지 않을 텐데. 그저 경쟁이나 시키고, 점수 나쁘면 잔소리나 하고. 낱말 뜻 몇 개 모르면 어때요, 사전이 있는데?"

"그래, 그래, 그렇게 느긋한 마음으로 공부하면 돼."

구즈하라 준이 웃으며 말했다.

"내 친구 중에는 여태껏 '질서'를 한자로 쓸 줄 몰라 20년 동안이나 옥편을 찾아 쓰는 동화 작가도 있으니까."

다들 와하하 웃었다.

"그걸 가지고 놀리면, '그러니까 동화 작가가 됐지!' 하고 큰소리를 친다니까."

"걸작이다."

"대단한 인물이야."

그런 소리가 들렸다.

"그것도 재능이야."

시모자와 도루가 말했다.

"내 독단과 편견일지 모르지만, 내가 볼 때 시험에서 만점을 받는 것은 정상이 아닌 것 같아."

"왜요?"

누군가가 물었다.

"문제에 문제가 있는 경우도 종종 있고, 다른 식으로 해석할 수 있는 문제나 도저히 말이 안 되는 문제도 있거든. 참고서에 실린 문제만 해도 그래. 빈 칸에 접속사를 넣으라는 건 문장을 이해하는 데는 아무런 의미도 없어. 저자인 가와이 마사오 선생도 그 문제를 보면 무슨 짓을 하는 거냐고 화를 낼 거다."

학생들이 웃었다.

"만점을 받았다는 건 그런 이상한 문제들까지 죄다 맞혔다는 거니까, 그야말로 비정상 아닐까? 그러니까 점수가 나쁘다고 한탄하지 말고, 오히려 만점을 받으면 진지하게 고민해 보라고."

니시 분페이가 감탄한 듯 말했다.

"선생님, 정말 좋은 말씀이세요."

한 아이가 박수를 쳤고, 그 박수가 웃음소리와 함께 퍼졌다.

구즈하라 준이 한껏 으스대며 인사를 했다.

"고맙군."

아이들의 박수는 그에게 보내는 것이라기보다 만점에 대한 집착을 추방하자는 건배와 같은 의미였으리라.

"선생님, 가와이 마사오 씨의 책 《학문의 모험》, 그거 '특방'이에요?"

"으음, 아니. 그런 건 아니고."

구즈하라 준이 대답했다.

구즈하라 준이 준비해 오는 교과서 이외의 교재를 아이들은 언제부터인가 '특방'이라고 불렀다.

"가르치는 사람은 배우는 사람보다 더 많이 공부해야 한다는 말이 있다. 의미심장한 말이지만, 일단 나는 지금보다 좀 더 주위를 유심히 둘러보고 독서량도 늘려 교과서 수업 이외의, 뭐랄까 '특별 방송' 같은 수업을 되도록 많이 하도록 노력하겠다."

구즈하라 준은 학생들과 이런 약속을 했다.

그 뒤로 학생들은 구즈하라 준만의 독창적인 수업을 '특방'이라고 부르게 된 것이다.

"오늘은 국어 수업을 두 시간 이어서 하겠다. 다음 시간은 특방이다."

아이들이 와아 하고 환호성을 올렸다.

다음 시간, 책 한 권을 손에 들고 구즈하라 준이 말했다.

"이것은 이시자카 게이라는 사람의 만화다."

"야호!"

"만화로 수업을?"

"선생님, 진짜 멋쟁이다!"

저마다 한마디씩 했다.

"남자인지 여자인지 좀 헷갈릴 것 같지만, 이시자카 게이는 여성이다."

시모자와 도루가 말했다.

"나, 알아요. 《키스보다 간단해》라는 거 텔레비전에서 했잖아요. 재미있긴 한데 좀 야한 거라……."

오노 쇼키치가 싱글벙글하며 말했다.

"그런 거라면 대환영!"

"안타깝게도 그런 만화는 아니다."

오노 쇼키치는 대실망이었다.

"에이."

"좋아, 다음에는 야한 만화도 해 보지."

오노 쇼키치가 건방지게 말했다.

"암, 그렇게 나오셔야지."

"만화니까 소리 내어 읽는 건 좀 그렇겠지? 이시자카 게이 씨와 출판사에는 미안하지만 사람 수만큼 무단으로 복사해 왔다. 지금부터 나눠 줄 건데, 이러면 이시자카 게이 씨한테 미안하니까 만화가 재미있다고 생각하는 사람은 서점에서 사서 읽기 바란다. 이 책의 제목은 《무사태평족》이고 총 일곱 권 가운데 네 번째 책으로, 오늘 다룰 내용은 그중에서도 스물아홉 번째 이야기인 〈E.T. 그 이후〉이다."

구즈하라 준은 복사물을 아이들에게 나눠 주었다.

성급한 학생이 물었다.

"읽어 봐도 돼요?"

"물론."

아이들은 눈에 불을 켜고 만화를 읽고 있었다.

구즈하라 준은 속으로 생각했다.

'만화의 위력은 대단하구나.'

물론 한 사람도 빠짐없이 참가하고 있다. 반응도 다양했다.

뭔가 중얼거리기도 하고 킥킥거리기도 하고, 마지막에는 눈물을 글썽이는 아이도 있었다.

얼추 다 읽었다 싶어, 구즈하라 준이 말을 걸었다.

"어떠냐?"

"좋은……데요."

"재미있기만 한 게 아니라, 대단해요, 이거."

"이런 거, 왜 교과서에 안 실려요?"

"감탄했어요."

"이시자카 게이의 다른 만화도 꼭 읽고 싶어요."

"가슴에 팍 와 닿아요. 우리 집에도 치매에 걸린 할아버지가 있는데."

굉장한 반응이었다.

구즈하라 준은 쾌감을 느끼고, 절로 입이 벌어졌다.

"그럼, 수업으로 들어가, 너희의 첫인상을 심화시켜 보자. 토론에 들어가기 전에, 누가 줄거리를 요약해 볼까?"

몇몇이 손을 들었다.

"좋아, 다이스케."

구즈하라 준은 애정이 담긴 목소리로 스즈키 다이스케를 지명했다.

"다이스케, 할 거야?" "넌 말이 느리니까." 하는, 비난인지 칭찬인지 알 수 없는 말이 새어 나왔다.

스즈키 다이스케는 신경 쓰는 기색도 없이 느릿느릿 일어섰다.

"저, 그러니까 쓰네오라는 꼬마의 집에 E.T.가 나타났어요. 사실 E.T.는 늙어서 치매에 걸린 할아버지인데, 쓰네오는 외계인이라고 생각하고 친구가 되었어요……."

"좋아, 좋아. 아주 잘하고 있어."

누군가가 놀려 댔다.

스즈키 다이스케는 멋쩍게 코를 문질렀다.

"E.T.의 방을 엿보고, 그러니까 할아버지를 보고는, '에헤헤 있다, 있어.' 하고 좋아하거나 밥도 챙겨 주는 게 꼭 애완견 취급하는 것 같지만, 아무튼 둘은 아주 사이가 좋아요. 하지만 다른 가족들하고는 사이가 영 나쁜데, 입시 공부 중인 쓰네오의 형 쓰토무랑 E.T.의 치다꺼리를 해야 하는 엄마는 늘 신경질을 내고, 쓰네오의 아빠는 자기 아버지인 E.T.를 맡길 양로원을 찾고 있어요."

아이들은 감동을 되새기는 듯, 스즈키 다이스케의 말을 좇으며 복사물을 넘기고 있었다.

"그러다 보니, E.T.를 대하는 태도, 그러니까 할아버지를 대하는 태도는 쓰네오와 나머지 가족이 아주 달라요. 쓰네오는 '어, E.T.는 자기 똥을 먹네? 이상해.' 하고 생각하지만, 엄마는 거의 까무라칠 지경이죠. 냉장고에 든 음식을 닥치는 대로 먹어치우거나 장롱 속에 있는 것들을 죄다 끄집어 내도, 쓰네오는 '그래도 얼마나 열심이었는데, 그러니까 너무 뭐라고 하지 마.' 하고 E.T.를 감싸 줘요. 집에 친구를 데려와서 E.T.를 보여 주고 자랑하기도 하고요. 쓰네오는 E.T.한테 책을 읽어 주기도 해요. 어, 그 다음엔……."

스즈키 다이스케가 종이를 넘겼다.

"E.T.는 '으베베베베'나 '레루레루레루' 하고 외계인 말을 하는데, 쓰네오는 형 쓰토무에게 그 말을 통역해 주며 즐거워해요. 형은 화가 나서 '이게 무슨 외계인이냐? 그냥 늙은이지!' 하고 구박하면서 진짜 외계인은 하늘을 날 수 있다고 하자, 쓰네오는 정말로 E.T.를 베란다 밖으로 떨어뜨리려고 해요. 보다 못한 쓰네오의 부모님은 결국 E.T.를 양로원에 보내기로 해요. 그 말을 들은 쓰네오가 형 쓰토무한테 E.T.를 어디로 데려가느냐고 물으니까, 쓰토무는 외계인 연구소에 데려가서 해부한다고 거짓말을 하죠. 어, 그러니까……."

스즈키 다이스케는 무난하게 줄거리를 이어 나갔다.

"놀란 쓰네오는 자고 있던 E.T.를 깨워 밤거리로 달아나요. 둘은 넘어지고 미끄러지면서 부지런히 달려가는데, 여기서부터는 마치 꿈속 같은 공간이 나타나요. 서양식 건물이나 승합 마차가 있는 거리가 나타나기도 하고, 시냇물이 흐르고 물레방아가 돌아가는 농촌 마을이 나오기도 하고, 아름다운 꽃이 핀 넓은 들판 위를 날거나 배를 타고 호숫가 마을을 지나가기도 해요. 쓰네오가 E.T.한테 '여기, 너네 별이야? 야, 잘됐다. 여기, 참 좋다. 돌아와서 정말 다행이야.' 하고 진심으로 말해요. 나는 이 부분이 너무너무 좋았어요."

스즈키 다이스케는 자기 감상까지 곁들이며 말했다.

"음."

구즈하라 준도 고개를 끄덕였다.

"하지만 결국 E.T.는 숲 속에서 숨을 거둬요. 그리고 이야기는 다시 현실로 돌아와요. 죽은 E.T., 그러니까 할아버지의 사진이 먼저 가신 할머니의 사진과 나란히 세워져 있어요. 쓰네오는 유치원인지 유아원인지, 아무튼 둘 중 하나로 씩씩하게 걸어가요."

잠깐 웃음소리가 일었다.

"쓰네오의 부모님은 '어린애라 역시 금방 기운을 차렸어.' 또는 '아무리 건방진 소리를 해도 역시 잘 모르는 거야, 죽는다는 게 뭔지.' 하고 속닥거리지만, 쓰네오는 '내가 바본 줄 알아? E.T.가 죽은 것쯤은 나도 알아. 아무렇지 않은 척하고 있는 것뿐이라고.' 하고 속으로 말하죠. 친구들과 유치원인지 유아원인지 아무튼 둘 중 하나에 가면서, 쓰네오는 죽기 직전에 E.T.가 했던 말을 떠올려요. '쓰네오야, 네가 어른이 될 무렵이면, E.T.가 많이많이 놀러 올 거야. 사이 좋게 지내렴.'이란 말이죠. 쓰네오는 'E.T.가 그랬어. 그러니까 E.T.가 죽어도 슬프지 않아.' 하고 중얼거려요. 마지막에 수많은 E.T.가 UFO를 타고 찾아오는 그림이 나오고 끝이 나요."

이렇게 하면 되는 거예요? 하고 스즈키 다이스케가 느릿느릿 물었다.

"아주 좋아. 수고했어."

구즈하라 준이 말했다.

"맨 처음 이 만화를 봤을 때, 나는 정말 좋은 얘기라고 생각했다. 너희도 동감인 것 같구나."

"개구쟁이 같은 쓰네오의 캐릭터가 진짜 맘에 들어요."

시모자와 도루가 말했다.

"세상을 바라보는 눈이 굉장하다고 해야 하나? 부모님이나 형 쓰토무는 말하자면 평범한 인간이죠. 이런 귀찮은 치매 노인은 누구나 질색할 테고, 노인을 공경하자는 입바른 소리에는 코웃음치는 게 요즘 현실이니까, 보통 사람은 당연히 이럴 수밖에 없다고 생각해요. 그런데 다이스케의 말처럼 할아버지를 애완견 취급하는 꼬맹이가 나오니까, 말도 못 하게 재미있는 거예요. 게다가 이 꼬맹이, 여간내기가 아니잖아요? E.T.가 '으베베베베' 하고 말하니까 '무슨 말이게?' 하고 형한테 물었다가 형이 '집어치워!' 하고 윽박지르자, 꼬맹이는 '콧물이 흐르니까 닦아 달라는 말이야. 나, 똑똑하지?' 하고 잘난 척하죠. 그러자 형은 '시끄러워, 저리 가!' 라는 말밖에 못 하고요. 또 E.T.가 '레루레루레루' 하고 말하면, '뭔가 먹고 싶다는 말이야. 어렵지?' 하고 형을 놀려요. 형의 반응은 '너, 정말 바보 아냐?'죠. 꼬맹이가 훨씬 고수라니까요."

"맞아, 맞아. 얼굴도 귀엽고, 매력 덩어리야."

에비스 미키오가 맞장구를 쳤다.

"처음엔 뭐 이따위 만화가 다 있나 싶었어요. 친구들을 불러와 E.T.를 만져 보게 하는 장면에서 꼬마들이 '좋겠다, 나도 이런 거 있었으면.' '야, 나 하루만 빌려 주라, 쓰네오.' 하고 깔깔거리며 웃잖아요. 게다가 쓰네오는 '안 돼, 기르기가 얼마나 어려운데.' 하고 말하고요."

에비스 미키오도 시모자와 도루와 같은 생각인 듯했다.

시모자와 도루가 말했다.

"이 꼬맹이는 상식을 초월해. 그래서 재미있어."

이번에는 시미즈 게이코가 손을 들었다.

"쓰네오의 장점은 E.T.인 할아버지와 함께 살고 있다는 점이라고 생각해요. 함께 기뻐하고 즐거워하고 걱정하고 슬퍼하는 부분에 공감이 가요. 다른 등장인물들은 귀찮다는 생각만 할 뿐, 다른 감정을 할아버지와 함께 나누지 않기 때문에 엄밀하게는 할아버지와 함께 살고 있다고 볼 수 없을 것 같아요."

구즈하라 준이 말했다.

"그렇게 볼 수도 있겠구나."

"이 작품은 전혀 설교적이지 않지만 우리한테 뭔가를 분명히 전달하고 있다는 느낌이 들어요."

시모자와 도루가 고개를 끄덕였다.

"응, 바로 그런 느낌."

하라 세이코가 황홀한 듯 말했다.

"쓰네오, 진짜 상냥해요. '그리고 긴타로는 집으로 돌아갔습니다. 끝.' 하고 책을 읽어 주는 장면이랑 베란다에서 둘이서 별을 바라보는 장면, 깔깔깔 웃으며 함께 텔레비전을 보는 장면이 정말 좋았어요."

"쯧쯧, 암튼 못 말려."

누군가가 놀려 댔다.

구즈하라 준이 물었다.

"다이스케도 지적했지만, 끝 부분에서 약간 환상적인 이야기로 바뀌는 점은 어떻게 생각하나?"

오노 쇼키치가 손을 들었다.

"그건 할아버지가 살아왔던 세계일지도 모르고, 어쩌면 인간의 유토피아일지도 모른다고 생각했어요, 저는. 쓰네오가 할아버지한테 '잘됐다. 정말 좋은 곳이구나.'라고 한 말에는 시각적으로 아름다운 세계일 뿐 아니라 문화나 자연의 생명을 소중히 여기는 곳이라는 의미도 포함되어 있지 않을까 싶어요. 그래서 마지막 장면에 UFO를 탄 E.T., 그러니까 할아버지 할머니가 가득 나오는 거 아닐까요? E.T.가 죽을 때 그랬잖아요. 쓰네오가 어른이 될 무렵이면 수많은 E.T.가 놀러 올 거라고. 그건 할아버지와 할머니의 희망 사항이라고 생각해요. 미래를 어린이들에게 맡기는 거죠. 할아버지, 할머니는 쓸쓸한 존재예요. 얼마 안 되는 연금을 받아 살면서 하루 종일 역 앞 의자에 앉아 컵라면 하나로 끼니를 때우잖아요. 이 만화, 재미있긴 한데, 끝에 가면 어쩐지 눈물이 나와요. 이시자카 게이라는 사람은 세상에 굉장히 화가 나 있는 사람이라고 생각해요, 저는."

"으음."

구즈하라 준은 나직이 신음했다.

니시 분페이가 손을 들었다.

"할아버지의 고독과 입시 때문에 예민해진 쓰토무는 서로 관계가 있어요. 우리가 아무리 노력해도 수를 받을 수 있는 사람은 한 반에 4~5명뿐이에요. 상대 평가니까요. 누군가를 밟고 올라서야만 해요. 남의 실패를 기뻐해야 하고요. 남들하고 똑같이 공부하면 언제까지나 그 자리에 있게 되니까, 다들 쓰토무처럼 남의 일에는 아랑곳하지 않는 이기주의자가 되어 버리죠. 물론 쓰토무가 나빠서 그런 건 아니지만요. 저는 쓰토무의 미래 모습이 쓸쓸한 할아버지일 거라고 생각해요. 쓰토무는 바로 우리의 모습이에요. 빨리 그걸 깨달아야 한다고 경고하는 만화이기 때문에, 이 만화는 무서운 만화라고 생각합니다."

니시 분페이는 교사에게 뼈아픈 소리를 했다.

가지 요시오가 손을 들었다.

구즈하라 준은 호오? 하고 잠시 감탄했다.

이 반을 맡은 뒤로, 수업 중에 가지 요시오가 손을 든 것은 처음이었다.

"저기……."

가지 요시오는 한동안 우물거리다가 말했다.

"저어……, 나는 이 E.T.라는 할아버지 얼굴만 계속 보고 있었는데, 똑같은 얼굴이 하나도 없어요. 어떨 때는 좀 무섭고, 어떨 때는 아기 같고, 남의 속을 훤히 들여다보고 있는 눈빛일 때도 있고, 멍청해 보일 때도 있고, 훌륭한 선생님 같은 눈빛을 하고 있을 때도 있어요. 전부 달라……. 나……, 이 만화, 그려 보고 싶어요."

구즈하라 준은 뱃속 저 밑바닥에서 짜내는 듯한 목소리로 "그……러냐." 하고 가까스로 말했을 뿐이다.

소박하게 사람을 사랑할 수 없게 만드는 것들

슈코의 병실에 들어가 보니, 여자 손님이 두 사람 와 있었다. 슈코가 다니던 중학교의 동료 선생들이었다.

"오셨습니까? 번번이 고맙습니다."

구즈하라 준은 고개를 숙였다.

"학교 나가시랴 병원 다니시랴, 고생이 많으시겠어요."

눈이 크고 몸집이 작은 여자가 말했다.

"아뇨, 저는 뭐 별로 하는 일도 없어서……."

다른 한 여자가 일어나서 구즈하라 준에게 의자를 내주었다.

"아, 아뇨, 저는 괜찮습니다. 자, 앉으세요."

한동안 서로 자리를 양보하다가 결국 옆 환자의 의자를 빌려 왔다.

"슈코 선생님, 건강해 보여요. 안색도 좋아진 것 같고."

"네, 덕분에."

"이런 병은 증세가 조금만 심해도 굉장히 병적으로 비치잖아요? 하지만 전혀 그렇게 보이지 않아요."

"그럼요. 슈코 선생님은 증세가 아주 가벼우니까."

슈코를 다독여 줄 요량인지, 두 사람은 그런 말을 했다.

"식욕이 없는 것과 불면증이 좀 견디기 힘이 드나 봅니다."

구즈하라 준이 말했다.

"여보. 앞으로 한 달쯤 더 쉬어야 한다는 진단서를 학교에 내기로 했어."

슈코가 그에게 말을 걸었다.

"의사가 그러래?"

"네. 한 달씩 진단서를 끊어도 괜찮대요."

나이 많은 쪽인 중년의 교사가 말했다.

"금방 나을 거야, 슈코 선생. 진단서가 몇 장씩이나 필요하지는 않을 거야."

"물론이죠."

구즈하라 준도 맞장구를 쳤다.

"구즈하라 씨, 정말 면목 없습니다."

중년의 여교사가 갑자기 사과를 했다.

"저희들 힘이 모자라서."

무슨 말을 꺼내려는 건지 구즈하라 준은 이미 알고 있었다.

"슈코 씨한테도 방금 얘기했지만, 학교 입장은 거의 변한 것이 없어요."

구즈하라 준이 물었다.

"그 사건 뒤 그 학생은 어떻게 됐습니까?"

"아동 상담소로 보내졌을 뿐이에요."

"안타깝군요."

"네, 그래요. 교사의 패배인데도 그렇게 생각하는 선생님은 적답니다."

"모두가 상처만 입고 끝난 셈이군요."

"그렇게 말씀하셔도 할 말이 없어요. 교육의 부재라고 할까요."

슈코의 중학교에 어떤 사건이 일어났다.

여학생 두 명을 포함한 여섯 명의 집단 절도 행위가 발각되어, 경찰이 개입되었다. 사건을 처리하는 과정에서 비행 경력이 있는 학생과 비행의 소지가 있는 학생의 명단이 학교와 경찰 사이에서 오갔고, 그것이 외부로 새어 나가 인권 문제로 확대된 것이다.

신문에 날 만큼 큰 소동으로 번져, 교장이 사표를 내고 몇몇 교사가 처벌을 받았다.

그러는 와중에 두 여학생 가운데 하나가 교실에서 친구의 지갑을 훔쳤다가 발각될 것 같자 지갑을 담임 선생의 가방 속에 넣은 적이 있다고 털어놓았다. 담임 선생은 여학생을 감쌀 생각이었는지, 그 사실을 학교에 보고하지 않았다.

이 사실이 문제가 되었다.

슈코가 그 학생의 담임이었다.

중년의 여교사가 말했다.

"슈코 선생의 건강에 대해서는 저희도 책임을 느끼고 있어요."

구즈하라 준은 그 말을 가로막듯이 말했다.

"아뇨……. 아내의 병은 원인을 알 수 없습니다. 아내는 피해자가 아닙니다, 절대로."

매우 강한 어조였다.

슈코조차 깜짝 놀란 듯 구즈하라 준을 쳐다보았을 정도이다.

"이 사람이 상처를 입었다면, 그 여학생에게 아무것도 해 줄 수 없었던 자기 자신에 대한 무력감 때문이라고 해야 할 겁니다."

멜론을 잘라 조각마다 햄을 얹었다. 슈코가 워낙 이 음식을 좋아해서, 구즈하라 준은 입버릇처럼 "사치스러운 음식이야."라고 말하곤 했다.

"좀 먹어, 나도 먹을 테니까."

손님들이 돌아간 지 10분쯤 지났다. 그동안 슈코는 한마디도 하지 않았다.

"학교가 조금씩 재미있어졌어."

구즈하라 준이 슈코에게 멜론 접시를 내밀었다. 슈코는 두 말 없이 받아들었다.

"만화를 갖고 수업을 해 봤어. 반응이 좋더군. 감정을 함께 나눈다는 말로 인간의 유대 관계를 표현하기도 하고 말이야."

슈코는 조용히 멜론을 입으로 가져갔다.

"아이들은 표현이 다양해. 등장인물의 표정만 보고도 굉장한 작품 비평을 하니까."

슈코가 문득 말했다.

"당신, 조금 변했어."

구즈하라 준이 되물었다.

"뭐?"

슈코가 다시 말했다.

"당신, 조금 변했다고."

"그런가?"

구즈하라 준은 그렇게 대꾸하고는 다시 물었다.

"어떻게 변했는데?"

"당신, 아까 그 두 사람한테 내 병은 원인을 알 수 없다고 했지?"

"응."

"만약 내가 상처를 입었다면, 그건 무력감 때문이라는 말도 했어."

"그랬지."

"그건 내 영역에 속하는 일 아냐?"

"그렇지."

"당신은 남의 영역에 속하는 일엔 절대 참견하지 않는 사람이잖아? 그래서 느낌이 아주 묘했어."

"……."

"왜 그랬어?"

"왜라니, 그걸 어떻게 말로 해? 아무튼 그 두 가지만은 꼭 말해 두고 싶었어."

"그 두 사람이 돌아가기 직전에 구즈하라 씨가 교사가 된 이유가 이번 슈코 선생 일 때문이라는 소문이 있다고 하니까 당신은 '그건 터무니없는 얘기니까 정정해 주십시오.' 하고 화냈지?"

"뭐, 딱히 화가 난 건 아니었어."

"어쩐지 이상했어."

구즈하라 준은 멜론 조각을 하나 더 집었다.

"당신은 여럿이 함께 살아가는 것을 굉장히 싫어하는 사람이지만……."

"그 말은 정확하지 않아. 자립하지 못한 사람들이 같이 모여 사는 것을 싫어한다고 해야 옳아."

"당신도 역시 사람을 좋아하는 거야, 분명히."

구즈하라 준이 무뚝뚝하게 대꾸했다.

"당연하지."

"현대는 더 이상 소박하게 사람을 사랑할 수 없게 만드는 시대야."

"……."

"그렇게 생각하지 않아?"

"음. 그 지적은 옳은 것 같아."

구즈하라 준은 그때 문득 간바라 미치코와 야스코라는 여자 아이와 그 아이의 엄마가 떠올랐다.

슈코가 말했다.

"다들 고민하고 애태우고……. 사람을 사랑한다는 점에서 보자면,

요즘 세상은 모두가 피해자인 동시에 모두가 가해자인 것 같아."

구즈하라 준은 말했다.

"그 지적에도 찬성이야."

"내가 당신더러 변했다고 한 건, 당신이 그런 세상을 고통스러워하고 있는 게 아닌가 하는 생각이 문득 들었기 때문이야."

"……."

슈코가 이렇게 덧붙였다.

"아이들을 알고 나서부터. 당신이 말했지, 아이한테 아무것도 해 주지 못했다는 무력감이 나 자신에게 상처를 입혔다고. 나, 조금은 숨통이 트이는 것 같아. 당신이 그렇게 말해 줘서……."

슈코는 눈을 감고 말을 이었다.

"고마워……."

구즈하라 준은 여자 아이와 함께 있었다.

며칠 전, 처음 그 아이와 만났을 때와 마찬가지로 차가운 콘크리트 바닥에 앉아 서로 마주 보고 있었다.

구즈하라 준이 시를 읽어 주었다.

    유채꽃

    유채꽃

    나비 나비

    되어라

나비 나비

나비야

유채꽃

되어라"

아이는 "흐음." 하고 말했다.
"재미없니?"
아이가 대답했다.
"재미있어."
아이는 다시 노래하듯 말했다.
"유채꽃은 나비, 나비는 유채꽃."
"맞아."
"나비랑 유채꽃은 똑같아."
"그래, 똑같아."
아이가 잠깐 뭔가 생각하는 듯했다.
"거기, 유채꽃이 많이많이 있어?"
"많이많이 있을지도 모르지."
"나비도 많이많이?"
"응, 많이많이 있을지도 몰라."
아이가 생긋 웃었다.
"후우, 모르겠다."
"응?"

"나비랑 유채꽃이 너무너무 많아서 몇 개인지 몰라."

"으응, 그래."

아이가 한 번 더 다짐하듯 말했다.

"나비랑 유채꽃은 똑같아."

감수성이 예민한 아이였다.

구즈하라 준은 미소를 지었다.

"다음 거, 읽을까?"

"응."

"이번에는 〈푸르릉 풍〉이라는 시야."

"뭐야, 푸르릉 풍이?"

"뭘까?"

"빨리 읽어 줘."

"알았어, 알았어."

구즈하라 준은 마도 미치오의 《곰 아저씨》라는 시집의 책장을 넘겼다.

아침에 일어나

누가 누가 세수하나

누가 누가 아니라

모두모두 세수해

푸우푸우 어푸푸

푸르릉 풍

아이가 쿡쿡 웃었다.

 어제도 했는데
 오늘도 푸르릉 풍

 아침에 일어나
 세수는 뭐 하러 해
 뭐 하러가 아니라
 모두모두 세수해
 푸우푸우 어푸푸
 푸르릉 풍

아이도 "푸우푸우 어푸푸 푸르릉 풍……." 하고 흥얼거렸다.

 내일도 할 텐데
 오늘도 푸르릉 풍

"오늘도 푸르릉 풍." 하고 아이는 큰 목소리로 자랑스레 말했다.
"한 번 더 읽을까?"
"응, 한 번 더 읽어."
아이가 말했다. 그리고는 걱정스럽게 물었다.
"시, 아직 많아?"

"아직 많아."

구즈하라 준이 대답하자, 아이는 기쁜 듯이 웃었다.

    아침에 일어나
    누가 누가 세수하나
    누가 누가 아니라
    모두모두 세수해요
    푸우푸우 어푸푸
    푸르룽 풍

아이가 이번에는 구즈하라 준과 한 목소리로 시를 외웠다.

"다음 거 읽어 줘."

아이가 재촉했다.

"응."

구즈하라 준은 다음 시를 읽었다.

    무지개
    무지개
    무지개

    엄마
    저 밑에

앉아
아기한테
젖 줘

아이가 후후후 웃었다.
"무지개 밑에서 아기한테 젖을 먹이면 무지갯빛 젖이 나올지도 몰라."
"응."
아이는 웃으며 고개를 끄덕이고는 "아기도 무지갯빛." 하고 덧붙였다.
"하나 더 읽을까?"
아이가 말했다.
"하나, 둘, 셋, 네 개 더."
"하나, 둘, 셋, 네 개 더?"
"응. 셋, 넷, 다섯, 여섯, 일곱 개 더."
아이는 재미있다는 듯이 말했다.

코끼리야
코끼리야
코가 아주아주 길구나

아이가 깜짝 놀란 듯 소리쳤다.

"나, 그 노래 알아!"
"그래, 〈코끼리〉라는 노래야."
아이가 노래하기 시작했다.

 코―끼리야
 코―끼리야
 코가 아주아―주 길구―나
 으응
 울 엄마도― 아주아―주 길단다

아이는 조금 부끄러워하며 노래를 불렀다.
구즈하라 준도 따라 불렀다.

 코―끼리야
 코―끼리야
 누―가 누―가 제일 좋니
 나는―야
 울 엄마가 제일 좋―아

노래가 끝나고, 둘은 얼굴을 마주 보며 서로 악수를 나누었다.
"좋아, 마도 미치오 선생님의 시집을 야스코한테 선물로 줄게."
조그맣고 예쁜 물빛 책이었다.

"내 책 해도 돼?"

"되고말고."

"정말?"

아이의 눈빛이 빛났다.

"아이, 신난다. 밋짱한테 보여 줘야지."

"밋짱은 오늘도 늦으려나?"

구즈하라 준이 혼잣말처럼 중얼거리자, 여자 아이가 말했다.

"오늘은 밋짱, 일하는 날이니까 늦게 안 와."

"일하는 날?"

"토요일에는 가게가 바빠."

"음?"

"밋짱이 우리 가게 도우러 와."

"그래?"

"그러니까 밋짱 돌아올 때까지 이거 읽어 주면 안 돼?"

아이는 이제 막 자기 것이 된 책을 구즈하라 준에게 내밀며 물었다.

"좋았어. 또 읽을까?"

아이는 사랑스레 말했다.

"또 읽어."

간바라 미치코가 집으로 돌아온 것은 그로부터 15분쯤 지나서였다. 그 아이는 둘을 보고 멈춰 섰다.

구즈하라 준이 말했다.

"왔니?"

"선생님이 이거 줬어."

아이는 간바라 미치코에게 다가가 물빛 시집을 보였다.

간바라 미치코는 대답 대신 여자 아이의 머리를 쓰다듬어 주었다.

"이거."

아이가 간바라 미치코의 가슴께에 책을 디밀었다. 손에 쥐어 주고 싶었던 것이리라.

간바라 미치코는 하는 수 없다는 듯 시집을 손에 들었다.

"예쁘구나, 이 책."

"응."

아이는 그제야 마음이 놓이는 듯 미소를 지었다.

간바라 미치코가 아이에게 말했다.

"옷 갈아입고 올게."

그러고는 구즈하라 준 앞을 지나가며 말했다.

"나, 지금부터 일해야 돼요."

소극적인 거절의 뜻이라는 것을 구즈하라 준도 물론 알고 있었다. 구즈하라 준이 부드럽게 말했다.

"그런 것 같구나."

"선생님, 가요?"

"야스코네 가게에?"

아이가 떼를 쓰듯 말했다.

"응. 선생님, 우리 가요."

아이는 일부러 현관 안으로 몸을 쑥 디밀고 큰 소리로 말했다.

"밋짜앙! 선생님도 갈 거야!"

청바지 차림의 간바라 미치코가 나왔다.

아이가 한 번 더 말했다.

"선생님도 가요."

간바라 미치코가 아이의 머리를 콩 하고 가볍게 쥐어박았다. 아이가 생긋 웃었다.

아이는 안심한 듯 구즈하라 준 옆으로 돌아와 손을 잡았다. 아이는 약간 수줍어했다.

구즈하라 준은 아이의 손을 꼭 잡으며 명랑하게 말했다.

"자, 그럼, 야스코네 가게로 가 볼까?"

아이는 걸어가면서 〈코끼리〉 노래를 불렀다.

가게에 도착하자마자, 여자 아이는 구즈하라 준이 선물한 책을 엄마한테 보여 주었다.

아이의 엄마는 구즈하라 준이 나타나자 조금 놀라면서 인사를 했다.

"밋짱. 너, 구즈하라 선생님이랑 얘기했니?"

여자는 옆에 서 있는 간바라 미치코에게 말을 걸었다. 간바라 미치코는 고개를 저었다.

여자는 말했다.

"그래."

구즈하라 준이 넉살 좋게 말했다.

"불쑥 찾아와서 죄송합니다. 오늘도 좀 폐를 끼쳐야겠습니다. 젊고 아름다운 미망인의 집을 드나드는 것이 조금 마음에 걸리지만……."

아이의 엄마가 살짝 얼굴을 붉히며 말했다.

"선생님, 뻔뻔스러우시네요."

"제가 원래 방송국 출신이라 뻔뻔스러운 구석은 있지만, 일대일 인간관계에는 좀 약해서……."

"그렇게 보이니, 밋짱?"

간바라 미치코의 표정에는 변화가 없었다.

"저 애와 얘기하고는 싶지만……."

구즈하라 준은 간바라 미치코 쪽을 보며 말했다.

"자꾸만 의식하게 되어 힘드네요. 솔직히 말해서."

아이가 끼어들었다.

"야스코랑은 얘기했는데."

"그래, 그래. 야스코랑은 얘기했는데."

구즈하라 준은 웃었다.

"그래서 아주머니와 야스코가 있고 그 옆에 간바라 미치코가 있는 이런 상황이 그나마 저한테는 최선의 상황이죠, 한심하지만……."

젊은 엄마가 말했다.

"선생님, 독특하시네요."

"독특한가요?"

"선생님치고는 독특하죠. 남의 영역에 무턱대고 흙발로 짓밟고 들어오는 게 학교 선생님이니까요."

"정말 가차 없이 말씀하시는군요."

"그래요. 가차 없이 말하고 있어요."

여자는 빙긋 웃었다.

간바라 미치코가 바구니에 담긴 닭을 꺼내 스스럼없이 배를 가르기 시작했다. 익숙한 손놀림으로 닭발 등은 따로 모았다.

그 모습을 바라보고 있자니, 간바라 미치코에게서 생활력이 느껴졌다. 학교에서 보여 주는, 세포 하나하나까지 죽어 버린 듯한 모습과는 전혀 딴판이었다.

구즈하라 준은 정직하게 말했다.

"처음에는 저 애한테 코가 납작해졌지요."

"밋짱, 너 선생님한테 뭐라고 한 거니?"

"……"

담배에 불을 붙이며 왕년의 비행 소녀가 말했다.

"말해 봐. 너, 너무 심하게 몰아붙인 거 아냐?"

간바라 미치코의 얼굴을 보면서 구즈하라 준이 말했다.

"뭐, 어떻습니까?"

간바라 미치코가 아이에게 말했다.

"야스코. 이제 꼬치 꿰어야지? 어른들 얘긴 들어 봤자 재미없어."

구즈하라 준도 아이가 마음에 걸리던 참이었다.

"응."

아이는 고분고분 고개를 끄덕였다.

"저도 도와드리면 안 될까요?"

"선생님이요?"

"어쩐지 기분 좋아요, 여기서 이러고 있는 거."

"독특해, 이 선생님."

젊은 엄마가 말했다.

"밋짱, 닭은 그만 잘라도 될 것 같아. 통닭구이 주문이 있거든. 그건 그냥 남겨 둬."

구즈하라 준은 손을 씻고 닭 꼬치 꿰는 일을 도왔다.

네 사람 다 같은 일을 하게 되었다.

아이가 말했다.

"야스코, 이거 해. 밋짱도 이거 해. 엄마도 이거 해. 선생님도 이거 해."

아이의 얼굴이 환해졌다.

"모두모두 똑같아."

구즈하라 준이 맞장구쳤다.

"그렇구나."

젊은 엄마가 물었다.

"선생님은 왜 교사가 되셨죠?"

구즈하라 준이 되물었다.

"그 이유를 정확하게 알아야만 마음이 놓이나요?"

"딱히 깊은 뜻이 있는 건 아니지만, 선생님이 선생님답지 않은 사람이라 신기해서요."

"저는 그렇다치고, 아주머니나 미치코한테 선생님답지 않은 사람은 친근하고, 선생님다운 사람은 낯설죠. 선생님이란 대체 어떤 사람일까요?"

"선생님은 뭐라고 생각하시죠?"

"잘 모르겠습니다."

"선생님인데도요?"

"네. 얼마 전 교직원 회의 때 한 젊은 선생이 말하더군요. 남에게 뭔가를 가르칠 자격은 아무한테도 없다, 그러나 교사는 필요하고 실제로 자기는 교사다, 자신의 유일한 양심이라면 자기는 학생들보다 한 단계 위에 있는 사람이니까 학생들에게 명령을 해도 좋다는 우쭐한 생각만은 갖지 말자고 노력하고 있다는 거라고요. 저는 역시 그

런 사람에게 인간적인 친밀감을 느낍니다."

"선생님 자신이 그런 사람이기 때문이겠죠."

"제가 말입니까?"

"그렇다고 생각해요."

"저는 이도 저도 아닌 어정쩡한 사람입니다. 아시다시피 저는 미치코한테 말도 걸지 못하잖습니까."

"말은 벌써 걸고 있는걸요? 선생님은 벌써 밋짱이랑 얘기를 나누고 있어요. 서로를 이해하느냐 아니냐는 둘째 문제고, 아무튼 둘은 이미 대화를 시작했다고 저는 생각하는데요?"

"……."

얼마 뒤에 구즈하라 준이 말했다.

"아주머니처럼 생각할 수도 있겠군요."

"저는 물론이고 밋짱도 아마 그럴 것 같은데, 힘겨운 삶을 살다 보면 말의 세계보다 무언의 세계를 더 믿게 되죠. 동물적 감각이라고 해도 좋은데, 적군과 아군을 한눈에 알아본답니다."

"……."

"남을 이용해서 자기 배를 채우는 인간, 남을 짓밟고 우월감을 느끼는 인간, 위선이 몸에 배어 버린 메마른 자신을 깨닫지 못하는 인간의 눈빛과 말은 공허할 뿐이에요."

구즈하라 준이 입을 뗐다.

"저어……, 여러분과 함께 이렇게 같은 일을 하고 있을 자격이 저한테는 없는 것 같습니다."

"어째서죠?"

"아주머닌 정말 강한 사람이에요. 나는 두 사람보다 세상을 훨씬 오래 살았지만, 아직 멀었어요. 두 사람에 비하면 내 눈빛과 말은 공허할 뿐입니다."

"마찬가지예요, 선생님. 저나 밋짱이나 항상 자기 자신에게 절망하고 있어요."

구즈하라 준은 물끄러미 젊은 엄마를 보았다.

"솔직히 말하면……."

목소리를 짜내듯이 겨우겨우 말을 이었다.

"저는 제가 왜 간바라 미치코 같은 아이에게 다가가려 하는지 몰랐습니다. 지금에야 비로소 그 이유를 알 것 같은 기분입니다."
간바라 미치코가 얼굴을 들었다.
"제발 웃지 마세요."
젊은 엄마가 말했다.
"웃지 않아요. 왜 제가 웃겠어요?"
"제게 없는 뭔가를 갖고 있는 친구, 나는 그런 친구가 필요했구나 하고 방금 깨달았습니다. 제게는 그런 친구가 필요합니다."
"……."
간바라 미치코는 구즈하라 준을 물끄러미 바라보았다.
"그런가요?"
젊은 엄마가 나직이 말했다. 깊은 생각에 잠긴 듯했다.
"두 사람한테 꼭 들려주고 싶은 것이 있습니다."
구즈하라 준은 조금 흥분한 듯 말했다.
"야스코. 아까 내가 선물한 책 좀 가져다줄래?"
여자 아이가 건네준 시집을 받아들고, 그가 말했다.
"〈코끼리〉라는 시를 쓴 시인이 이렇게 말했습니다. 들어 보세요."
구즈하라 준은 시를 읽기 시작했다.

　　모든 것이 끝났다면 이제부터다
　　안락한 것이 고통스러운 것이다
　　어둡기에 밝다
　　아무것도 없기에 모든 것이 있다

보고 있는 것은 보고 있지 않는 것이다
이해하고 있는 것은 이해하고 있지 않는 것이다
억눌리고 있기에 억누르고 있다
떨어지면서 올라간다
뒤처지기에 나아간다

함께 있기에 외톨이다
소란하기에 고요하다
침묵을 지키는 것은 말을 하는 것이다
웃고 있는 만큼 울고 있다
칭찬하는 것은 깎아 내리는 것이다
거짓말쟁이는 정직한 사람이다
겁쟁이일수록 용감하다
말을 잘할수록 바보다
아무것도 없는 것은 대단한 것이다

구즈하라 준이 말했다.
"'모든 것이 끝났다면 이제부터다…….' 좋은 말이라고 생각하지 않습니까?"

오랜만에 구즈하라 준은 구로다 다케시에게 전화를 걸었다.
"여어!"

굵직한 목소리가 귓가로 튀어들었다.

"잘 지내나 보군."

"나야 항상 잘 지내지. 준, 자네는 어때?"

"나도 잘 지내."

"그거 다행이군. 그 뒤로 슈코 씨는 좀 어떤가?"

"조금 좋아진 것 같아. 그것도 보고할 겸 겸사겸사 걸었어."

"그래, 정말 잘됐군. 마음에 걸리긴 했지만, 내가 먼저 물어보기도 좀 그렇고 해서 말이야."

"응. 고마워."

옛날부터 이런 배려를 하는 사내였다.

"슈코가 가서 폐를 끼쳤다고."

"폐는 무슨. 오히려 내가 충분히 대응하지 못해서……."

"아냐, 그걸로 좋았어. 옛날 편지를 베껴 온 것에 놀라긴 했지만."

"내가 보여 줬네."

"응. 그럴 거라 생각했어."

"원체 냉정한 성격이니까, 그냥 그러려니 하라는 뜻이었는데……."

"응."

"하지만 별 의미가 없었어. 부부 관계에 일반론은 통용되지 않으니까."

"음, 뭐. 내 자립론은 남녀 사이에는 통하지 않는다는 것을 요즘 조금씩 깨닫고 있어."

구즈하라 준은 쓴웃음을 지었다.

"호오."

이번에는 전화기 너머에서 구로다 다케시가 쓴웃음을 짓고 있는 듯했다.

"자립과 공존은 어려운 거지."

"그야 그렇지. 자네도 잘 알겠지만, 여기 무한농장도 의견 대립 때문에 구성원이 자주 바뀌잖나."

"하긴."

"오는 사람 안 막고 가는 사람 안 붙잡는다는 말, 꽤 그럴싸하지만 단 한 사람의 고집 때문에 한 집단이 결딴나는 경우도 있거든."

"영원한 숙제일까, 자립과 공존은?"

"뭐, 그럴지도. 하지만 준, 그 숙제를 부부가 함께 평생 생각하며 살아가는 것도 어떤 의미에서는 멋진 일 아닐까?"

"그럴까?"

"대개의 부부는 서로에게 익숙해져 있고, 그렇잖아도 일상에 매몰되어 살고 있으니까."

"그렇게 따지면 대장도 전쟁터의 병사군."

"나 말인가? 아하하하."

구로다 다케시가 웃음을 터뜨렸다.

그는 농장 공동체에서 함께 살려고 하지 않는 아내와 부득이 별거를 하고 있는 중이었다.

"무슨 일 있었나?"

새삼 구로다 다케시가 물었다.

"무슨 일이라고 할 것까진 없지만……."

"얘기해 봐."

"응, 슈코의 학교에서 있었던 사건 말인데, 왜 그때 그……."

"아아."

"되도록 슈코와 그 얘기는 안 하려고 했어, 나."

"음, 그건 나도 알지."

"일전에 슈코의 동료 선생이 왔을 때, 그 얘기가 나와서……."

"음, 그거야 어쩔 수 없는 일 아닌가."

"그 말을 꺼냈던 동료가 슈코의 병에는 자기들 책임도 있다더군."

"……."

"그때 나는 아내의 병은 원인을 알 수 없다, 아내는 사건의 피해자가 아니다, 하고 말해 버렸어."

"으음."

"참을 수가 없었어, 그렇게 비치는 걸."

"알 것 같아."

구로다 다케시가 말했다.

"슈코가 상처를 입었다면 그건 학생을 도와주지 못한 자기 자신에 대한 무력감 때문이라 생각했기 때문에, 나는 그렇게 말했던 거야."

"응."

"슈코는 동료들이 돌아간 뒤 오랫동안 말이 없었어."

"슈코 씨, 어떤 기분이었을까?"

"자기 영역에 속하는 일에 내가 그렇게 말해 주어서, 얼마간 숨통이 트이는 기분이라고……, 슈코는 그렇게 말하더군."

"그랬군……."

전화 너머에서 구로다 다케시는 한동안 생각에 잠긴 듯했다.

"기분 탓인지는 모르겠지만, 그 뒤로 슈코의 상태가 좀 좋아진 것 같아."

"그런가, 준……."

"응?"

"당연히 좋아졌을 거야. 나도 그렇게 생각해. 슈코 씨는 고통스러워하고 있었던 거야, 줄곧 혼자서."

"그럴지도 모르지."

"인간은 누구나 약해. 자신의 고통을 남한테 떠넘길 수는 없지만, 고통스러워하는 자신을 누군가가 돌봐 주기를 바라는 것은 누구나 마찬가지야."

"그렇겠지."

구즈하라 준은 문득 간바라 미치코를 떠올렸다.

"준."

"음?"

"원인이 뭐든 슈코 씨의 병은 마음의 병이니까 하루아침에 상태가 호전되기를 바라기는 어렵겠지만, 희망의 싹은 텄다고 봐. 그렇게 생각하고 슈코 씨를 대해 줘."

"응, 그래야지. 앞으로는 슈코에게 학교 이야기도 적극적으로 할 생각이야."

"좋은 생각이야, 나도 찬성이야. 어렵긴 하겠지만, 자립과 공존이 전혀 불가능한 일은 아닐 거야, 부부 사이에서도 말이야."

구즈하라 준이 웃으며 말했다.

"뭐, 별로 자신은 없지만……."

"그건 그렇고 자네 쪽은 어떻게 되어 가나?"

"학교 말인가?"

"그래. 정작 자네는 잘 해 나가고 있느냐는 말일세."

"잘하고 있는 건지 어떤지 잘 모르겠지만, 아무튼 재미있어졌어."

"다행이군. 그게 가장 중요하니까."

구즈하라 준은 수업 시간의 학생들 반응에 대해서 얘기했다.

"만화를 갖고 수업을 하다니, 교육계의 새로운 지평을 열었군?"

"그런 거창한 건 아니고. 아무튼 교사와 학생이 모두 신이 난다는 거, 나쁘지는 않겠지."

"암, 나쁘지 않고말고. 게다가 학생들의 발언이 정말 독특하군. 역시 준이야."

"그게 어디 나 때문인가? 아이들의 생각이 독특한 거지."

"그걸 이끌어 낸 자네 공도 있으니까. 누가 이런 말을 하더군. '교사가 미리 준비한 학습 내용에 따라 이러저러하게 변화하고 발전할 거라고 예측할 수 있는 것은 진정한 가능성이 아니다. 아이들의 진정한 가능성은 교사의 예측을 뛰어넘는 엄청난 것이다.'라고. 그렇게 본다면, 자네 수업은 무의식적이기는 해도 그런 방향으로 가고 있는 셈이잖나?"

"대장의 과대평가야. 나, 그렇게 수준이 높지 않아. 다만 재미는 있어. 독특한 생각과 느낌이 무진장 나오니까."

"그렇겠지. 하지만 그게 바로 아이들의 가능성이라는 거 아니겠나?"

"뭐, 그럴 수도 있지."

"교사와 학생 사이의 간극은 아이들의 감성과 상상력에 교사의 감성과 상상력이 따라가지 못했을 때 생기는 것 아닌가?"

구즈하라 준이 대답했다.

"핵심을 찌른 것 같군."

"그게 아이들의 불행이겠지, 아마도."

"응, 다만……."

"다만?"

"교사에도 여러 종류가 있으니까."

구즈하라 준은 호시노 도시오 문제로 교직원 회의 때 나온 이야기를 자세히 들려주었다. 시게노부라는 젊은 선생의 얘기를 특히 자세히 전했다.

"으음."

구로다 다케시는 전화 너머에서 신음 소리를 냈다.

"이런 소수의 교사에게도 눈을 돌려야 해. 흔히들 요즘 교사들은 죄다 글러먹었다고 하지만, 그건 좀 심한 얘기야."

"흐음, 그렇군."

"이런 교사를 고립시키지 않는 것이 아주 중요하다고 봐."
"음."
"비판을 하더라도 세심한 눈길이 필요하다는 뜻일세."
"과연 그렇군."
구로다 다케시가 말했다.
"아무튼 이것저것 하고 싶은 말은 산더미 같지만, 내가 지금 가장 흥미를 갖고 있는 사람 얘기도 좀 해 둘까?"
"호오, 그게 누군데?"
"우선 네 살배기 여자 아이야."
"허어?"
"그리고 아직 스물다섯도 안 된 듯한 그 아이의 엄마와……."
"젊군."
"음, 젊어. 그리고 불량 소녀 딱지가 붙은 우리 반 여학생일세."
"흐음, 그런 학생이 있었나?"
"응."
"그래, 그 세 사람은 어떤 관계인가?"
구로다 다케시가 물었다.
구즈하라 준은 첫 만남부터 지금까지 있었던 일을 차근차근 들려주었다.
"과연. 셋 다 대단한 성격이군그래."
"상당히 개성적이지."
구로다 다케시가 말했다.

"음, 아주 개성적이야."

"맨 처음 강렬한 인상을 받았던 니시 분페이라는 소년도 그렇지만, 우리 반은 온통 여간내기가 아닌 아이들로 넘쳐난다네."

"여간내기가 아니라는 자네의 시각은 다른 교사들의 시각과는 정반대겠지?"

구즈하라 준은 즐거운 듯 말했다.

"물론 그렇지."

"하지만 생각해 보면 어떤 학생이든 자네 반 아이들과 마찬가지로 저마다 개성을 갖고 있지 않겠어? 교육 자체가 그것을 하나의 틀 속에 끼워 넣으려고 하니까……."

"맞아, 그거야. 안타깝게도."

"준."

"응?"

"일전에 말했지? 걔들을 무한농장으로 데리고 오라고."

"아아."

"어떤가, 정말 데려오지 않겠나? 우리 농업 교실의 자원 봉사자로 말일세."

무한농장에서는 1년에 몇 번씩 어린이 농업 교실을 열고 있었다.

도시 아이들에게 자연과 생산 현장을 피부로 느끼게 하자는 취지였다.

소젖짜기나 채소 수확, 닭돌보기와 잡초뽑기는 물론이고 강 낚시도 한다. 일상의 굴레에서 벗어나 편안하고 느긋하게 지낼 수 있는 셈이다. 하룻밤 묵고 가는 경우가 많다.

농업 교실은 유치원생과 초등학생을 대상으로 하기 때문에 중학생 자원 봉사자가 있으면 할 것이다. 구로다 다케시도 그 점을 생각했으리라.

"나도 예전부터 생각하고 있었네. 다만 요즘 학교는 아이들에게 특별한 일은 되도록 시키지 않으려는 분위기라서 말이야. 여간해선 허가가 떨어질 성싶지 않아. 굳이 하겠다면 전적으로 학생들의 자유 의사에 맡겨야겠지."

"그러면 되잖나?"

"음. 내 말이라면 많은 아이들이 믿고 따라 줄 만큼 신뢰 관계가 쌓이기를 기다리는 중일세."

구로다 다케시가 말했다.

"흐음, 그렇군. 다음 달 첫째 연휴, 어때? 벌써 60명쯤 신청했네. 마감 때까지 신청자가 80명쯤 될 것 같아."

"글쎄……."

구즈하라 준은 애매하게 대답했다. 자신이 없었다.

초등학생이라면 일종의 놀이로 생각할 수도 있겠지만, 도시의 중학생들에게 농업 교실이 과연 어떤 의미일지. 아이들이 그런 데 관심이나 있을까?

구즈하라 준은 니시 분페이나 미즈타니 레이코 같은 아이들의 얼굴을 떠올려 보았다.

구즈하라 준이 말했다.

"조금 두려워."

"짧은 체험만으로 '겨우 이런 거였어?' 하고 아이들이 실망하거나 수박 겉핥기식으로 흐를까 봐 걱정되는 거지?"

"솔직히 그런 마음도 있고."

"자네 마음은 알겠지만, 아이들에게 새로운 교재를 제공한다고 생각하면 되지 않을까?"

"응."

"아이들을 믿게, 아이들을."

구즈하라 준은 쓴웃음을 지었다.

"대장한테 이런 말을 듣다니……."

"어쨌거나 아이들에게 그만큼 신중하게 다가서는 태도는 바람직한 것이겠지. 자네가 학교에 나가겠다고 했을 때부터 줄곧 걱정스럽게 지켜보고 있었는데, 오늘 통화로 완전히 마음이 놓였어. 역시 자네는 대단한 남자야."

"농담 마."

"이건 진담일세."

구즈하라 준이 말했다.

"전화하길 잘했어……."

"인간은 행복한 게 좋으니까."

"당연하지."

구로다 다케시의 호탕한 웃음소리가 전화기 너머에서 들려왔다.

뭐든지 하자 모임

　호시노 도시오가 교문 앞에서 등교하는 학생들에게 종이를 나눠 주고 있었다.
　역시 교감 선생이 맨 먼저 달려왔다.
　"뭔가, 자네. 어쩔 생각이야, 엉?"
　교감 선생은 꽤나 허둥대고 있었다.
　"어쩔 생각 같은 거 없어요. 저는 제 작문을 아이들한테 읽히려고 나눠 주고 있을 뿐이에요."
　호시노 도시오는 침착했다.
　이런 일이 있을 줄 이미 예상하고 있었다는 투였다.
　"지금 농담하나! 작문은 무슨 작문이야! 좀 전에 대충 보니까 장발이 어떻다느니, 짧은 상고머리가 어떻다느니 씌어 있더구만."

"대충 보시지 말고 꼼꼼히 읽어 보세요."

그 사이에도 호시노 도시오는 부지런히 종이를 나눠 주고 있었다.

받아들고 읽으면서 걸어가는 학생도 있었다. 깜짝 놀란 얼굴로 쭈뼛쭈뼛 종이를 받는 학생도 있고, 피하듯이 잰걸음으로 교문을 지나가는 학생도 있었다.

글을 읽은 아이들 가운데 몇 명이 말했다.

"호시노, 멋지다."

"힘내라."

"제법인데, 저 녀석."

그런 응원 소리가 들렸다.

몇 줄 읽고는 종이를 꾸깃꾸깃 구겨 버리는 학생도 있었다.

손에 든 종이를 팔랑팔랑 흔들며 일부러 무관심한 척하는 학생도 있었다.

얼굴을 붉히며 교감 선생이 화난 목소리로 말했다.

"자네의 행동은 용납될 수 없어, 응? 알고 있나? 어서 대답해!"

"그렇게 말씀하실 것 같아서, 저는 교문 밖에서 이걸 나눠 주고 있어요. 그러니까 학교나 선생님하곤 관계없는 일이에요."

"말 같잖은 소리."

"……."

호시노 도시오는 교감 선생을 무시했다. 난감해진 교감 선생은 종이를 받으려던 학생에게 거칠게 말했다.

"그 종이를 받아서는 안 돼. 받지 마, 이봐!"

호시노 도시오는 두세 걸음 앞으로 나아가 종이를 나눠 주었다. 교감 선생이 따라갔다.

이윽고 호시노 도시오의 담임 선생이 나타났다.

"호시노. 선생님들을 난처하게 하는 일은 그만둬."

나이가 지긋한 다나카 선생은 일단 점잖게 타일렀다.

"저는 선생님들을 난처하게 하지 않았고, 선생님들이 난처해하실 일도 전혀 아니니까……."

그렇게 말하는 사이에도 쉬지 않고 종이를 나눠 주었다.

"그러니까 걱정 마세요."

"너의 행동은 선생님들을 난처하게 만들고 있어."

"어째서요?"

돌아보지도 않은 채 호시노 도시오가 물었다.

"소동을 일으켜서 좋을 게 뭐가 있어. 너도 생각이 있는 애라면 모르지 않겠지?"

교감 선생이 덧붙였다.

"중학생이 노동조합 흉내를 낸다는 게 말이나 되나?"

넌더리가 난다는 듯, 호시노 도시오가 대꾸했다.

"누구나 자신의 생각을 다른 사람에게 전하는 건 자유잖아요? 우리나라는 독재 국가가 아니니까요."

다나카 선생이 말했다.

"방법이 틀렸어. 중학생다운 방법을 찾아봐."

호시노 도시오가 돌아보았다.

"어떤 방법이 중학생다운 방법이죠?"

"이를테면 학급 회의 시간이라거나."

"학급 회의는 한 반의 문제를 토론하는 자리예요. 전교생 모두와 얘기하고 싶을 때, 어떤 방법이 있죠?"

다나카 선생은 우물거렸다. 틈을 주지 않고 호시노 도시오가 말했다.

"학교와 학생의 생각이 다를 때, 우리 학교에 대화의 자리가 있나요? 없잖아요."

그런 대화가 한창일 때, 출근하던 시계노부 선생이 무슨 일인가 하고 서둘러 다가왔다.

"무슨 일입니까?"

교감 선생이 순간 불쾌한 얼굴을 했다.

그러고는 시게노부 선생의 말을 무시한 채 호시노 도시오에게 말했다.

"학교는 민주적으로 운영되고 있어. 학년 협의회도 있고 전교 협의회도 있어. 학생회도 있잖나."

"있긴 있어도 죄다 형식적이잖아요. 그건 교감 선생님이 가장 잘 알고 계실 텐데요? 학생 회장을 비롯한 임원들을 뽑을 때도 선생님들이 적당한 학생을 골라 선거에 내보내는 게 현실 아닌가요? 저희가 무관심해서 그냥 두면 아무도 나가지 않는 것도 사실이지만, 다들 마음 한 구석에서는 어차피 유명무실하다고 단념하고 있다고요."

대충 사정을 짐작한 시계노부 선생은 팔짱을 낀 채 두 사람의 대화를 듣고 있었다. 학생들도 점점 주위를 에워싸기 시작했다.

다나카 선생이 말했다.

"일단 교실로 돌아가. 가서 네 얘기를 들어 보자."

호시노 도시오가 선뜻 말했다.

"네, 좋아요."

교감 선생은 한숨 돌린 듯한 얼굴을 했다.

"그래, 그래. 잘 생각했다. 어서 들어가자."

호시노 도시오가 말했다.

"네. 내일도 있고, 모레도 있으니까요."

교감 선생과 다나카 선생이 얼굴을 마주 보았다.

호시노 도시오는 두 선생 사이에 끼어 걸어가기 시작했다.

시계노부 선생도 함께 걸으면서 호시노 도시오의 어깨를 툭툭 가볍게 두드렸다.

그러고는 호시노 도시오가 들고 있던 종이 뭉치를 가리킨 다음, 말없이 오른손으로 자기를 가리켰다.

"선생님들께도 좀 나눠 주세요."

호시노 도시오는 남은 종이뭉치를 시계노부 선생에게 건넸다. 교감 선생은 노골적으로 불쾌한 얼굴을 했다. 거기에 아랑곳없이 시계노부 선생은 종이에 눈길을 주었다.

여러분, 안녕하십니까?

저는 3학년 A반 호시노 도시오입니다. 짧은 상고머리를 거부하고 머리를 기르고 있는 탓에 저를 알고 있는 사람도 있을 겁니다.

저는 짧은 상고머리에 반대하는 것이 아닙니다. 짧은 상고머리를 강요하는 데 반대하고 있습니다.

짧은 머리가 청결하고 산뜻하다고 생각하는 사람은 머리를 짧게 깎으면 된다고 생각합니다. 자기한테는 긴 머리가 어울린다고 생각하는 사람은 머리를 기르면 된다고 생각합니다.

그런 자유는 매우 중요한 것으로, 개개인의 표현이나 개성은 그런 자유 안에서 길러진다고 생각합니다. 인류는, 제가 이런 거창한 말을 하는 게 좀 주제넘지만, 이렇게 해서 문화를 발전시켜 온 것이 아닐까요?

문제는 이러한 자유를 인정하지 않고 한쪽만의 편의를 위해 규칙을 만들고 그것을 적용시키는 데 있습니다. 한쪽의 편의가 있으면 다른 쪽의 편의도 있는 법이므로, 정상적인 인간관계를 만들고자 한다면 다른 쪽의 사정도 들어 봐야 합니다.

이것은 지극히 당연한 일입니다. 안타깝게도 우리 학교에서는 이런 당연한 일이 이루어지지 않는 것 같습니다.

짧은 상고머리만 강요하는 것은 학교가 안고 있는 수많은 문제 가운데 하나일 뿐, 이 당연하지 않은 사고방식은 학교의 모든 문제 속에 내포되어 있습니다.

그 때문에 우리는, 아니 '저'라는 표현을 쓰겠습니다, 저는 학교생활이 즐겁지 않고 배우는 것이 고통스러우며 소중한 인생을 많이 손해 보고 있다고 생각합니다.

저는 지금 제 생각을 여러분에게 하소연하고 있지만, 그렇다고 누군가에게 뭔가를 요구하거나 보상을 바라는 것은 아닙니다. 손해를 봤다면 더 이상은 손해를 보고 싶지 않고, 지금까지 손해 본 것들을 되찾고 싶습니다.

즉, 학교생활을 즐겁게 하고 싶고 배우는 것에 기쁨을 느끼고 싶은 것입니다. 그러기 위해 저는 지금까지 등교 거부를 해 왔지만, 이것은 개인적인 행동이었습니다. 혼자서는 문화를 만들어 낼 수 없듯이, 진정한 즐거움과 기쁨을 맛보기 위해서는 친구가 필요합니다.

학교를 즐거운 곳으로 만들기 위해서 선생님한테 기대할 수 있는 일은 없다고 보고, 저는 다음과 같은 생각을 했습니다. 특별 활동이 없는 토요일 오후 '뭐든지 하자 모임'을 갖겠습니다.(장소는 그때 그때 학생회 게시판에 올리겠습니다.)

언제 오든 언제 가든 자유입니다.

'뭐든지 하자 모임'에서는 무엇을 하든, 아무것도 안 하든 자유입니다. 모임에 와서 멍하니 있어도 좋고, 고민거리를 속 닥속닥 얘기하든 쩌렁쩌렁 얘기하든, 요가를 하든 만화를 읽든 모두 자유입니다. 학교는 규칙으로 꽁꽁 얽매여 있는 세계니까, 학교 안에 이런 자유로운 세계를 만들면 균형이 제대로 잡히지 않을까요?

퍼포먼스를 한 번 해 보는 것이 저의 꿈입니다.

'뭐든지 하자 모임'에서 돌아갈 때 동그라미 하나를 그려 주십시오. 동그라미는 영원입니다. 끝없이 이어지는 영원의 세계는 젊은이에게 어울리지요. 동그라미는 누구나 그릴 수 있습니다. 그러나 결코 매번 똑같은 동그라미를 그릴 수는 없습니다. 졸업할 때 이 동그라미 작품으로 전시회를 열면 어떨까요?

동그라미, 그렇습니다. 여러분도 눈치챘겠지만, 빵점도 동그라미로 표시합니다. 제가 무슨 말을 하려는지 현명한 여러분은 벌써 이해했을 겁니다.

그럼, 토요일에 만납시다.

호시노 도시오의 행동과 글은 당장 그날 아침 교직원 조회 시간에서 문제가 되었다.

들으라는 듯이 모리 선생이 말했다.

"이런 사태가 벌어질 줄 알았어."

들으라는 듯이 모리 선생이 말했다.

"선생을 갖고 노는 거야."

자조 섞인 목소리로 말하는 교사도 있었다.

구즈하라 준은 차분히 지켜보고 있었다.

어떤 선생은 호시노 도시오의 글을 읽고 쿡쿡 웃기도 했고, 또 어떤 선생은 한 방 먹었다는 표정을 짓기도 했다.

호시노 도시오의 행동을 덮어놓고 반대하는 선생들은 워낙 성격이 직선적이라 다짜고짜 언성을 높이긴 했지만, 구즈하라 준이 보기에 그런 교사는 소수인 것 같았다.

그 소수 가운데 하나인 미네기시 선생이 교장 선생을 바라보며 물었다.

"가만히 보고만 계실 겁니까?"

교장 선생은 말이 없었다.

"교감 선생님, 어떻게 하실 겁니까?"

교감 선생이 떨떠름한 얼굴로 대답했다.

"찬찬히 얘기해 봐야겠지요."

모리 선생이 말했다.

"이건 일종의 실력 행사예요."

"맞아요, 교사의 지도를 거부하는 셈이니까요. 이런 녀석이 나중에 커서 과격파가 되는 겁니다."

선생을 갖고 논다고 불평했던 도쿄 대학교 출신의 중년 선생이 말했다.

시게노부 선생이 손을 들었다.

"과격파요? 그 애가요? 정말 그렇게 생각하십니까?"

도쿄 대학교 출신의 선생은 시게노부 선생을 빤히 바라본 채 아무 말이 없었다.

"저는 이 글을 꼼꼼히 읽어 봤습니다만, 무리한 이야기도, 억지도 아니라고 생각합니다. 냉소적인 부분이 있지만, 생각이 독창적이에요. 무엇보다 뭔가를 해 보려는 자세가 중요한 것 아닙니까?"

종이를 높이 들어올리며 시게노부 선생이 말했다.

"잠깐, 자네. 학교 안에서 중학생들이 우글우글 모여 있는 꼴같잖은 광경을 봐야 한다는 게 자네는 아무렇지도 않나? 어쩌면 그렇게 무신경할 수 있는지 나는 도무지 이해할 수가 없군."

모리 선생이 시게노부 선생의 말을 잘랐다.

젊은 시게노부 선생이 불끈한 모양이었다.

"나도 그렇게 무신경한 사람은 아닙니다. 꼴같잖은지 아닌지, 대체 누가 결정하는 겁니까? 그렇게 말씀하시는 모리 선생님의 독단이 학생들의 반발을 사고 있다는 생각도 좀 해 보시죠."

"자네가 그렇게 말하지 않아도……."

교감 선생이 모리 선생의 말을 끊었다.

"이 문제는 나중에 다시 여러분의 의견을 듣도록 하겠습니다. 담임인 다나카 선생과 호시노 도시오 사이에도 대화가 있어야 할 것이고, 어쨌거나 여기는 학교니까 그 나름의 질서를 갖고 학생들을 지도해야 하겠지요. 이것으로 아침 조회를 마치겠습니다."
  누군가가 들으라는 듯이 말했다.
  "어휴, 한심해."

모래밭에서 뒹구는 아이들처럼

'모래밭에 뒹구는 아이들처럼 호시노 도시오한테 완전히 한 방 먹었군.'

구즈하라 준은 쓴웃음을 짓고 싶은 심정으로 생각했다.

그날 그는 무한농장의 농업 교실에 참가해 보지 않겠느냐고 아이들을 떠보았다. 학생들은 갖가지 질문을 했다. 대답하면서, 반응이 나쁘지 않다고 그는 생각했다.

조금 마음에 걸리는 일이 있었다. 니시 분페이가 거기가 어디냐고 물었던 것이다.

"산맥을 하나 넘어야 되는데, 여기서 차로 한 시간쯤 걸려. 진노라는 곳이지."

"네? 진노요?"

니시 분페이는 나직이 절규하듯 말했다.

"그래, 진노. 아는 곳인가?"

"네? 네……."

애매하게 대답하고, 니시 분페이는 고개를 떨어뜨렸다.

이어서 다른 아이들과의 대화가 이어졌다.

문득 보니까, 니시 분페이는 생각에 잠긴 얼굴로 어딘가를 뚫어지게 바라보고 있었다.

무슨 일이지? 하고 구즈하라 준은 생각했다.

집합 장소는 역 앞이었다.

구즈하라 준은 한 시간이나 일찍 도착해서 아이들을 기다렸다.

희망자를 미리 조사해 두지 않았기 때문에 누가 올지 전혀 알 수 없었다.

맨 먼저 나타난 것은 미즈구치 마사유키라는, 평소에 별로 눈에 띄지 않는 아이였다.

구즈하라 준이 먼저 "안녕?" 하고 인사를 했다.

"안녕하세요?"

미즈구치 마사유키는 예의바르게 인사를 했다.

다음으로 이다카 마사토가 왔다. 이다카 마사토는 "너무 일찍 왔나?" 하고 말했다.

이어서 고보리 유키라는 여학생이 도착했다. 학급 임원인 기우치 리카가 오고, 아리마 고타가 왔다.

약속 시간 무려 50분 전이었다. 이대로라면, 꽤 많은 수가 모일 것 같았다.

30분 전에 무한농장의 버스 두 대가 도착했다. 그 무렵에는 아이들이 열댓 명쯤 모여 있었다.

시모자와 도루, 에비스 미키오, 시미즈 게이코도 와 있었다.

서른 초반으로 운전사 겸 무한농장의 일원인 간 씨가 말했다.

"버스에 올라타도 괜찮아요. 좌석을 들어내고 이동 가축우리로 쓰고 있어서 냄새가 조금 나겠지만 이해하세요."

"히익."

엄살을 떨면서 아이들이 삼삼오오 올라탔다.

또 다른 버스 운전석에서는 노부나가 하와이 기타를 퉁기고 있었다.

서른여섯 살인 노부나가는 대장과 함께 무한농장의 중심 인물이었다. 물론 구즈하라 준과도 친한 사이였다.

"버스가 두 대씩이나 필요할까?"

구즈하라 준이 걱정하자, 그는 느긋하게 말했다.

"걱정 붙들어 매셔."

가지 요시오가 뛰어왔다.

"어, 왔니?"

구즈하라 준의 얼굴에서 긴장감이 가셨다.

약속 시간이 가까워지자, 아이들이 잇따라 나타났다.

미즈타니 레이코, 스즈키 다이스케, 이즈쓰 준이치, 이노구치 가스미를 비롯하여 발표력이 왕성한 아이들의 얼굴이 보였다. 하라 세이코와 미소노 에쓰코는 나란히 도착했다.

구즈하라 준은 뜻밖의 얼굴을 보았다. 간바라 미치코와 함께 물빛 시집을 손에 든 여자 아이와 젊은 엄마가 구즈하라 준 앞에 서 있었던 것이다.

"폐가 안 된다면 저희도 함께 가고 싶은데요."

구즈하라 준이 말했다.

"감격했습니다."

"꿍꿍이가 있어요."

"네?"

"무한농장 얘기는 전부터 들어서 알고 있었어요. 좋은 닭이 있으면 정기적으로 제공받고 싶어서요."

"대환영입니다."

여자 아이가 말했다.

"야스코도 갈 거야."

"암, 그래야지."

구즈하라 준은 아이의 손을 꼭 잡았다.

그리고 버스에 오르려는 간바라 미치코의 어깨를 애정 어린 손길로 가볍게 두드렸다.

시마무라 류지가 도착하고, 이어서 야마다 미키오와 오노 쇼키치와 시노즈카 마사루가 나란히 뛰어왔다.

간 씨가 말했다.

"슬슬 출발할까요, 반장?"

구즈하라 준은 무한농장에서 반장으로 불렸다.

"조금만 더 기다리자고."

구즈하라 준은 꼭 와 줄 거라고 믿고 있는 학생을 기다렸다. 거의 정각에 니시 분페이가 나타났다. 어딘지 모르게 가라앉아 있었다.

'어디 아픈가?'

그때 구즈하라 준은 그렇게 생각했다.

버스 두 대가 출발했다.

일단 무한농장 2층의 넓은 방에 모두 모였다.

커다란 종이에 뱀 그림이 그려져 있고, 그 앞에 아이들이 잔뜩 모여 있었다.

이 근처에 사는 뱀을 소개합니다.

- 구렁이: 큰 놈은 2미터.
- 산무애뱀: 길이 1.5미터 정도. 맛있다(고들 한다).
- 율모기: 1미터. 독뱀이지만 위험하지는 않다(무슨 말이지?).
- 대륙유혈목이: 80센티미터. 물리면 그 날로 목숨은 끝장 (이라는 말은 순 거짓말).
- 살무사: 50센티미터. 술을 만든다. 이 뱀은 정말 주의할 것. 물리면 진짜 큰일 난다.
- 보아뱀: 이런 뱀, 여기서는 본 적 없다.

아이들이 웅성거렸다.

"아이, 징그러워."

"여기, 뭐 하는 데야?"

"나, 집에 가고 싶어."

아이들 뒤에서 에비스 미키오와 가지 요시오가 싱글싱글 웃고 있었다.

노부나가가 우렁찬 목소리로 말했다.

"지금부터 모둠을 나누겠습니다. 그리고 무한농장의 어른들을 여러분에게 소개하겠습니다. 그런 다음, 여러분이 내일까지 여기서 생활하는 동안 꼭 알아야 할 것들을 말씀드리죠."

초등학생과 유치원생 일고여덟 명과 구즈하라 준의 반 아이들 서너 명이 한 조가 되었다.

"이런 꼬맹이들 치다꺼리를 해야 된다고?"

말은 그렇게 했지만, 시모자와 도루는 싱글벙글 웃고 있었다.

"자, 다들 자리에 앉아 주세요. 여러분 앞에 있는 사람들은 무한농장 식구들입니다. 먼저 우리 대장, 보스라고도 합니다."

대장인 구로다 다케시가 말없이 오른손을 번쩍 치켜들었다.

"보통은 대장이나 교장 선생님이 맨 먼저 인사말을 하지만, 여기서는 그런 피곤한 일은 하지 않습니다. 농사일만으로도 충분히 피곤하니까요. 자, 다음은 반장."

구즈하라 준이 가볍게 손을 들었다.

"반장은 원래 우리 무한농장 식구였지만, 사정이 있어서 이번에 중학교 선생이 되었습니다. 여러분의 모둠에 있는 형과 누나들은 반장이 가르치고 있는 학생들이죠. 자, 중학생 여러분, 귀여운 동생들에게 인사하세요. 네, 좋아요. 잘 부탁합니다."

구즈하라 준의 반 아이들은 꼬마들에게 어색하게 고개를 숙였다.

"다음은 간 씨. 이 사람은 손수레를 끌고 우리나라를 한 바퀴 돌고 온 사람으로, 존경스럽다고 해야 할지, 멍청하다고 해야 할지……"

웃음이 일었다.

"아무튼 아주 괴짜입니다."

간 씨는 두 팔을 벌리고 혀를 쏙 내밀며 익살스레 인사를 했다.

"그 옆에 서 있는 사람은 러시아광이라고 합니다. 나이는 스물아홉. 러시아 아가씨한테 차인 뒤로는 러시아에 한이 맺혔는지, 원……"

아이들이 매우 좋아했다.

러시아광도 손을 들어 인사했다.

"그리고 이쪽에 수염을 기른 사내는 수염쟁이, 아니 설상가상입니다. 산 사나이로, 히말라야 등정이라는 빛나는 이력이 있지요. 이력은 빛나는데, 등정하는 날 설사를 만났으니, 그야말로 설상가상이지."

설상가상은 빙글 뒤돌아서서 엉덩이를 쑥 내밀어 엉덩이로 인사를 했다.

아이들은 깔깔깔 넘어갔다.

"다음은 무한농장의 유일한 여성인 원앙금침입니다. 왜 이런 별명이 붙었나 하면, 원앙금침 싸들고 시집가는 게 꿈이거든요. 하지만 '별 시시한 꿈 다 보겠네.' 하고 모두들 깔본답니다."

"남이야 무슨 꿈을 꾸든 상관 말아요."

원앙금침이 투덜거렸다.

"참, 중요한 걸 깜박했군. 원앙금침의 나이는 서른다섯, 아차차, 스물다섯입니다."

원앙금침이 노부나가한테 주먹을 쥐어 보였다.

"그 옆에 멍하니 서 있는 젊은이는 땡중. 별명 같지만 진짜 스님의 아들로 앞으로 절을 물려받아야만 하는 운명을 타고났기 때문에, 그러니까 실제로 중인데……."

노부나가는 한껏 재치 있게 무한농장의 식구 아홉 명을 일일이 소개했다.

초등학생들은 천진하게 웃으며 듣고 있었지만, 구즈하라 준의 반 아이들은 어지간히 경력들이 다양하구나 싶었던지, 대부분 어이없다는 표정을 지었다.

어린아이들에게 인기가 있었던 사람은 백호대라는 젊은이로, 노부나가는 그를 왕년의 폭주족이라고 소개했다.

그때 구즈하라 준은 야스코의 엄마를 언뜻 보았지만, 별다른 표정 변화가 없었다.

무한농장 식구 중에는 만다라라고 하는 쉰을 넘긴 사람이 있었다.

탄광에서 일하다가 사고를 당해 왼쪽 다리를 못 쓰게 되었다고, 이때만은 노부나가도 진지하게 소개했다.

"마지막으로 제가 남았군요. 저는 노부나가라고 합니다. 오다 노부나가(일본 전국시대의 무사. 통일의 기틀을 다진 인물로 성격이 몹시 급했다고 한다.—옮긴이)에서 따온 이름인데, 워낙 성미가 급해서 이런 별명이 붙었습니다."

앞에 앉은 여자 아이가 걱정스럽게 물었다.

"무서워요?"

"무섭지 않습니다. 화난 척하긴 해도 정말로 화를 내는 경우는 거의 없어요. 이따금 개중에는 만만하게 보이는 어른한테 사정없이 기어오르는 아이가 있는데, 그때도 나는 웃어넘깁니다. 내가 화를 낼 때는 사람을 차별하거나 업신여기거나 할 때입니다. 예전에 아토피성 피부병을 앓고 있는 아이한테 벅벅 긁는 도깨비라며 놀려 댄 아이가 있었는데, 호되게 야단맞았습니다. '시골 촌놈 주제에.' 라고 말한 아이도 호되게 야단맞았고요."

"그런 말, 안 할게요, 나."

여자 아이가 말했다.

"네, 그럼요, 그래야죠."

노부나가가 싱긋 웃었다.

"음, 그리고 제 경력은 별로 특별할 게 없습니다. 평범하게 대학 가서, 평범한 회사에서 일하다가, 평범한 회사가 싫어서 여기로 왔습니다. 이렇게 끝내면 여러분의 인상에 별로 남지 않을 것 같으니까, 이 자리에서 노래 한 곡 부르겠습니다. 무한농장가입니다. 여러분의 학교에는 교가가 있죠? 뭐 그런 거예요."

누군가가 말했다.
"교가 같은 거, 재미없어요."
"일단 들어 보세요."
노부나가가 기타를 품에 안았다. 버스에서는 하와이 기타를 퉁기고 있었던 걸로 보아, 악기 연주가 특기인 듯했다.
디리링 하고 기타 소리가 흘러나왔다. 노부나가가 노래를 시작했다.

달콤한 말에
속아서
찾아왔네
무한농장
새벽부터
잠을 깨워
돼지 밥 줘라
똥 치워라

돈도 못 벌고
시간도 없네
간식도 없고
예쁜 여자도 없네
있는 건 오직
대장의 불만뿐

하루 빨리

그녀 얼굴

보고 싶어라.

노부나가의 목소리는 굉장히 고왔다.
앞에 앉은 여자 아이가 물었다.
"간식 안 줘요?"
노부나가가 허둥지둥 말했다.
"어린이들에게는 간식을 준답니다."
그러고는 그 아이한테 한쪽 눈을 찡긋 하고는 말했다.
"너, 참 재미있는 아이구나."
노부나가가 디리링 하고 기타줄을 훑어 내렸다.
"자, 그럼, 이제부터 다 같이 일을 시작해 볼까요? 여기는 어린이도 어른도 모두 평등합니다. 똑똑한 사람도, 어리석은 사람도 없습니다. 여러분은 손님이 아니라 친구입니다. 함께 놀고, 함께 일하고, 함께 밥 먹고 함께 방귀 뀝시다."
디리리링 하고 또 한 번 기타 소리가 울렸다.

초등학교 3학년인 노리라는 아이가 가까스로 소젖에 손을 댔다.
"와, 부드러워!"
노리가 감탄했다.
소젖의 감촉도 감탄스러웠지만, 무서운 소의 배 밑에까지 기어들어가 소젖을 손으로 잡았다는 사실이 더 놀라웠다.

무엇보다 노리는 자신의 용기에 감탄했던 것이다.

"소, 되게 얌전하구나!"

깜짝 놀란 듯, 한 사내아이가 말했다.

이렇게 되기까지 쉽지는 않았다. 우선, 아이들은 돼지우리와 소우리의 지독한 냄새에 쩔쩔맸다. 수건이나 손수건으로 코를 틀어막는 아이도 있었다.

"이 똥, 밟아야 돼요?"

백호대가 대꾸했다.

"그래서 장화로 갈아 신었잖아."

6학년 아이가 잘난 척하며 말했다.

"이 똥, 깨끗이 치워서 갖다 버리는 거죠?"

"바보 같은 소리! 똥이 얼마나 소중한 비료인데."

누군가가 노래하듯 말했다.

"파리는 우글우글, 똥은 더러워."

소 옆에 이르자, 아이들은 뒷걸음질 쳤다.

소가 이쪽을 돌아보자 "꺄악!" 하고 소리치고, 소가 울자 "히익!" 하고 놀라며 달아나 버렸다.

"이봐, 이봐, 자원 봉사자들, 뭐 하고 있는 거야?"

자원 봉사자들은 백호대에게 욕을 먹었다.

에비스 미키오가 말했다.

"소는 나도 겁나. 눈엔 벌겋게 핏줄이 서 가지고, 대체 뭘 생각하고 있는지 알 수가 있어야지?"

백호대는 미덥지 못한 자원 봉사자를 나무랐다.

"이봐, 그건 소한테 실례되는 말이야."

시모자와 도루도, 이노구치 가스미도 소한테 다가가려고 하지 않았다.

시모자와 도루가 물었다.

"저, 아저씨는 별명이 왜 백호대예요?"

"고향이 아이즈 와카마쓰거든."

"그럼, 백호대(1868년 아이즈와카마쓰에서 결성되어 관군에 대항했던 소년 결사대—옮긴이)의 후손?"

"뭐, 그런 셈이지."

백호대가 가슴을 쭉 폈다.

"소년 결사대인 백호대는 와카마츠 성이 불타는 것을 보고 전쟁에 졌다고 지레짐작하고는 죄다 자살했지."

시모자와 도루는 아주 유식했다.

"야, 무슨 말을 그렇게 멋대가리 없이 하나?"

"백호대가 무슨 바보냐?"

백호대는 기분이 팍 상했다.

"이 얘기, 언제까지 계속할 거야? 우리, 소젖 짜러 온 거 아냐?"

시모자와 도루가 히히히 하고 웃었다.

초등학교 3학년인 노리가 소젖을 조몰락거렸다.

젖은 한 방울도 나오지 않았다.

"어른들도 땀이 흐를 만큼 힘든 일이야, 이건."

백호대가 시범을 보였다. 새하얀 젖 줄기가 쭉쭉 뻗어 나왔다.

"역시!"

에비스 미키오가 백호대를 추어올렸다.

다시 노리가 자리를 잡고 자기 뺨을 소젖에 딱 붙인 채 얼굴이 새빨개지도록 용을 썼다.

아주 조금 젖이 나왔다.

노리가 큰 소리로 외쳤다.

"나왔다!"

백호대의 얼굴을 보고 기쁜 듯이 웃었다.

에비스 미키오가 얼굴을 디밀었다.

"어디, 어디?"

그 무렵에는 다들 소를 겁내지 않게 되어 소의 배 밑에 얼굴을 처박고 있었다.

"히야."

소젖을 만져 보고 에비스 미키오가 묘한 소리를 질렀다.

"말로 표현할 수 없는 이 감촉!"

시모자와 도루도 껴 들어와, 한 손으로 살며시 소젖을 만져 보았다.

"그치?"

응, 응 하고 시모자와 도루도 의미심장하게 고개를 끄덕였다.

"이 젖, 주물러 봐도 돼요?"

"안 주무르면 젖이 안 나와."

"히야."
에비스 미키오가 씨익 웃었다.
"이 녀석, 뭘 생각하는 거야?"
백호대가 꽁 알밤을 먹였다.
잡초뽑기를 맡은 모둠은 그야말로 비참했다.
초여름의 뙤약볕은 몹시 견디기 힘들었던 것이다.
"대체 이 밭엔 잡초가 왜 이렇게 많아요?"
"농약을 안 뿌리고 안전한 채소를 키우려면 고생이 많지요."
설상가상이 진지하게 대답했다.
"어우, 너무 힘들다."
설상가상은 들은 척도 하지 않았다.
"우리, 꼭 노예 같아."
"노예는 불평하지 않습니다."
"돈까지 내고 이게 무슨 꼴이야."
"그건 참가비예요."
"그게 그거잖아요."
조숙한 사내아이 하나가 쏙 끼어들었다.
"순 거꾸로야."
"뭐가?"
"일하고 돈 내는 거."
"그게 어때서?"
"아저씨들은 좋을지 몰라도……."

그치? 하고 조숙한 사내아이가 주위 친구들에게 동의를 구했다.
"맞아, 맞아."
아이들이 대부분 설상가상 앞으로 몰려왔다.
어떻게든 꾀를 부려 쉬어 보려는 눈치였다.
이다카 마사토가 말했다.
"요즘 애들은 돈을 밝힌단 말이야."
오노 쇼키치가 흐르는 땀을 닦으며 말했다.
"뭐, 마음은 충분히 이해가 가지만……."
"아저씨."
"형이라고 하세요."
"알았어요. 형."
"뭡니까?"
"히말라야에서 설사했다는 거, 진짜예요?"
"진짭니다."
"히말라야 산맥 꼭대기, 무지무지 춥죠?"
"얼마나 추워요?"
옆에 있던 꼬마가 물었다.
설상가상에게 쉴 새 없이 질문을 퍼붓던 여자 아이가 대답했다.
"쉬 하고 오줌 누면 오줌이 금세 고드름으로 변해, 그죠?"
"흐음."
꼬마가 가랑이 사이를 꾸욱 눌러 보았다.
"히말라야 산 꼭대기에 변소 같은 건 없어요?"

"없습니다."
"설사했다면서요?"
"네."
"어떡했어요?"
"뭘요?"
"엉덩이요."
주위의 아이들이 쿡쿡 웃었다.
"엉덩이, 똥 묻었을 거 아녜요?"
"……."
여자 아이는 의기양양한 목소리로 물었다.
"어떡했어요?"
설상가상이 말했다.
"잡초 뽑으세요."
"얼버무리지 마세요. 빨리 대답해요."
설상가상은 고개를 푹 수그리고 풀을 뽑았다.
아이들이 서로 얼굴을 마주 보았다.
"야아, 그런 얘기 그만해."
마음이 약해 보이는 사내아이가 말했다.
"맞아." 하고 한 아이가 맞장구를 쳤다.
설상가상은 여전히 아래를 보고 있었다.
"몰라."
누군가가 말했다.

"나도 몰라, 이제 어떡할 거야?"

그러면서 설상가상한테 따지던 여자 아이를 비난하듯 바라보았다.

그때 설상가상이 고개를 쳐들고 우렁찬 목소리로 말했다.

"아주 간단해요. 가만히 내버려 두면 저절로 말라 버리니까."

아이들이 설상가상 주위에서 싹 흩어졌다.

멀찌감치 떨어져 "아우, 더러워." "더러워." "더러워." 하고 코를 막았다.

바로 옆에서는 양파 수확이 한창이었다.

이곳에서는 대장과 니시 분페이, 기우치 리카, 스즈키 다이스케와 어린아이들이 진지하게 공부하고 있었다.

"어때요, 허리 아프죠?"

"아파요, 아파요." 하는 소리가 아이들 사이에서 터져 나왔다.

"양파를 뽑아 잎을 잘라 내고 한 묶음씩 묶는 일을 겨우 한 시간쯤 했을 뿐인데 벌써 몸이 욱신거리죠. 허리를 구부린 자세로 일하기 때문입니다."

대장의 이야기를 들으면서, 스즈키 다이스케는 스트레칭 체조를 했다.

"농부들은 수확기에만 1주일에서 열흘 정도 이런 힘든 일을 계속합니다. 그러니 10월 초에 씨를 뿌리고 모를 심어 수확기인 6월까지 양파를 돌보는 것이 얼마나 엄청난 노동인지 여러분도 짐작하겠죠. 이렇게 힘들여 키워도 양파 값은……."

대장은 열 알 남짓씩 묶여 있는 양파 여덟 묶음을 아이들 앞에 늘어 세웠다.

"이 정도면 20킬로그램쯤 나가는데, 양파 값이 쌀 때는 700엔, 800엔, 비싸 봤자 고작 2,000엔입니다."

"후유."

"완전 똥값이네."

그런 소리가 들리고, 아이들의 놀라는 표정이 보였다.

"농부들은 겨우 이 정도밖에 벌지 못하는데도 시장에서 팔리는 양파는 항상 이보다 갑절은 비싸죠."

"왜 그래요?"

스즈키 다이스케가 손을 들고 물었다.

"무한농장에서 나는 농산물은 생산자에서 소비자로, 즉 농사를 짓는 사람의 손에서 농산물을 사 먹는 사람의 손으로 직접 전해지지만, 대개의 농산물이 농민의 손을 떠나 소비자의 손에 닿기까지는 수많은 사람의 손을 거치게 됩니다. 어린이들에게는 좀 어렵겠지만, 그것을 유통 구조라고 하지요. 양파를 사재기해서 가격을 조종하는 경우까지 포함한다면, 가격 차이는 훨씬 더 커지죠."

농부는 손해만 보는구나 하고 한 꼬마가 말했다.

"이 양파밭은 교실 여섯 개를 합한 넓이지만, 거둬들인 양파를 전부 내다 판다 해도 5만 엔이 채 안 될 겁니다. 종자 값이며 비료 값, 운송비를 빼면 남는 게 별로 없다는 것을 알 수 있겠죠."

구체적인 이야기라 잘 이해할 수 있었던지, 아이들은 "후유, 너무해." 하고 소리 내어 감정을 표현했다.

"이렇다 보니, 요즘 우리나라 농부들은 농사만 짓고는 먹고 살 수 없어요. 농사일을 하는 한편 회사에 다니거나 아르바이트를 하면서 근근이 생계를 이어 가는 형편이지요."

니시 분페이가 말했다.

"경쟁 원리의 희생자죠."

"네가 니시구나? 구즈하라한테 네 얘기 많이 들었다. 너도 내 생각과 같은 모양이군. 생명을 아끼고 길러 내는 의식이 바탕에 깔려 있어야 할 농업과 교육계가 마치 경쟁적으로 상품을 팔아치우듯 생명에다 싸네, 비싸네 하는 가격을 매겨서 팔고 사는 세계로 전락하고 있어. 나는 잘못된 일이라고 생각한다."

"아, 이런, 이런." 하고 대장이 초등학생들에게 말했다.

"여러분한테는 좀 어려운 이야기였죠? 미안해요. 모처럼 힘든 일을 했으니까, 앞으로도 이 경험을 잘 살려 보세요. 시장이나 슈퍼마켓에서 채소를 마구 싸게 팔고 있더라도 그저 좋아만 하지 말고 그만큼 농부들이 힘들겠구나 하고 생각할 수 있는 어린이가 되는 거예요, 알았죠?"

"네!" 하고 아이들이 대답했다.

이 모둠은 모두 우등생인 듯했다.

한편 간바라 미치코와 야스코 모녀는 양계장으로 갔다.

한 아이가 달걀을 손에 쥐고 "아, 따뜻해." 하고 말하자, 간바라 미치코와 야스코 모녀가 서로 얼굴을 마주 보았다.

"닭은 체온이 높지요."

간 씨가 이렇게 말하며 그 아이 품에 닭을 안겨 주었다.

그 아이는 눈을 동그랗게 뜨며 말했다.

"정말이다."

"그래서 닭들은 여름을 나기가 힘들답니다. 여름에는 달걀도 많이 낳지 않아요. 닭들은 곧잘 자기 몸에 모래를 끼얹죠? 그러면 털 사이에 있는 조그만 벌레도 없앨 수 있고 몸의 온도도 낮출 수 있답니다. 따라서 닭을 닭장에 넣어 기르는 것은 닭을 괴롭히는 일이나 다름없어요. 닭장 속에 갇힌 닭은 스트레스가 쌓여 그물 너머에 있는 다른 닭의 꽁지를 쪼아서 꼬리털을 뽑아 버려요. 털이 뽑힌 닭은 자기 옆에 있는 또 다른 닭의 꼬리를 쪼고요. 그래서 닭장에다 닭을 키우는 사람들은 닭의 부리를 반쯤 잘라 버리거나 신경 안정제가 든 사료를 먹이기도 한답니다."

초등학교 2학년쯤 되어 보이는 아이가 말했다.

"불쌍해."

야마다 미키오가 말했다.

"사람은 죽으면 지옥 갈 거야."

"맞아요."

간 씨도 그 말에 찬성했다.

"닭한테 달걀을 얻은 사람은 먹이를 주세요. 닭한테 고맙다고 인사해야죠."

돼지한테 먹이를 준 다음, 가지 요시오는 꼬맹이들과 함께 돼지 등에 올라타서 장난을 치고 있었다.

"달려라, 달려! 6번, 6번, 달려! 경마가 아니라 경돈이다!"

"이 녀석! 그러고도 네가 자원 봉사자냐!"

가지 요시오는 삽을 치켜든 러시아광한테 쫓겨 다녔다.

미즈타니 레이코, 이즈쓰 준이치, 미소노 에쓰코네 모둠은 상수리 나무에 표고버섯 균을 옮겨 심으면서 만다라의 광산 시절 얘기를 듣고 있었다.

그 밖에도 땅콩 밭에 북 주기, 감자캐기 같은 일을 하는 모둠이 있었다.

"이 농장에 대해 전혀 설명하지 않은 것은 우선 여러분이 눈으로 직접 보고 느끼고 알아 나갔으면 하는 마음에서였다. 지금부터 점심 시간까지 30분쯤 남았으니까, 그때까지 눈으로 봐서는 이해할 수 없는 부분을 설명하겠다."

한 차례 일을 마치고 넓은 방으로 되돌아온 아이들에게 대장이 말했다.

"농장의 넓이나 동물과 채소의 종류는 방금 여러분이 본 그대로이며, 여기서는 완전한 자급자족이 이루어지고 있다. 딱히 특별하다고 할 수는 없지만, 호로호로새, 칠면조, 공작, 그리고 벌꿀을 얻을 수 있는 벌이 있다는 점 등은 여러분에게 다소 신기할 거다. 말과 당나귀와 조랑말도 있다. 서로 어떤 점이 다른지 잘 살펴봐. 자유 시간에 태워 줄 테니까."

와아 하고 아이들이 기뻐했다.

"여기 식구는 모두 아홉 명이지만, 자원 봉사자나 체험 학습을 와서 하루 이틀쯤 머무는 사람이 몇 명씩은 있으니까 늘 열두세 명은 일하고 있다고 보면 될 거다."

도중에 질문이 있는 사람은 언제라도 질문해도 좋다고 대장이 말했다.

"이곳에서는 계절 채소, 고구마, 콩, 소, 돼지, 닭, 오리 등을 생산해서 소비자들에게 직접 팔고 있다. 햄이나 소시지, 훈제 고기도 만들어 팔고."

거침없는 질문이 날아들었다.

"돈이 되나요?"

대장은 가슴을 쫙 펴고 대답했다.

"돈은 안 된다."

"가까스로 월급을 줄 수 있게는 되었지만, 한 사람 앞에 월 4만 엔이야."

어쩔래? 하는 표정으로 대장이 아이들을 둘러보았다.

"진짜 돈 안 된다."

아이들 쪽이 오히려 실망하는 얼굴이었다.

오노 쇼키치가 손을 들었다.

"왜 그렇게 돈도 안 되는 일을 하세요?"

"그 질문에 대답하는 것이 가장 어렵지. 학생은 이상이 있나?"

도리어 질문을 당하자, 오노 쇼키치는 우물쭈물하며 애매하게 대답했다.

"뭐, 그렇죠."

"이상을 이루고는 싶지만 현실은 냉엄하지. 지금 당장은 이렇게밖에 대답할 수 없어."

오노 쇼키치는 묵묵히 고개를 끄덕였다.

"쌀이나 채소를 재배하는 것을 농업이라고 한단다."

대장은 어린아이들을 배려하여 말을 하고 있었다.

"요즘 우리나라는 농업 분야에서도 경쟁이 심해져서, 많이 만들어서 싸게 파는 것을 당연하게 여기고 있다. 그 때문에 화학 비료나 농약을 점점 더 많이 사용하지. 무한농장에서는 화학 비료나 농약을 쓰지 않아."

어린아이가 물었다.

"왜요?"

"화학 비료를 지나치게 많이 쓰면 땅이 죽기 때문이야. 땅이 죽는다는 것은 나중에 좀 더 상세히 설명해 줄게. 채소에 묻어 있는 농약을 잔류 농약이라고 하는데, 이것이 우리 몸속에 들어가면 건강을 해치고 심한 경우에는 암을 일으킬 수도 있어. 채소 값이 싼 것은 물론 좋은 일이지만 한편으로 그런 걱정이 생기는 것이지. 닭을 돌봤던 모둠은 벌써 들었겠지만, 사람들은 닭에게 약을 먹여 달걀을 많이 낳도록 해서 그것을 내다 팔고 있다. 물건 값이 싸다는 것, 특히 음식물이 지나치게 싼 것은 결코 좋기만 한 일이 아니야. 우리 무한농장의 채소를 찾으시는 여러분의 어머님들은 그 사실을 일찌감치 깨달은 현명하신 분들이지."

누군가가 빈정거렸다.
"지금까지 무한농장 광고 방송이었습니다!"
"맞다, 광고다."
대장은 눈 하나 꿈쩍하지 않았다.
"여러분이 자랄 수 있는 것은 음식물을 섭취하고 거기에서 영양분을 얻기 때문이다. 그것은 누구나 알고 있는 사실일 거야. 또한 음식물이 모두 생명이라는 사실도 여러분은 이미 알고 있다. 그럼, 채소는 어디에서 양분을 얻을까? 물과 태양은 빼고 말이다."
많은 아이들이 손을 들었다.
"음, 학생, 말해 봐."
"흙이요."
"맞다, 흙이다. 그렇다면 흙은 무엇으로 이루어져 있다고 생각하지?"
또 많은 아이들이 손을 들었다.
"모래요."
"점토요."
"썩은 나뭇잎."
"벌레나 동물의 시체요."
아이들이 저마다 대답했다.
"모두 다 맞는 말이다. 그런데 또 하나, 중요한 게 있는데……."
대장은 비커에 담긴 한 줌의 흙을 아이들에게 보여 주었다.
"이것은 닭똥과 소똥, 마른 잎과 볏짚을 섞어 흙과 흙 사이에 켜켜

이 넣고 발효시킨 퇴비 밑에 있던 흙이다. 가장 영양분이 풍부한 흙, 그러니까 기름진 흙이라고 할 수 있지. 이 흙 속에는 여러분이 방금 말한 흙의 성분 외에도 수많은 생물이 있다. 수많은 생명의 집합체인 셈이지. 또 다른 말로 미생물이라고 한다. 자, 여러분의 눈으로 직접 확인해 보기 바란다."

대장은 못에서 떠 온 물을 비커에 붓고 흔들었다.

흙을 관찰할 수 있도록 땡중과 원앙금침이 재빨리 현미경 두 대를 가져왔다.

두 사람은 어린아이들에게 먼저 현미경을 보여 주었다.

대장이 물었다.

"어때?"

"예뻐요."

"막 움직여요."

아이들의 얼굴이 발개졌다. 처음 본 세계였으리라.

구즈하라 준은 구로다 다케시의 연출력에 감탄했다.

"현미경이 두 개밖에 없으니까 못 본 사람은 나중에 천천히 보렴. 그것과 똑같은 것을 슬라이드로 준비했으니까 일단 이쪽을 먼저 볼까?"

방을 어둡게 하고 슬라이드를 비추었다.

농업 교실을 열 때마다 해 온 일이라 익숙했다.

주로 아메바나 짚신벌레와 같은 원생동물이 슬라이드에 비쳐졌다.

다시 방이 환해지자 대장이 말했다.

"현미경으로 보았던 미생물은 흙 속에 살고 있는 수없이 많은 생물 가운데 극히 일부분에 지나지 않는다. 이 현미경으로 볼 수 없는 더 작은 생물까지 포함하면, 한 줌의 흙 속에는 지구의 인구보다 많은 생물이 살고 있는 셈이다."

아이들은 정말로 깜짝 놀란 얼굴이었다.

"흙의 영양분을 만들어 내는 것은 바로 이런 생물들이다. 이를테면 박테리아, 즉 세균이지. 이 미생물들이 똥이나 마른 잎을 썩혀서 기름진 퇴비를 만드는 거야. 흙 속의 나뭇잎도, 벌레나 동물의 시체도, 박테리아가 없다면 결코 흙으로 돌아갈 수 없다. 화학 비료나 농약을 지나치게 많이 사용하면 이처럼 소중한 흙의 생물이 줄어들거나 아예 사라져 버리는데, 이런 것을 두고 우리는 흙이 죽는다고 표현하지. 말 그대로 생명을 죽이는 일이야."

대장이 오노 쇼키치에게 말했다.

"우리의 이상을 이해하겠니? 눈에 보이지 않는 흙 속의 미생물 하나만으로도 알 수 있듯이, 자연은 하나로 이어져 서로서로 도우며 살고 있어. 인간들 편하자고 그 관계를 망가뜨려서는 안 돼. 우리의 이상은, 인간의 생명은 물론이고 지구의 모든 생명을 소중히 여기며 사는 것이다."

오노 쇼키치가 대답했다.

"일단은 이해하겠습니다."

대장이 웃으며 물었다.

" '일단은' 이라는 단서를 붙인 이유는?"

"이상은 좋지만, 현실이……. 예를 들어, 제가 사회에 나가 뼈빠지게 일을 하고도 월급을 고작 4만 엔밖에 못 받는다면 맥 빠질 거예요."

갑자기 박수 소리가 들렸다.

원앙금침이었다.

"왜 자네가 거기서 손뼉을 치는 거지?"

대장이 묻자, 야마다 미키오가 굳이 안 해도 될 말을 했다.

"월급 좀 올려 달라는 뜻 같은데요?"

"그럼, 그 4만 엔의 근거, 그러니까 현실을 좀 더 설명하지."

과연 대장이었다. 전혀 당황하는 기색 없이 느긋하게 말을 이었다.

"화학 비료나 농약을 쓰지 않고 흙 속의 생물과 사이좋게 지내는 농업을 유기 농업이라고 하는데, 이것은 분명 고달픈 일이다. 툭하면 벌레한테 물리고, 재배 기간도 길다. 게다가 생산량의 3분의 1은 벌레나 새한테 빼앗기고, 3분의 1은 상했거나 모양새가 나빠서 팔 수 없다. 즉, 죽어라 고생하고도 3분의 2는 그냥 버리는 셈이다. 여러분의 어머니들은 이해심도 깊고 생각이 있는 분들이니까 그런 말씀 안 하겠지만, 보통 어머니들은 벌레가 먹었거나 모양새가 나쁜 채소를 들고 가면 마구 헐뜯는다. 채소뿐만 아니다. 돼지나 오리나 소도 시중에 파는 배합 사료는 먹이지 않고 꼬박꼬박 운동도 시키기 때문에 몸무게가 쑥쑥 늘지 않는다. 무게는 곧 돈이지만 맛은 먹는 사람 혀의 문제이므로 무게처럼 돈이 되지는 않는다."

대장이 말했다.

"어때? 돈벌이가 안 되는 이유를 이제 알겠니? 어이, 원앙금침, 어디로 내빼는 거야!"

"아, 저, 카레라이스가……."

원앙금침은 꽁무니를 뺐다.

점심 메뉴인 카레라이스 냄새가 허기진 아이들의 코를 자극했다.

농업 교실에서의 하루는 눈 깜짝할 사이에 흘러간 느낌이었다.

점심을 먹은 뒤, 아이들은 다 함께 우렁이와 민물새우를 잡으러 강에 갔다. 돌아와서는 자유 시간을 가진 뒤 한 번 더 동물들에게 먹이를 주었다.

저녁은 닭 바비큐 요리여서, 닭을 잡았다.

저녁을 먹고 나서 잠깐 회의를 갖고 캠프파이어와 담력 시험을 하고 나자, 취침 시간인 9시 30분이 코앞에 다가와 있었다.

구즈하라 준의 반 아이들 방은 따로 마련되어 있었지만, 9시가 가까워져도 방으로 돌아온 아이는 그리 많지 않았다. 돌아온 학생들도 대개는 꼬마들한테 시달려 녹초가 되어 있었다.

"꼬맹이들한테 너무 인기가 좋은 것도 피곤한 일이야."

순전히 엄살만은 아닌 듯한 얼굴로 투덜거리며 시모자와 도루가 돌아왔다.

"수고했다."

구즈하라 준은 일일이 말을 건네면서 아이들을 맞았다.

짬짬이 야스코의 엄마와도 얘기를 나누었다.

막무가내로 달라붙는 여섯 살쯤 되어 보이는 여자 아이한테 쩔쩔매며 시마무라 류지가 돌아왔다.

"이제 그만 네 방으로 돌아가야지. 잘 시간이야."

"조금만 더 놀아."

"흐유, 미치겠네."

그 모습을 보고 이다카 마사토가 놀려 댔다.

"류지, 너같이 인기 없는 녀석한테는 아주 소중한 애잖아. 10년 후 데이트 예약이나 해 두라고."

시마무라 류지는 그 말에는 대꾸도 않고 여자 아이를 방에 데리고 들어오며 말했다.

"좋아, 그럼 진짜 딱 한 번만이다."

구즈하라 준은 싱글싱글 웃으며 그런 시마무라 류지를 바라보고 있었다.

시마무라 류지는 스케치북을 들고 와 바닥에 엎드렸다.

"뭐 할 거야?"

시마무라 류지가 다시 말했다.

"딱 한 번만이야."

한 번 더 다짐을 받았다.

"약속한 거다?"

아이는 하는 수 없다는 듯 고개를 끄덕이고는 기쁜 얼굴로 시마무라 류지와 나란히 엎드렸다.

이다카 마사토와 에비스 미키오도 옆에 와서 싱글거렸다.

모래밭에서 뒹구는 아이들처럼 353

시마무라 류지는 소곤거리는 듯한 목소리로 노래를 부르기 시작했다.

"접시 위에."

커다란 동그라미를 그렸다.

"달걀 프라이."

동그라미 속에 동그라미를 하나 더 그렸다.

"콩 네 개를 얹었어요."

눈과 콧구멍에 해당하는 동그라미 네 개를 그렸다.

"딸기도 두 개 얹었어요."

귀를 그렸다.

"하늘 나는 원반이 날아와."

몸통을 그렸다.

"눈 깜짝할 사이에 돼지가 되었네."

꼬리와 다리를 그려, 시마무라 류지는 그림을 마무리했다.

"됐지?"

여자 아이한테 말했다.

"해 볼래?"

"응."

시마무라 류지가 또 노래를 불렀다.

　　접시 위에

　　달걀 프라이,

콩 네 개를 얻었어요.

딸기도 두 개 얻었어요.

하늘 나는 원반이 날아와

눈 깜짝할 사이에 돼지가 되었네.

여자 아이도 노래를 흥얼거리며 돼지 그림을 그렸다.

에비스 미키오가 끼어들었다.

"너, 재능이 고작 이것밖에 안 되냐?"

"개성이 하나도 안 드러나잖아. 누가 그려도 똑같은 그림이야, 이거."

이다카 마사토도 장난을 걸었다.

하지만 시마무라 류지는 상대해 주지 않았다.

"자, 약속했지? 이제 그만 자자."

시마무라 류지가 여자 아이를 일으켜 세웠다.

"내일도 놀아 줄 거야?"

"약속 지키면 놀아 주지."

"응, 그만 잘게."

시마무라 류지가 아이를 칭찬해 주었다.

"아이고, 착하네."

"안녕."

"잘 자."

시마무라 류지가 아이를 배웅했다.

아이가 사라진 순간, 시마무라 류지의 몸이 펄쩍 뛰어올랐다.

에비스 미키오를 벌렁 넘어뜨려 양쪽 발목을 거머쥐더니 가랑이 사이에 제 오른다리를 끼우고 덜덜덜 떨었다.

"으아, 앗, 으악!"

에비스 미키오가 비명을 질렀다.

이다카 마사토한테도 실컷 분풀이를 한 뒤에, 시마무라 류지는 구즈하라 준에게 말했다.

"선생님, 아까 걔, 되게 재미있어요."

"그래?"

"넓은 방에 있던 피아노로 줄창〈고양이 밟았네〉만 치는 거예요. 누가 무슨 말로 꾀어도 들은 척도 안 해요."

시모자와 도루가 물었다.

"그래서 너, 어떻게 했는데?"

"땡중한테 어떻게 하느냐고 물어보니까, '내일까지〈고양이 밟았네〉만 계속 친다면 가만히 앉아서 7,500엔 버는 셈이잖아, 그냥 냅둬.' 하는 거예요. 아무튼 이곳 사람들, 하나같이 괴짜라니까."

"그러게. 도대체가 책임감이란 게 없어. 아주 상쾌할 정도로."

아리마 고타도 거들었다.

"뱀한테 물리면 어떻게 하느냐고 하면 뱀한테 물려 보면 된대지, 그렇게 위험한 짓을 하다가 다치면 어떻게 하느냐고 하면 다쳐 보면 된대지……."

구즈하라 준이 싱긋 웃었다.

"그렇게 무책임하게 말하면 어쩔 수 없이 아이들 스스로 조심하게 되니까, 어떻게 보면 바람직한 교육법일 수도 있지만 그래도 좀 화가 나요."

아리마 고타가 이렇게 말하자 고개를 끄덕이는 아이들이 꽤 많았다.

스즈키 다이스케가 느릿느릿 말했다.

"뭐야 이거, 학교하고는 완전 반대잖아."

"류지. 그래서 그 아이랑은 어떻게 친해졌냐?"

궁금했던지 시모자와 도루가 물었다.

"〈고양이 밟았네〉를 같이 쳤을 뿐이야. 아마 50번쯤 쳤을걸."

"대단하다, 너." 하고 에비스 미키오가 말했다.

시마무라 류지가 말했다.

"그제야 애가 좋아서 웃더라고. 50번쯤 치고 나니까 말이야."

에비스 미키오가 결론을 내리듯이 말했다.

"아무튼 애들은 지칠 줄을 모른다니까."

그 무렵에는 대부분의 아이들이 돌아와 있었다.

"어때? 이제 거의 다 돌아온 것 같으니까, 좀 전의 회의를 계속해 볼까? 분페이가 흥미로운 의견을 내놓았지만 충분히 토론하지 못한 게 아쉬웠거든. 대장이 아주 좋아하더군, 분페이."

니시 분페이는 고개를 갸웃하며 말했다.

"어째서요? 마지막엔 거의 싸울 뻔했는데……."

"대장이 그러더군. '이곳에서 내 말은 거의 법에 가까우니까 보통 사람들은 토를 달지 않는데, 그 애는 타협하지 않았다.' 고."

"그거야……."

니시 분페이가 머뭇거렸다.

회의 때 문제가 되었던 것은 닭을 잡는 일이었다.

살아 있는 닭의 경동맥을 끊어 피를 빼내고 살을 발라 내는 작업이 몇몇 어린이가 보는 앞에서 이루어졌다.

개중에는 "잔인해." 또는 "나, 이제 닭고기 안 먹을 거야." 하고 말하는 아이도 있었고, 울먹이거나 울음을 터뜨리는 아이도 있었다.

"닭이나 소, 돼지를 잡는 사람은 잔인하고, 그걸 먹는 사람은 잔인하지 않나요?"

피가 뚝뚝 흐르는 칼을 손에 들고 있었던 탓에, 원앙금침의 말은 꽤 힘이 있었다.

"여러분이 프라이드 치킨이나 햄버거를 맛있게 먹는 동안에도 힘들게 닭이나 소를 잡는 사람들이 있어요. 여러분은 그 사람들이 하는 일을 생각해 본 적이 있나요? 아까 잔인하다고 말한 사람. 자, 닭을 튀길 수 있도록 이 칼로 토막 내 봐요."

그 아이는 원앙금침의 기세에 눌려 "잘못했어요." 하고 말했다.

회의 때 그 이야기가 나온 것이다.

"말로는 생명이 소중하다면서 닭을 잡아먹는 것은 이상하다고 말하는 사람이 있다. 닭을 죽인다는 점만 떼어 놓고 보면 그럴 수도 있겠지. 하지만 여기서 잠깐 생각해 보자. 너희는 채소나 고기를 먹고 생명을 이어 나간다. 채소나 가축들도 직접 또는 간접적으로 다른 생물의 생명을 먹고산다, 그렇지? 이러한 관계는 매우 냉엄한 약속에 따라 유지되고 있다. 좀 어려운 말이지만, 그것을 자연의 섭리라고 한다. 야생 동물이나 식물도 모두 그 엄격한 관계 속에서 살아가고 있는 것이다. 우리는 살아 있는 닭을 먹을 수 없고, 살아 있는 소나 돼지를 먹을 수 없다. 닭이나 소를 죽이는 것은 인간에게 주어진 냉엄한 자연의 섭리 가운데 일부이다. 이것은 피할 수 없다. 그 점을 알아주기 바라는 마음에서 우리는 여러분을 닭 잡는 일에 참여하게 했다. 잡는 사람은 잔인하고 먹는 사람은 잔인하지 않느냐고 원앙금침도 말했지만, 우리는 그런 힘든 일을 하는 사람에게 감사해야 하며 우리에게 주어진 생명을 결코 허투루 다루는 일 없이 감사히 먹어야 한다고 생각한다."

대장은 그렇게 말했다.

두세 차례 대화가 오간 다음, 니시 분페이가 물었다.

"그걸 굳이 어린아이들한테 닭 잡는 것을 보여 주며 가르쳐야 합니까?"

대장이 차분하게 물었다.

"학생은 그 점에 의문을 품고 있나?"

"그렇습니다."

"자네 생각을 듣고 싶군."

"사람에게는 머리로 이해하는 것과 몸으로 느끼는 것이 있잖아요. 무한농장 사람들은 자연 속에서 수많은 생명에 둘러싸여 살고 있으니까 그런 냉엄한 자연의 섭리를 머리로도 몸으로도 충분히 이해하고 있겠죠. 하지만 아까 죽은 닭이 불쌍하다고 한 아이가 닭고기를 맛있게 먹고 있는 것을 보고, 저는 어린아이 같지 않다고 생각했습니다."

"으음."

대장은 신음 소리를 냈다.

"저는 목이 잘려 나간 닭을 보고 울었던 아이가 닭고기를 먹지 못하는 것이 자연스러운 일이라고 생각합니다."

"그럼, 자네는 어떻게 하는 것이 좋다고 생각하나?"

"생명이 있던 것이 생명을 잃었을 때, 그것을 보고 불쌍하다거나 가슴 아프다고 생각하는 감정은 소중합니다."

"물론이지."

"그런 감정을 억지로 떨쳐 내는 것은 좋지 않다기보다 옳지 않다고 생각합니다."

"우리가 그것을 억지로 떨쳐 내려 했다는 건가?"

"네. 저는 그렇게 느꼈습니다. 솔직히 말하면 불쾌했습니다."

"다시 묻겠는데, 그럼 어떻게 하는 것이 좋겠나?"

"대장이 말하는 생명의 냉엄함은 조금씩 알아 나가는 것이 좋지 않을까요? 머리와 몸이 따로 놀지 않도록."

대장이 언뜻 고개를 까닥였다.

"무한농장 사람들은 도시 사람들로서는 쉽게 이해할 수 없는 것을 단 한 번의 체험으로 이해시키려고 했기 때문에, 오늘 많은 아이들이 상처를 입었다고 생각합니다. 사람은 한 번 마음의 상처를 입으면 오랫동안 치유되기 어려운데도 말입니다."
니시 분페이는 마치 자기한테 타이르듯이 말했다.

구즈하라 준이 물었다.
"닭을 잡은 문제에 대해서는 분페이와 대장의 대화를 듣기만 하고 끝나 버렸지만, 너희는 어떻게 생각하니?"
"난 니시 분페이 생각에 동감이야. 닭 잡는 거, 역시 싫어. 안 할 수 있다면 안 하고 싶어."
미즈타니 레이코가 말했다.
"그 말은 좀 이상해, 시모자와."
"뭐가?"
"나는 대장이 차별의 문제를 얘기했다고 생각해. 모두가 싫다고 내팽개친다면, 그런 잔인한 일을 하는 사람에게 결코 진심으로 고맙다는 말은 할 수 없어. 모두가 싫어하는 일을 하는 사람은 뭔가 특별한 사람이 아닐까 하고 생각해 버리는 게 인간이잖아. 대장이 하고 싶었던 말은 그런 생각을 극복하라는 것이었다고 나는 생각해."
"흐음, 그런가?"
시모자와 도루는 그만 고민에 빠졌다.
야스코의 엄마가 말을 꺼냈다.
"조금은 거친 말이지만……. 니시 분페이라고 했지? 네 말은 이해하겠지만, 내가 꼭 닭 꼬치 가게를 해서 하는 말이 아니라, 닭을 죽일 때 이 애가 울면……."

야스코의 엄마는 야스코를 보았다.

"사정없이 패 줘. 그래서 네 말처럼 상처를 입으면, 상처에는 금세 딱지가 앉는다고 가르쳐 주지."

여자 아이는 간바라 미치코한테 기댄 채 구즈하라 준이 준 시집을 읽고 있었다. 읽는 척할 뿐, 사실은 엄마 얘기를 다 듣고 있으리라.

"밋짱. 넌 어때?"

간바라 미치코가 말했다.

"됐어. 나도 똑같은 생각이니까."

니시 분페이는 아무 말이 없었다. 묵묵히 생각에 잠겨 있었다.

이즈쓰 준이치가 말했다.

"나는 이렇게 생각해. 어부의 자식은 방금 전까지 살아 있던 물고기를 눈앞에서 잡아 요리한다고 해서 놀라거나 울지 않아. 그런 생활이 어릴 때부터 익숙하니까. 하지만 요즘 음식물이 대개 포장되어 나오니까 도시 아이들은 원래 모습을 알지 못해. 그러니 갑자기 살아 있는 닭을 잡아 튀긴다고 하면 깜짝 놀라는 게 당연해."

에비스 미키오가 말했다.

"맞아, 무한농장에서 좋은 일을 하고는 있지만, 방법이 너무 직접적인 것 같아. 이즈쓰의 말이 옳아."

"회의 때 시미즈가 말했지. 가축우리가 불결하다고 코를 막는 우리한테도 문제가 있지만, 가축우리를 좀 더 깨끗하게 만들 수도 있지 않느냐고. 그 말에 대장이 뭔가 느낀 게 있는 것 같아."

구즈하라 준이 웃으며 말을 이었다.

"대장만이 아니야. 무한농장 식구들 모두 그러더군. 이번에 온 중학생들은 보는 눈이 예리하다고, 너희들이 아주 믿음직스럽다고 말이야."

시모자와 도루가 말했다.

"선생님. 말하다 보니 무한농장을 비난하는 꼴이 되어 버렸지만, 여기 꽤 매력 있어요."

"그래?"

"맞아요, 맞아."

"그 점은 인정해요."

아리마 고타와 이다카 마사토도 한마디씩 했다.

"나, 여기가 좋아요."

가지 요시오도 그렇게 말했다.

"그러냐?"

구즈하라 준은 정말로 기쁜 얼굴이었다.

"또 오고 싶냐?"

구즈하라 준이 묻자, 고개를 끄덕이는 아이들이 제법 있었다.

"마음 같아서는 1주일에 한 번은 여기가 우리 학교였으면 좋겠어."

"음, 그래. 느긋한 기분으로 이런 얘기도 나눌 수 있고 말이다."

구즈하라 준이 말했다.

"호시노 도시오가 말한 '뭐든지 하자 모임'도 있어."

"맞다. 그것도 해야지."

"그 녀석도 꽤 애쓰고 있어."

이 반 아이들은 대체로 호시노 도시오에게 호의적이었다.

구즈하라 준은 니시 분페이가 내내 말이 없다는 것이 마음에 걸렸다.

여기에 올 때부터 평소와 다른 니시 분페이의 모습이 마치 못이 박힌 듯 구즈하라 준의 머릿속에서 떠나지 않았다.

이야기가 길어져, 11시가 다 되어서야 잠자리에 들려는 참이었다.

불쑥 대장이 찾아왔다.

"여어, 이야기가 아주 잘 되고 있는 모양이지? 준, 어때? 이야기가 끝나면 밑에 내려와 한잔하겠나?"

아이들이 투덜거리며 불만을 드러냈다.

"너무해요, 어른들끼리만."

"억울하면 너도 술 마셔도 되는 나이가 되어 여길 찾아오라고."

대장이 웃으면서 말했다.

"준, 뭐래? 학생들은 오늘 하루 즐거웠대?"

"보시다시피. 모래밭에서 뒹구는 아이들처럼 신이 났지. 다들, 안 그러냐?"

시모자와 도루가 대답했다.

"맞아요. 다들 모래밭의 아이들이었어요."

아이들의 눈이 그렇다고 말하고 있었다.

니시 분페이가 아래층으로 내려가려던 구즈하라 준을 쫓아갔다.

간절한 표정으로 구즈하라 준에게 무슨 말인가 했다.

"그런 부탁쯤이야 얼마든지."

구즈하라 준은 그렇게 말하고 안심한 얼굴로 계단을 내려갔다.

이튿날 정오 무렵, 꼬마들은 구즈하라 준의 반 아이들과 아쉬운 작별을 하고 있었다.
"다음 농업 교실은 여름 방학 때래. 오빠, 올 거지?"
"응, 올 거야."
"접시 위에 달걀 프라이, 또 가르쳐 줄 거지?"
"알았어, 알았어."
시마무라 류지는 버스 창문 밖으로 어린 연인에게 손을 흔들었다.
"안녕."
"잘 가."
아이들의 작별 인사 소리를 뒤로 하고 버스가 출발했다.
돼지와 헤어지는 게 아쉬워서 마지막 회의에 지각했던 가지 요시오가 물었다.
"왜 니시랑 선생님은 남았어?"
시모자와 도루가 설명해 주었다.
"요 근방에 니시의 할머니가 살고 계신대. 거기 잠깐 들른대."
"간바라도 같이? 그건 또 왜?"
"글쎄? 별다른 말은 없었지만, 구즈하라 선생님이 둘을 화해시키려고 그런 게 아닐까?"
"그 얼뜨기 계집애, 요즘 좀 얌전해진 것 같더라."
가지 요시오가 특유의 말투로 간바라 미치코의 변화를 표현했다.

"임마, 너도 구즈하라 선생님이 온 뒤로 말투가 좀 변했어."
 옆에 앉아 있던 에비스 미키오의 말에, 가지 요시오가 욕을 퍼부었다.
 "입 닥쳐, 이 멍텅구리야."
 그러나 말과는 반대로 가지 요시오는 어느새 부드러운 표정을 짓고 있었다.

언제까지나 착한 아이

　구즈하라 준은 길가에 쭈그리고 앉아 민들레 꽃 한 송이를 기다란 줄기째 뽑았다.
　줄기를 둘로 갈랐다.
　"손 내밀어 봐."
　여자 아이에게 말했다.
　아이가 손을 내밀자, 민들레 꽃 줄기를 아이의 손목에 두르고 매듭을 지었다.
　"시계야."
　구즈하라 준이 말했다. 아이가 웃었다.
　"이거, 시계야."

간바라 미치코에게 자랑했다.

"엄마, 시계."

엄마한테도 자랑했다.

그러고는 쭈뼛쭈뼛 니시 분페이한테 다가갔다. 아이는 또 한 번 말했다.

"시계."

"응, 그래."

니시 분페이는 힘없이 웃으며 고개를 끄덕여 주었다.

아이는 다시 구즈하라 준 옆으로 갔다.

"민들레 노래, 있어."

아이가 말하며 시집을 내밀었다.

"선생님이 주신 시집을 손에서 놓지 않아요. 이 애, 어지간히 마음에 들었나 봐요. 물빛 책을 항상 옆구리에 끼고 산다니까요."

젊은 엄마가 말을 이었다. "멋을 부리는 걸까요, 이 애?"

구즈하라 준이 말했다.

"그렇다면 시를 아는 진짜 멋쟁이죠."

젊은 엄마가 말했다.

"그런가요?"

"민들레 노래, 있어."

"응, 그래. 읽어 줄까?"

여자 아이가 책을 펼쳤다.

간바라 미치코가 아이의 손을 잡았다.

민, 민, 민들레
찾았다
나비가 앉아
있었으니까

쇠, 쇠, 쇠뜨기
찾았다
제비꽃과 나란히
있었으니까

아이가 물었다.
"쇠뜨기, 있어?"
"쇠뜨기는 벌써 봄에 다 자라 버렸어."
"제비꽃, 있어?"
"어쩌면 제비꽃은 피어 있을지도 몰라."
아이가 말했다.
"그럼, 제비꽃은 친구가 없겠네."
구즈하라 준이 미소 지었다.
"그렇구나. 친구가 없겠네. 하지만 내년엔 또 만날 수 있어."
"내년에 만나?"
"응, 내년이면 또 만나."
이번에는 아이가 미소 지었다.

오른쪽에 강이 흐르고 있었다. 강 너머 둑은 대밭이었다. 왼쪽에는 밭이 펼쳐져 있었지만 이내 산자락에 안긴 오래된 농가가 드문드문 나타났다.

양상추 밭의 푸른빛과 보리밭의 황금빛이 선명한 대비를 이루었다.

"선생님, 아이들은 참 이상해요. 우리하고는 다른 방식으로 사물을 이해하는 것 같아요."

"그럴지도 모르죠."

"야스코한테 주신 시집에 〈해삼〉이라는 시가 있는 거 아시죠?"

"네."

"야스코가 곧잘 읽는 바람에 외워 버렸는데, '해삼은 잠자코 있다, 하지만 난 해삼이야 하고 말하듯이, 해삼 모양으로 있는 힘껏…….'이라는 그 시요."

"아아, 네. 아주 재미있는 시죠."

"애들은 그런 재미를 이해하지 못할 것 같은데도, 야스코는 이 시를 아주 좋아해서 몇 번씩 연거푸 읽고는 환하게 웃는답니다."

"아기들은 자연과 대화를 나눌 수 있다고 주장하는 사람이 있는데, 아마 사실이지 싶어요. 어린아이 내면에는 아직 그 능력이 남아 있는 것 아닐까요?"

"애들은 정말 신기해요. 부모 혼자 생각으로 이런 아이로 키워야지, 저런 아이로 키워야지 하는 것은 잘못일지도 몰라요, 선생님."

구즈하라 준은 미소를 지었다.

니시 분페이가 걸음을 멈추고 "저기예요." 하고 손가락으로 가리

컸다.

완만한 언덕에 상수리나무 숲이 있고, 그 아래쪽에 요즘 보기 드문 초가집이 있었다. 나지막한 토담 너머로 손질이 잘 된 솔송나무가 보였다.

니시 분페이가 말했다.

"미리 전화를 해 두었으니까."

여자 아이가 물었다.

"할머니? 누구야?"

할머니를 뵈러 간다고만 말해 두었기 때문에 아이는 궁금했던 모양이었다.

여자 아이의 엄마가 설명해 주었다.

니시 분페이는 낯빛이 조금 파리했다.

집에 다가가 보니 토담 앞은 수국 천지였다.

수국은 물에서 갓 건져 올린 듯 선명한 쪽빛을 한껏 뽐내며 흐드러지게 피어 있었다.

구즈하라 준이 넋을 잃고 말했다.

"정말 굉장하군."

니시 분페이가 대문 안쪽에 대고 무슨 말인가 했다.

문이 열리고 자그마한 노인이 구르듯이 뛰어나왔다.

노인은 큰 눈을 더욱 크게 뜨고 니시 분페이를 뚫어지게 보았다.

묵묵히 소년의 손을 잡고 두 손으로 어루만졌다.

"나……."

니시 분페이는 꽉 잠긴 목소리로 뭔가 말하려 했다. 눈가에 설핏 눈물이 맺혔다.

"얘야, 무슨 할 말이라도 있니?"

노인이 말했다.

"이렇게 찾아와 주니…… 얼마나 기쁜지 모르겠구나."

얼마나 기쁜지 몰라, 하고 노인은 또 한 번 말했다.

"자, 여러분, 어서 들어오세요."

노인이 앞장섰다.

방 안으로 들어가 옛날식으로 깍듯이 인사를 나누었다.

"건강하신 것 같으세요."

"암, 건강하다마다요."

"분페이가 많이 걱정하는 것 같기에, 어디 편찮으신가 하고……."

"아이고, 전혀 그렇지 않습니다."

노인은 쨍쨍한 목소리로 구즈하라 준에게 말했다.

"이 애를 못 본 지가 벌써 3, 4년이나 되었지요. 제 눈에는 이제 어엿한 어른입니다그려."

노인은 눈이 부신 듯 니시 분페이를 보았다.

"정말 얼마나 기쁜지 모르겠어요."

노인은 감격에 겨운 듯했다.

"10분 정도밖에 있을 수 없다고 해서 아무것도 준비를 안 했답니다. 쑥떡을 좀 내올 테니, 그거라도 드세요."

노인이 일어나 차를 준비했다.

구즈하라 준이 말했다.

"분페이, 자리를 피해 줄까? 아무래도 할 얘기가 좀 있겠지?"

노인이 부랴부랴 달려왔다.

노인은 힘이 잔뜩 들어간 목소리로 물었다.

"애야, 나한테 무슨 할 말이 있니?"

니시 분페이는 노인의 얼굴을 보고 입술을 깨물었다.

노인은 그런 니시 분페이를 보고 "오냐, 오냐." 하면서 고개를 끄덕였다.

"아이고, 예쁘구나."

쑥떡을 먹고 있을 때, 노인이 여자 아이의 손목을 보고 말했다.

"떡 먹고 나면, 할미가 아주 예쁜 걸 만들어 주마."

여자 아이가 끄떡 고갯짓을 했다.

다 같이 앞마당으로 나갔다.

"수국이 정말 예뻐요."

"수국은 원체 건강한 식물이라 금방금방 자란답니다."

"죄송합니다. 저, 염치없지만 몇 포기 얻어 갈 수 있겠습니까?"

"있다마다요. 얼마든지 가져가세요."

"저도요." 하고 여자 아이의 엄마가 말했다.

노인은 마당의 털머위 잎 너덧 장을 뜯어 양지바른 곳으로 갔다.

"민들레는 큼직한 게 좋지."

민들레꽃을 찾으며 노인이 말했다.

"저희가 어렸을 때는 이른 봄에나 민들레를 볼 수 있었는데, 요즘은 사시사철 어디에나 피어 있더구만요. 왜 그런 거예요, 선생님?"

"네, 그건 서양 민들레가 들어와서, 봄에만 피는 민들레가 줄어들었기 때문입니다."

"세상이 변하면 자연도 변하는 걸까요?"

"사람이 변하게 하는 거겠죠."

"벌 받을 짓이에요."

노인이 말했다.

노인은 줄기가 기다란 민들레꽃을 꺾어 털머위 잎 한복판에 놓고는 잎을 둘로 접더니, 나머지 잎들도 한겹 한겹 겹쳐 나갔다. 끝으로 잔가지를 잎에 꽂아 고정했다.

"어떠니, 민들레 인형이란다."

여자 아이가 생긋 웃었다.

"자, 가지렴."

아이가 민들레 인형을 받아들고는 물빛 시집과 함께 가슴에 꼭 안았다.

"좋겠네, 야스코?"

아이는 까딱 고개를 끄덕이고는 조그만 목소리로 노인에게 말했다.

"고맙습니다."

노인은 수국을 꺾어 신문지에 말아서 한 사람 한 사람에게 건네주었다.

"고맙습니다, 할머니."

간바라 미치코가 말했다.

구즈하라 준도, 니시 분페이도 들어 본 적이 없는 상냥한 목소리였다.

"이 다음에는 천천히 놀다 가세요."

돌아가기 직전에 노인은 또다시 니시 분페이의 손을 잡고 같은 말을 되풀이했다.

"이렇게 찾아와 줘서 정말······."

니시 분페이는 고개를 한 번 끄덕이더니, 꽉 잠긴 목소리로 말했다.

"다시······ 우리 집에······ 와 주실 수 있으세요?"

"나야 늘 건강하니까."

할머니는 미소를 지으며 말했다.

"좋은 분이세요. 설령 처음 보더라도 길에서 마주치면 저도 모르게 인사를 하고 싶어질 것 같은 얼굴이에요."

정류장에서 버스를 기다리며 구즈하라 준이 말했다.

젊은 엄마가 맞장구를 쳤다.

"정말이에요."

구즈하라 준은 니시 분페이의 기운을 북돋우듯 말했다.

"날씨 한번 좋구나, 오늘은 정말 좋은 날이야. 안 그러니, 분페이?"

젊은 엄마가 말했다.

"아직 30분이나 남았어요. 저 둑에 가 보지 않을래요?"

다리를 건너 대숲이 펼쳐진 둑 아래쪽 강가에 앉았다.

"흐음, 전망 좋고."

간바라 미치코가 살갈퀴 잎을 따서 풀피리를 만들었다.

"호오?"

구즈하라 준이 말했다.

풀피리가 삑삐리리 삐리리 하고 재미있는 소리를 냈다.

아이가 졸랐다.

"야스코도."

간바라 미치코가 풀피리를 하나 더 만들어 아이에게 부는 요령을 가르쳐 주었다.

삑삐리리 삐리리.

삑삐리리 삐리리.

젊은 엄마와 구즈하라 준은 얼굴을 마주 보고 웃었다.

고개를 조금 떨어뜨린 채 니시 분페이가 말했다.

"선생님, 죄송해요."

"무슨 소리냐?"

"여기까지 오시게 해서……"

"혼자서는 찾아갈 용기가 안 났어요."

소년이 말했다.

"……"

"저, 그 할머니한테 심한 짓을 했어요."

"……"

"엄마 방에서 돈이랑 보석이 없어졌을 때, 저……"

구즈하라 준은 무심결에 니시 분페이의 옆얼굴을 보았다.

"할머니가 방에 있었다고……."

소년의 목소리가 갈라졌다.

"할머니는 방에 있지도 않았는데……."

소년의 어깨가 가늘게 떨렸다.

"그렇게 말해 버렸어요……."

풀피리 소리가 멎었다.

순간, 구즈하라 준은 소년의 엄마 유이코가 한 말을 떠올렸다.

'친구가 놀러 오면 정성껏 대접을 했어요. 그때는 가정부 할머니가 함께 살고 있었죠. 그 할머니 탓을 하는 건 아니지만, 아무래도 이 애가 딱하고 가엾다 보니……. 분페이와 사이좋게 지내 줬으면 하는 마음이 지나친 대접으로 이어져…….'

소년은 울고 있는 듯했다.

"나……, 엄마랑 할머니의 기대에 어긋나지 않으려고 애쓴 건 사실이지만……. 한편으로는…… 엄마랑 할머니가 미웠어요."

구즈하라 준은 소년이 했던 말도 떠올렸다.

'착한 아이가 죽을 때까지 착한 아이란 법은 없잖아. 착한 아이가 있으면 부모도 선생님도 아이의 장래를 위해 빨리 착한 아이 짓을 그만두라고 말할 의무가 있다고 봐.'

"나는……."

소년은 목이 메었다.

"나는…… 그런 인간이에요."

'그래, 그랬구나.'

구즈하라 준은 가슴으로 중얼거리고 있었다.

소년의 어깨에 살며시 손을 얹었다.

"분페이……."

언제 왔는지, 간바라 미치코가 소년의 등뒤에 서 있었다.

"나……, 항상 혼자 풀피리를 불 때면…… 돈이나 물건으로……."

간바라 미치코는 먼 데를 바라보며 말을 이었다.

"괴롭히는 자식들한테 알랑거리는 나 자신의…… 뒷모습을 보고 있었어……. 아주아주…… 쓸쓸했어."

멀리서 희미하게 종달새 우는 소리가 들렸다.

제비 두 마리가 강 수면을 스칠 듯 날아갔다.

"응, 밋짱, 가면놀이 하자."

금방이라도 눈물이 쏟아질 듯한 얼굴을 한 여자 아이가 간바라 미치코의 손을 잡아 끌었다.

언제 만들었을까?

아이는 황매화 잎에 눈과 코 부분에 구멍을 뚫어 가면을 만들어 놓았다.

"가면놀이하자, 응?"

"응, 그래."

간바라 미치코는 황매화 잎으로 만든 가면을 받아들었다. 그리고는 자기 얼굴에 갖다 대고는 말했다.

"이히히, 나는 도깨비다!"

옮긴이의 말

아이들의 가능성을 믿고, 아이들에게 배운다

　《모래밭 아이들》은 무뚝뚝하다 싶을 만큼 간결하면서도 힘 있는 문장으로 학교란 무엇인가, 교육이란 무엇인가를 묻고 있는 작품이다. 여기에 등장하는 아이들은 진부한 가치를 강요하고 틀에 박힌 수업을 하는 교사에게 날카로운 비판을 휘두른다.
　독자들 중에는 세상에 이런 아이들이 어디 있느냐고, 너무 비현실적인 것 아니냐고 생각하는 사람이 있을지도 모르겠다. 하지만 중요한 것은 황폐해지고 있는 우리의 교육 현실이, 아이들을 믿지 못하는 학교와 어른들이 아이들에게 얼마나 깊은 상처를 주는지 돌아보는 계기를 갖는 것이다. 그리고 한 발 나아가 어른들의 교육관을, 교사와 학생의 관계를, 어른과 어린이의 관계를 바로 세우고자 실천하는 일이다.
　17년 동안 교육 현장에서 아이들과 함께 숨 쉬며 많은 체험을 했던 사람으로서, 어린이 문학 작가로서 하이타니 겐지로는 아이들의 가능성을 믿고, 아이들에게 배운다는 자세를 일관되게 견지해 왔다. 《모래밭 아이들》도 예외가 아니다. 이 작품에서도 하이타니 겐지로는 그러한 자세를 일관되게 보여 주고 있는데, 주인공 구즈하라 준이 진정 의미 있는 삶이 무엇인지 깨닫고 새로운 눈으로 자립과 공존의 길을 모색해 나가는 과정이 서술되어 있다.

"하이타니 겐지로는 잔혹한 작가이다."
일본의 한 어린이 문학 평론가는 하이타니 겐지로를 이렇게 표현했다.
물론 역설적인 표현이다. 어린이들의 고통을, 우리 이웃이 겪는 아픔을 외면하지 않고 정면으로 다루어 온 하이타니 겐지로의 작품 세계와 작가 정신을 단적으로 표현한 말이리라. 하이타니 겐지로는 현실 세계를 있는 그대로 드러내면서도 거기에 깊은 감동을 담을 줄 아는 작가이다. 바로 이 점이 하이타니 겐지로가 독자들에게 큰 사랑을 받는 진정한 이유이다. 그의 작품에는 인간에 대한 따뜻한 시선과 사랑이 깃들어 있다. 고독한 현대 사회를 살아가는 많은 사람들에게 아직도 세상은 살 만한 것이라고 이야기하고 있는 셈이다.

지난 1월의 몹시 추운 겨울날, 하이타니 겐지로를 직접 만나 볼 기회가 있었다. 그의 책의 번역자이기 이전에 열렬한 애독자였던 우리로서는 더없이 가슴 설레고 감격적인 사건이었다.
사진으로만 보았던, 그래서 젊은 시절의 얼굴밖에는 몰랐던 우리에게 어느덧 일흔을 바라보는 나이가 된 하이타니 겐지로는 조금 낯설어 보였다. 하지만 곧 그의 작품에서 느껴지는 강직한 아름다움이 다가왔다. 그의 눈빛은 어린이처럼 맑고 순수했지만, 그 속에서 작가다운 날카로

움이 빛나고 있었다. 한 사람의 작가이자 진보적 지식인으로서 하이타니 겐지로는 역동적인 한국의 정치 상황에 대해서도 예의 주시하면서 '한국은 인간다운 세상을 꿈꿀 수 있는 희망의 나라'라고 이야기했다. 그런 한국에서 자신의 대표작들이 잇따라 출간되는 것에 대한 기대감을 표명하며 한국 독자와의 만남을 가슴 설레게 기다리고 있었다.

《나는 선생님이 좋아요》를 비롯하여 대표작들이 소개되는 것을 계기로 일본 리얼리즘의 거두인 이 대작가에 대한 평가가 다시 내려지기를 기대한다.

2003년 4월
햇살과나무꾼